渡航する作家たち

神田由美子・髙橋龍夫——編

翰林書房

渡航する作家たち◎目次

はじめに

日本の近代化は、欧米諸国への「渡航」から幕を開ける。それはまず、外圧に怯えた江戸幕府や藩が、使節団を欧米先進国に送ることに始まった。なかでも三度幕府使節団に加わった福沢諭吉は、欧米社会の近代的システムを移入することの重要性を訴え、薩摩藩の森有礼は、英米の理想主義的な精神文化を日本社会の建設に導入した。そして明治四年、新政府は、岩倉具視を全権大使とする大使節団を一年九か月あまり欧米に送った。ここに欧米を手本とする本格的な近代化路線がスタートした。

このような使節団を経て、専門分野を学ぶため欧米に派遣される国費留学生の時代が来る。本書では、明治時代に国費留学生、あるいは私費留学生として欧米に渡った作家たち、そして留学以外の事情で外国に暮らした大正・昭和・平成時代の作家たちを取り上げ、「渡航」が日本の近現代文学に、また日本独自の近代や現代の様相に、どのような影響を与えたかを考察していく。

まず国費留学生として明治一〇～二〇年代にドイツに赴いた軍医森鷗外は、西洋の自由と日本の封建性との深い溝を発見し、その精神の葛藤を帰国後の文学活動の発条とした。また、同三〇年代にロンドンへ渡った英文学者夏目漱石は、西欧の一九世紀末芸術やロンドンの現実に触れ、研究者から、現実と真摯に対峙する作家へと転身していった。

日露戦争を挟んで渡米した有島武郎は、社会主義を本格的に学んで、文学の道に進もうと決意した。同時期に米仏に私費留学した永井荷風は、日本人移民の悲惨な生活や路地裏の風景に関心を示し、オペラ・演劇を享受し、耽美派としての作風を築いていった。また高村光太郎は、ニューヨーク、ロンドン、パリで、日本的倫理観から解放され、個人として芸術に生きる価値を見出した。

夫鉄幹を追って渡航した与謝野晶子は、パリのファッションや英国の「婦人解放運動」を見聞して、帰国後、男女の対等な関係性を促す論文を発表する。また姪との不倫から逃れパリに渡った島崎藤村は、民族的自覚が高揚する第一次大戦下のパリで愛国心に目覚め、自らの文学の到達点を密かに手に入れる。また一瞬の鮮烈な恋に出逢った林芙美子のパリ体験は、彼女の文学に新しい可能性を齎した。

新聞特派員として渡航した芥川龍之介は、排日機運の高まる中国で、日本を外から見る視点を得て、作風を大きく変化させる。谷崎潤一郎は、伝統と近代とが交錯する中国で、自らの作風の深化を模索する。

宮本百合子のロシア体験は、理念としての社会主義思想を受容していく重要な契機となり、プロレタリア文学作家宮本百合子を誕生させた。横光利一は、昭和一〇年のパリ体験から、国粋主義的思想にのめり込んでいく主人公と、それを相対化するカトリック教徒のヒロインを造型した。

昭和三四年から一一年間夫の赴任先のシトカで暮らした大庭みな子は、日本を外部から批評精神を持って眺める世界的視野を獲得した。欧米に執筆拠点を移した村上春樹は、多くの戦争を経た日本の問題を主題化することに目覚めた。米軍基地の街で育った村上龍は、キューバと出会い、体内深く沁み込むアメリカを相対化する立場を獲得する。そして母語以外の言葉で創作活動を行う多和田葉子とリービ英雄は、言葉の持つイデオロギーと戦い続ける作家である。

このように「渡航」は、時代、目的、国、年齢、性別の違いに拘らず、作家にとって、自身と自国をみつめ、作風を深める重要な契機になっている。大学で文学や比較文化を学ぶ人々が、作家たちの渡航体験を通して日本と世界の文化交流を知り、受容を重視した〈洋行〉時代から文化の往還へ推移する現代までの、「渡航」の変化に気づいて戴ければ幸いである。

神田由美子

林　正子

日本の〈エートス〉を求めて

ドイツ体験による精神の閲歴

森　鷗外

ドイツでの留学生活

一八八四（明17）年六月七日、ドイツ留学の命を受けた陸軍二等軍医・鷗外森林太郎（一八六二〜一九二二）は、七月一九日に天皇に拝謁、八月二四日、フランス船メンザレエ号で横浜を出航した。ベルリン到着までのほぼ五〇日間におよぶ日々の体験や心情が、『航西日記』に漢文体で記されている。

マルセイユからパリを経てベルリン到着の翌日一〇月一二日には、橋本綱常軍医監のもとに挨拶に出かけ、「君は唯心を専にして衛生学を修めよ」という指示を受ける。この日以降、和漢洋折衷の文体で記された『独逸日記』が残されている。翌一三日には、大山巌陸軍卿、ドイツ駐在青木周蔵公使に面会し、日本人の野蛮性と未開性を突く青木公使の言葉に衝撃を受ける。

ライプチヒ大学フランツ・ホフマン、ミュンヘン大学マックス・フォン・ペッテンコーファー、ベルリン大学ロベルト・コッホのもとで学ぶよう橋本軍医監から指示を受けた鷗外は、一〇月二二日にライプチヒに到着。早速、ホフマン教授のもとで研究を始めるとともに、その書架に「百七十余巻」の文芸書を並べ、また、レッシングやカルデロンの古典劇をはじめ『オルフォイス』や『ミカド』といったオペラ鑑賞も堪能している。

一八八五（明治18）年五月一三日、ザクセン軍団医長ヴィルヘルム・ロートからの慫慂で、ドレスデンでのザクセン軍団負傷者運搬演習に参加。美術館も訪ね、「久く夢寐する所」であったラファエロのマドンナを観て「素望を遂ぐる」。このドレスデン滞在を契機として、ザクセン軍団秋季大演習とドレスデン冬季軍医学講習会参加の許可を得た鷗外は、一〇月一一日、正式にドレスデンに移る。ロートの厚意により、王宮での新年挨拶や王宮舞踏会にも出席し、国王夫妻や貴族に謁見する機会を得ている。

一八八六年三月七日、ミュンヘン到着。ペッテンコーファーのもとでの研究活動と並行して、読書や観劇を存分に堪能し、ルードヴィヒ二世が亡くなったシュタルンベルガーゼーをはじめ、バイエルン近郊の景勝の地を訪ねることも頻繁になっている。九月三日から一八日までシュタルンベルガ―ゼーに滞在し、ドレスデン地学協会での講演をもとにした「日本家屋論」を執筆。また、エドムント・ナウマンの「日本列島の地と民」に対する反論を「日本の実情」として起稿する。いずれもドイツ語の論文である。

一八八七年四月一五日、ドイツ留学最後の地ベルリンに向けて出立。コッホのもとでの研究が開始されたが、在独日本人の会合である大和会での繋がりに見られるように、ドイツ留学の最後の一年は、日本人社会での軋轢に懊悩する生活となっている。

一八八八（明21）年六月三〇日、鷗外はプロイセン陸軍近衛歩兵第二連隊勤務を終え、七月五日に石黒軍医監とともにベルリンを出発し、オランダ経由でロンドンに到着。七月二九日、フランス船アヴァ号でマルセイユを発ち、九月六日に神戸に寄港後、八日に横浜に入港している。往路・復路を含め、四年三ヶ月にわたる海外生活であった。

鷗外が交渉をもった一九世紀ドイツの社会と文化

1 ヴィルヘルム一世とビスマルク体制

鷗外が生まれた一八六二（文久2）年、オットー・フォン・ビスマルクがプロイセン王国の首相となる。岩倉使節団がプロイセンを訪問した際には、伊藤博文・大久保利通らがビスマルクと会見し、深甚なる感銘を受けている。一八七〇年の普仏戦争の勝利によって、バイエルン王国はじめ南部諸邦に北ドイツ連邦との連帯感がもたらされ、翌年一八七一年に、プロイセン国王ヴィルヘルム一世を皇帝とするドイツ帝国が成立。ビスマルクは、統一ドイツの初代帝国宰相兼プロイセン首相となり、一八九〇年に引退するまで、一九年にわたってその地位にあった。鷗外のドイツ留学は、まさにドイツ帝国が、オーストリア＝ハンガリー帝国、イタリア王国との間に三国同盟を結び、盤石のビスマルク体制が整えられた時期にあたる。

ビスマルク体制のもとではカトリックに対する文化闘争が繰り広げられ、プロイセン的な社会をドイツ全体に拡大する方針がとられている。勢力を拡大していた社会主義者に対する攻撃を強め、一八七八年にはヴィルヘルム一世が狙撃されたのを契機として、社会主義者鎮圧法制定。他方、災害保険・健康保険・老齢年金などの社会保障制度を整備するなど、「飴と鞭」政策が実践されている。ビスマルクが提唱した社会国家像は、現代にいたるまでドイツ社会政策の基礎となっており、彼のとった政策は、王権の絶対主義を利用しながら、富国強兵策を推進するために、科学的合理主義を取り入れるというものであり、明治憲法体制にも多大の影響を与えることになるのである。

ドイツ帝国は内部的な矛盾を孕んではいたが、徴兵制の採用、海軍力の強化、貨幣と度量衡制度の一元化、司法統一化というビスマルクの政策によって、国内産業も飛躍的に伸び、交通機関も整備され、鷗外が到着したベルリンは、まさに「欧羅巴の新大都」としての面目躍如たるものがあった。

2 「小パリ」ライプチヒ――『ファウスト』とパノラマ館

鷗外の最初の留学地となったライプチヒは、一八一三年にナポレオン戦争中最大規模の諸国民の戦いが繰り広げられ、フランス軍一九万とプロイセン・ロシア帝国・オーストリア帝国・スウェーデン連合軍三六万が激突する舞台となっていた。

その後、一八三九年にドイツ最初の鉄道が開通し、ライプチヒは交通の要衝となる。当時のライプチヒ駅は、国際鉄道の玄関口として市内に五つの駅を有しており、なかでもドレスデン駅付近の水晶宮やバイエリッシャー駅付近では、コンサートや催し物が日常的に市民に楽しまれていた。ゲーテに「小パリ」と呼ばれたライプチヒは、J・S・バッハゆかりの聖トーマス教会やゲヴァントハウス管弦楽団で名高い音楽の都でもある。

また、ゲーテ『ファウスト』の一場面になっているレストラン「アウエルバッハケラー」で、一八八五年一二月、折しもドイツ留学中であった井上哲次郎と歓談した鷗外は、井上に『ファウスト』翻訳を約束している。ちなみに、二〇〇九年四月、『ファウスト』を日本で最初に翻訳した鷗外を描いた絵画が、アウエルバッハケラーの壁面に掲げられた。

一四〇九年創立のライプチヒ大学は、ハイデルベルク大学、ケルン大学に次ぐ歴史的な大学としてドイツ国内外に知られ、また、レクラム出版社の所在地であったライプチヒは、見本市によって発展した商業都市でもあった。鷗外留学時の市街中心地には、劇場やコンサートホールやカフェーなどが集中し、伝統と前衛の交錯する文化活動が展開されていた。

ライプチヒの酒場、アウエルバッハケラー（新潮日本文学アルバム）

鷗外留学の前年一八八三年九月にはベルリンにドイツ初のパノラマ館ができており、人気を博していた。パノラマ館は、円形の建物の中心の壇に観客が乗り、人工的な光の装置による高所から見物する仕組みで、鷗外もライプチヒで初めてパノラマを楽しんでいる。

ライプチヒ大学（新潮日本文学アルバム）

3 「エルベのフィレンツェ」ドレスデン――王宮体験と軍事演習

ドレスデンは、エルベ河をはさんで旧市街と新市街が向き合う都会で、「エルベのフィレンツェ」と称され、ザクセン王国が誇る芸術都市。鷗外留学時には、レジデンツテアーター（首都劇場）とホーフテアーター（宮廷劇場）があり、鷗外は『ファウスト』をはじめとする作品の観劇を楽しんでいる。

鷗外の下宿は、ツヴィンガー宮殿と新市街を結ぶアウグスッス橋の畔にあり、対岸の宮殿を仰ぎ見る位置にあった。夜間ともなると一斉に点灯された王宮での舞踏会は、夜会服の貴婦人を伴う大臣・将校が行き交い、鷗外はザクセン軍団医長軍医監ヴィルヘルム・ロートの仲介で、古き良き貴族社会の風習を体験している。

レンブラント、ルーベンス、デューラーなどヨーロッパを代表する画家たちの作品が展示されている美術館で、鷗外は念願であったラファエロのマドンナ「システィーナの聖母」を鑑賞し、「芸術的感動」を体験している。

さらに八月二七日から九月一日にかけてのザクセン軍演習にも参加し、結局、ライプチヒでの留学を切り上げ、十月一三日から翌年二月二七日までの期間、ドレスデンで開催された冬季軍医医学講習への参加を実現させる。ザクセン軍の演習に参加した際には、ライプチヒ郊外のムルデ河岸にあるデーベン城に宿泊し、この時の体験が『文づかひ』に活写されることになる。

ドレスデン王宮

ロートの仲介で地学協会の講演会やさまざまな公的施設を訪れ、コンサート・観劇、ヴァリエテや舞踏会にも出かけている。ヴァリエテというのは、一九世紀後半にドイツの大都市に次々と設置された娯楽場で、軽演劇・音楽・曲芸など、さまざまな出し物を見せる一種の寄席のこと。鷗外は、ライプチヒでもダンスホールに出かけているが、ドレスデンの場合には、王宮の舞踏会等、格式のある舞踏会を体験していることが特徴的である。

4 「芸術の都」ミュンヘン——ルードヴィヒ二世と原田直次郎

バイエルンの州都ミュンヘンは、イタリアルネッサンスの崇拝者であるルードヴィヒ一世が都市計画を進め、ドイツ国内外から作家や画家が集まる芸術の都であった。既に衛生学研究も軌道に乗り、ドイツ文学をはじめ文化全般を堪能するようになっていた鷗外は、ミュンヘン到着後まもない一八八六年三月八日に、カーニバルの行列を目にし、仮面舞踏会に出かけている。

『うたかたの記』の主人公・巨勢のモデルとなった画家・原田直次郎との交流、マックス・フォン・ペッテンコーファーのもとでの衛生学研究、ビールの名産地というミュンヘンの土地柄を活かした「ビールの利尿作用に就いて」という論文発表など、ミュンヘン時代の鷗外の生活は、留学生活を謳歌するエピソードに満ちている。また、ドレスデン地学協会でのナウマンの講演と記事へ

◆ベルリンでの鷗外の下宿の地図
（新潮日本文学アルバム）

ベルリンのマリーエン教会
（新潮日本文学アルバム）

マリーエンシュトラーセの下宿
（新潮日本文学アルバム）

下宿の現在（森鷗外記念館）

の駁論をアルゲマイネ・ツァイトゥング紙に寄稿している。

一八八六年六月一三日、ルードヴィヒ一世の孫にあたるルードヴィヒ二世が、精神科医の侍医フォン・グッデンとともにシュタルンベルガーゼーで謎の死を遂げたことは、鷗外に甚大な衝撃を与えた。ルードヴィヒ二世はリヒャルト・ヴァーグナーのパトロンであり、ノイシュヴァンシュタイン城はじめ豪華絢爛たる居城を次々と造営、国家財政を破綻させたとされるが、その城は現代のドイツの観光収入源となっている。

アルテ・ピナコテーク、ノイエ・ピナコテークをはじめとするミュンヘンの多くの美術館のうち、鷗外が好んで出かけたシャックギャラリーには、現代ミュンヘン絵画が収蔵されており、なかでも、エドワード・ヤーコブ・フォン・スタンレーの『ローレライ』（一八六四年）は、『うたかたの記』で主人公・巨勢が描こうとした、ローレライの岩の上で弦楽器を奏でるマリイ図に影響を与えている。原田直次郎は、ミュンヘン留学時にドイツ浪漫派の絵画に影響を受けており、世紀末趣味にも関心を寄せていたことが、交友関係にあった鷗外に影響を及ぼしており、鷗外は原田との交際によって、ドイツ美術に開眼したと言っても過言ではない。

5 「欧羅巴の新大都」ベルリン——日本人社会における葛藤

プロイセンのベルリンは、一八七一年ドイツ帝国成立から一九四五年の第二次世界大戦終結まで、ドイツ帝国の首都であった。ビスマルクの外交手腕とオーストリア＝ハンガリー帝国の凋落によって、ベルリンはヨーロッパにおける国際政治の中枢となる。

鷗外が「欧羅巴の新大都」ベルリンの地に初めて降り立った時の感慨は、『舞姫』における太田豊太郎の心情と重なっている。ウンターデンリンデン通りを中心に急速に発展し、人口が流入した大都会の光と闇を、鷗外は最後の留学地ベルリンで経験することになるのである。

一八八七（明20）年四月一六日、北里柴三郎の紹介で世界的な細菌学の権威であるロベルト・コッホを訪ね、彼のもとでの研究生活が始まる。その間、ドイツを来訪した川上操六、乃木希典陸軍少将、旧藩主亀井茲監の子息である茲明子爵らの接待等で多忙を極め、鷗外のベルリン時代を彩る主旋律は、日本人社会における葛藤であり、大和会という在独日本人会における人間関係のしがらみが留学生活を規定している。

他方、鷗外の語学力や見識が遺憾なく発揮されたエピソードとしては、石黒直悳軍医監に随行した、九月のカールスルーエの国際赤十字委員会と十月のヴィーン国際衛生会議での見事な通訳ぶりと主体的な発言によって、国際的舞台での日本評価を高めたこと、また、帰国の年＝一八八八年の大和会新年会でドイツ語の演説をおこない、折しも来独していた全権公使・西園寺公望から、「外邦の語に通暁すること此域に至るは敬服に堪えず」と賞賛されたことなどが挙げられる。これらのエピソードからは、当時のドイツにおける日本人社会の実態の一端がうかがえよう。

日本の〈エートス〉を求めて

鷗外のドイツ体験による精神の閲歴

祖国愛から〈まことの我〉へ

佐藤春夫によって「近代日本文学の紀元」と見なされた森鷗外のドイツ留学は、日本の近代化が西洋化の方向に向かって邁進した時期――一八八四（明17）年から一八八八（明治21）年までの四年間にわたり、その『独逸日記』には、異文化を受容するみずみずしい感受性と自己存在への探究心に満ちた、鷗外の留学生活が刻印されている。

ドイツ留学における鴎外の精神的閲歴は、国家の発展のために貢献するという当初の発想から、西洋文化の〈自由〉と〈美〉の認識を経て、近代日本の自己認識の課題と結びついた〈まことの我〉発見という軌跡をたどり、その自己認識と日本の近代化への認識が渾然一体となって、鴎外の文学活動に反映されることになる。

『独逸日記』明治一七年一〇月一三日の記述によれば、ベルリンに到着した鴎外はベルリン公使青木周蔵に面会し、「衛生学を修むるは善し、されど帰りて直ちにこれを実施せむこと、おそらくは難かるべし、足の指の間に、下駄の緒挟みて行く民に、衛生論はいらぬ事ぞ」と言われる。青雲の志を抱いて渡独した青年の、公使の言葉に対する驚嘆と憤慨は想像に難くない。

それから四半世紀後の短編小説『大発見』(明42年)には、鴎外自身と類似の体験をした主人公が、書物を渉猟するうちに、人前で鼻の穴をほじるという西洋人の野卑な行為の記述を〈大発見〉し、公使の鼻を明かしたような気分になるというエピソードが記されている。溜飲を下げた主人公の心理描写が精彩を放っているとは言え、注目されるのは、西洋との比較のもとに日本人の野蛮性を指摘された際の、相手に対する敵愾心である。この感情こそが、留学前および留学直後の鴎外自身の心情を象徴的に語るものであったと言えるだろう。

同様の心情は、ドレスデン地学協会で日本人の野蛮性と未開性を吹聴する地質学者エドムント・ナウマンの談話を聴いて、その偏見・誤解を解くべく反論したり、ミュンヘンに移ってからバイエルンの有力紙 München Allgemeine Zeitung に "Die Wahrheit über Japan" を発表して、ナウマンの侮蔑的な日本観に異を唱え、祖国の名誉回復に躍起になった行動にも表われている。

また、『独逸日記』明治一九年二月二五日に引用されているように、フランス船メンザレー号で共に洋行した同胞、音楽理論を専攻する田中正平に宛てての贈呈本に記した鴎外の献詩の一節――"So ringen wir gewiss zu jeder Stund'/Um Ruhm des Vaterlandes allein."(いついかなる時にも我われは、ただひたすら祖国の名誉のために努めようではないか)――にも、留学生としての自己存在をその祖国愛のなかに確認していることがうかがえる。

このような〈祖国愛〉を抱いての鴎外の留学生活は、やがて本務の衛生学研究も軌道に乗り、得意のドイツ語力を活かしてドイツ文化を堪能、ドイツ人との交流関係においてもまさにその青春を謳歌するものとなってゆく。しかし、ベルリンに戻っての留学生活最後の一年余に関する『独逸日記』の記述は、在独日本人親睦会〈大和会〉にまつわる人間関係が中心になり、ドイツに在りながら日本官僚社会に生きることへの輻輳した心情が映し出されている。鴎外はドイツ留学を通してそれまでの〈所動的、器械的〉生き方に疑問を抱くようになるのであり、その疑問がやがて近代日本への鴎外の認識を変容させ、近代日本の抱える矛盾や課題への洞察力を養成してゆくことになるのである。

また、鴎外の帰国後、ドイツ女性エリーゼ・ヴィーゲルトが鴎外の後を追って来日したことも、彼の文学活動と人生行路を考える上で重要な事件である。長年にわたり多くの仮説や見解が提示されてきた『舞姫』ヒロインのモデル、エリーゼ・ヴィーゲルトの実像について、ベルリン在住の文筆家・六草いちかが決定的新事実を発掘し、その現地での追尋の経緯と結果が、『鷗外の恋　舞姫エリスの真実』（二〇一一年、講談社）に詳述されている。Elise Marie Caroline Wiegert は、一八六六年九月一五日、現在はポーランド領シュチェチン生まれ。父親フリードリッヒは、ベルリンの銀行家クップファーの下で出納係を務めた人である。鷗外を追っての来日一ヶ月後、ドイツに戻ったエリーゼのその後について、一八九八年から一九〇四年までの六年間は、帽子製作者としてベルリン東地区ブルーメン通り一八番地に住んでいたことも明らかにされている。

鷗外の後を追ってはるばる日本にやって来たものの、一ヶ月後にはドイツに帰国せざるを得なかったエリーゼに対しての鷗外の弁明は残されておらず、その心情は直接に語られることなく、軍医としての職務や文学活動のなかに昇華されてゆく。むしろ、そのありように鷗外の心情を汲み取ることができるだろう。たとえば、それは異郷訪問譚を背後に控えたドイツ三部作『舞姫』『うたかたの記』『文づかひ』の執筆に活かされ、〈まことの我〉追究への精神の閲歴は、鷗外の近代日本観を変容させ、洞察力を与えていったという意味において、鷗外個人の異文化受容や自己洞察体験のみならず、近代日本と西洋との邂逅と確執のドラマを象徴するものであったと言えよう。

『妄想』に描かれた精神の閲歴

ドイツ留学をとおしての西洋文化受容のありかた、祖国の文化と二重写しになった自己存在についての鷗外の洞察は、主人公が若き日を回想するという形式と内容を有する短編小説『妄想』（明治44年）に顕著に叙述されている。この作品からは、ドイツ留学体験をとおしての西洋文化との接触の様相にとどまらず、近代日本に生きた作家としての鷗外の感受性の生成と変容のドラマを感得することができる。

若き日の主人公〈翁〉は、ドイツで生き生きとした留学生活を送り、しかも〈自然科学のうちで最も自然科学らしい医学〉〈exact な学問〉に携わっているにもかかわらず、〈心の寂しさ〉〈心の飢〉を感じ、〈生〉というものを考え、〈自分のしている事が、その生の内容を充たすに足るかどうだか〉という疑問を持つ。〈生まれてから今日まで、自分は〉〈始終何物かに策うたれ駆られているように学問ということに齷齪している。これは自分に或る働きが出来るように、自分を為上げるのだと思っている〉からである。〈しかし自分のしている事は、役者が舞台へ出て或る役を勤めているに過ぎない〉のではないか。〈勉強する子供から、勉強する学校生徒、勉強する官吏、勉強する留学生〉というのが〈役〉で、その〈役の背後に、別に何物かが存在しなくてはならない〉というように感じ始める。

鷗外の精神性を反映している主人公は、当時の〈西洋〉の〈自然科学〉を〈勉強〉するという理想的な境遇にありながら、自己の人生への疑問から生じた寂寞感によって、人生の意義について追究せざるを得なくなる。〈生〉を問うということは〈死〉を問うことと表裏一体であり、〈生〉を問う若き日の翁は、〈死〉についてこのようにも思う。〈西洋人〉は〈死を恐れないのは野蛮人の性質だと云っている〉ので、〈自分は西洋人の謂う野蛮人というものかも知れない〉と。そう思うと同時に、幼少時に両親から〈侍の家に生れたのだから、切腹ということが出来なくてはならない〉と度々諭され、その教えに対して何ら違和感を感じることなく、ただ〈肉体の痛み〉を〈忍ばなくてはなるまいと思ったこと〉を想起し、いよいよ自分は〈西洋人〉の〈所謂野蛮人かも知れない〉と思う。しかし、翁は〈その西洋人の見解が尤もだと承服することは出来ない〉のである。西洋文化との邂逅・尊重から自己の人生についての内省が生まれたにもかかわらず、同時にその西洋体験のゆえに、自らのなかに西洋文化とは異なる祖国の精神性が生きていることを、翁は再確認することになるのである。

しかし、留学生活三年を過ごした若き日の翁にとって、〈故郷は恋しい〉〈美しい、懐かしい夢の国〉でありながら、〈自分の研究しなくてはならないことになっている学術を真に研究するには、その学術の新しい田地を開墾して行くには、まだ種々の要約の闕けている国〉であり、そこに帰って行くのは〈残惜しい。敢えて「まだ」と云う〉。西洋を体験した日本人主人公にとって、〈故郷〉は〈学術〉の将来が絶望的な国ではない。学術を発展させる条件が〈まだ〉整っていないだけなのである。

その翁の認識に対して、〈日本に長くいて日本を底から知り抜いたと云われている独逸人某〉は、〈この要約は今闕けているばかりでなくて、永遠に東洋の天地には生じて来ない〉、〈東洋には自然科学を育てて行く雰囲気は無い〉のだと〈宣告した〉。そのような見解に対しての翁の感慨は、〈果してそうなら、帝国大学も、伝染病研究所も、永遠に欧羅巴の学術の結論だけを取り続ぐ場所たるに過ぎない筈である〉、〈しかし自分は日本人を、そう絶望しなくてはならない程、無能な種族だとうも思わないから、敢えて「まだ」と云う。自分は日本で結んだ学術の果実を欧羅巴へ輸出する時もいつかは来るだろう〉というものであった。

自ら〈故郷〉を〈学術〉の発展する〈要約〉（条件）が欠如している国としておきながら、それを〈西洋人〉に指摘されるや、過剰と思われるほどの敵愾心を燃やす主人公の両義的な心情が、ここに典型的に表わされている。両義性ゆえの揺れは、主人公の心情が反転を繰り返すことにも示されている。〈自然科学〉の領域に、自分は〈結論だけ〉ではなく、〈将来発展すべき萌芽〉をも持ち帰るつもりであるが、〈帰って行く故郷には、その萌芽を育てる雰囲気が無い。少くも「まだ」無い。その萌芽も徒らに枯れてしまいはすまいかと気遣われる〉のである。

また、帰国後の翁は、自分が〈失望〉を以て〈故郷の人〉に迎えられたと感じている。なぜなら、〈これまでの洋行帰りは、希望に輝く顔をして、行李の中から道具を出して、何か新しい手品を取り立てて御覧に入れることになっていた〉のに、翁は〈都会改造〉・〈食物改良〉・〈仮名遣改良〉などの〈議論〉において、〈人の改良しようとしている、あらゆる方面〉に向かって、〈本の木阿弥説〉を唱えたからである。〈洋行帰りの保守主義者は、後には別な動機で流行し出したが、元祖は自分であったかも知れない〉というように、翁は得意とも自嘲ともとれるような感慨を述べているが、〈正直に試験して見れば、何千年という間満足に発展して来た日本人が、そんなに反理性的生活をしていよう筈はない。初から知れ切った事である〉という結論めいた主張こそが、揺るがせない真理として提示されていると言えるだろう。

『妄想』の翁、すなわち鷗外が、精神の葛藤の後に成就しようとしたことは、〈西洋〉の〈学術〉を輸入することではなく、〈学術〉の〈雰囲気〉を醸成することであり、その〈雰囲気〉のなかで〈日本〉が将来的には〈西洋〉に〈輸出〉することのできるような〈学術〉の〈発芽〉を育成してゆくことであった。鷗外の言うこの〈雰囲気〉について、小堀桂一郎は〈エートス〉と呼び、〈鷗外が嘆いたのは日本に、学問的真理の要求に内面的に対決する精神、エートスが欠けていることである〉と指摘している。

とまれ、ドイツ留学を閲した鷗外文学は、〈日本人の内面性〉〈日本のエートス〉の考察と個人の人生意義追究とが結びついた精神の閲歴の所産であった。鷗外文学が鷗外自らの〈学問的真理の要求に内面的に対決する精神〉によって支えられていたように、その現代的意義もまた、異文化との接触を通して生まれる他者理解と自己認識の錬磨──〈真理の要求に内面的に対決する精神〉の重要性を説くその思想に汲み取ることができるだろう。

※本項は、拙稿「鷗外文学における近代日本超克への道程──西洋文化受容を通しての鷗外精神史」(『日本の科学者』29巻4号　一九九四年四月)の一部を改稿したものである。

◆扉頁写真
上…ドイツ留学時代の森鷗外
下…ミュンヘンの凱旋門(新潮日本文学アルバム)

◆参考文献

(森鷗外のドイツ留学に関わる膨大な先行研究のうち、本稿に直接関連する文献に限って提示した。)
小堀桂一郎『若き日の森鷗外』(一九六九年一〇月一〇日、東京大学出版会)
竹盛天雄『新潮日本文学アルバム　1　森鷗外』(一九八五年二月二〇日、新潮社)
清田文武『鷗外文芸の研究　青年期篇』(一九九一年一〇月三一日、有精堂)
林　正子『異郷における森鷗外、その自己像獲得への試み』(一九九三年二月一七日、近代文藝社)
長島要一『森鷗外　文化の翻訳者』(二〇〇五年一〇月二〇日、岩波新書)
山崎國紀『評伝　森鷗外』(二〇〇七年七月二〇日、大修館書店)
六草いちか『鷗外の恋　舞姫エリスの真実』(二〇一一年三月八日、講談社)
金子幸代『鷗外と近代劇』(二〇一一年三月三一日、大東出版社)

ドイツに関わる鷗外作品

舞姫

（明治23年）「国民之友」一月号

「余は模糊たる功名の念と、検束に慣れたる勉強力とを持ちて、忽ちこの欧羅巴の新大都の中央に立てり。何らの光彩ぞ、我目を射むとするは。何らの色沢ぞ、我心を迷はさむとするは。菩提樹下と訳するときは、幽静なる境なるべく思はるれど、この大道髪の如きウンテル・デン・リンデンに来て両辺なる石だたみの人道を行く隊々の士女を見よ。」

うたかたの記

（明治23年）「しがらみ草紙」八月号

「時は耶蘇暦千八百八十六年六月十三日の夕の七時、バワリア王ルウドヰヒ第二世は、湖水に溺れて殂せられしに、年老いたる侍医グッデンこれを救はむとて、共に命を殞し、顔に王の爪痕を留めて死したりといふ、おそろしき知らせに、翌十四日ミュンヘン府の騒動はおほかたならず。街の角々には黒縁取りたる張紙に、この訃音を書きたるありて、その下には人の山をなしたり。新聞号外には、王の屍見出だしつるをりの模様に、さまざまの臆説附けて売るを、人々争ひて買ふ。点呼に応ずる兵卒の正服つけて、黒き毛植ゑたるバワリア鍪戴ける、警察吏の馬に騎り、または徒立にて馳せちがひたるなど、雑沓いはんかたなし。久しく民に面を見せたまはざりし国王なれど、さすがにいたましがりて、憂を含みたる顔も街に見ゆ。」

文づかひ

（明治24年）「新著百種」一月号

「近比日本の風俗書きしふみ一つ二つ買はせて読みしに、おん国にては親の結ぶ縁ありて、まことの愛知らぬ夫婦多しと、こなたの旅人のいやしむやうに記したるありしが、こはまだよくも考へぬ言にて、かかることはこの欧羅巴にもなからずやは。いひなづけするまでの交際久しく、かたみに心の底まで知りあふ甲斐は否とも諾ともいはるる中にこそあらめ、貴族仲間にては早くより目上の人にきめられたる夫婦、こころ合はでも辞まむよしなきに、日々にあひ見て忌むこころ飽くまで募りたる時、これに添はする習、さりとてはことわりなの世や。」

妄想

（明治44年）「三田文学」三月号、四月号

「自分がまだ二十代で、全く処女のような官能を以て、外界のあらゆる出来事に反応して、内には嘗て挫折したことのない力を蓄えていた時の事であった。自分は伯林にいた。列強の均衡を破って、独逸という野蛮な響きの詞にどっしりした重みを持たせたウィルヘルム第一世がまだ位におられた。今のウィルヘルム第二世のように、dämonisch な威力を下に加えて、抑えて行かれるのではなくて、自然の重みの下に社会民政党は喘ぎ悶えていたのである。劇場では Ernst von Wildenbruch が、あの Hohenzollern 家の祖先を主人公にした脚本を興行させて、学生仲間の青年の心を支配していた。」

神田由美子

鏡を割った街

漱石文学におけるロンドン

夏目漱石

英国での留学生活

一九〇〇（明33）年五月一二日、熊本で第五高等学校の英語教師をしていた夏目漱石は、文部省第一回官費留学生として、英語研究のため二年間の英国留学を命じられた。漱石は「当時余は特に洋行の希望を抱かず」（『文学論』序）と述べている。だが、東京帝国大学英文科在学中から漱石は、強く洋行を望んでいた。ただ、文部省の「英語教授法ノ取調」という課題には納得せず、あくまで英文学を極めるための英国留学だった。

九月八日、漱石はドイツ船プロイセン号で横浜を出港した。同行の留学生には、芳賀矢一と藤代禎輔がいた。その後一ヶ月余りの船旅の間、漱石は、まず西洋料理ばかりの食事と船酔いと自身の会話力の未熟さに悩まされた。また中国、東南アジア、中近東の航路を経てヨーロッパに入った漱石は、アジアでのヨーロッパ列強の植民地支配の実態と、日本人娼婦〈からゆきさん〉の姿を目撃することになる。日本からヨーロッパ大陸への長い航海は、英国での異文化体験の準備期間となった。

一〇月二一日にパリに着いた漱石は万国博覧会を訪れ、日本の伝統的絵画・工芸に影響されたアール・ヌーヴォー様式の工芸デザインや印象派の絵画を鑑賞し、〈ジャポニズム〉という、欧州の世紀末芸術の傾向に触れた。

一〇月二八日にロンドンに着くと漱石は、大英博物館に近いB&Bに宿を定めた。翌日、ロンドンの中心であるオックスフォード街で、後に大英帝国を斜陽に導くボーア戦争から帰った義勇兵の行進と、彼らを熱狂的に迎える群衆の渦に巻き込まれた。さらにその翌日には、ロンドン塔を見学した。その後十日程の間に、ロンドン各地の美術館を廻り、特にテート・ギャラリーのラファエル前派の絵画に衝撃を受けた。

また研修先の候補として一一月一日にケンブリッジ大学に赴いたが、この大学での紳士的学生生活に必要な高額の費用を考えて諦めた。そしてロンドン大学のケア教授の講義を聴講する傍ら、一一月二二日から、シェイクスピア研究家のウイリアム・クレイグから個人教授を毎週一回受けることにした。ロンドン大学は二カ月でやめたが、クレイグ宅には一年間通った。この間、一一月一二日には、ロンドン北部にあるウエスト・ハムステッドの下宿に移った。漱石が「東京の小石川の様な処」（『書簡』）と譬えた上品な住宅地だったが、主人一家の冷たい人間関係に耐えられず、一二月二〇日には、「東京の深川」（『書簡』）めいたカンバーウエルの下宿に引っ越した。

翌一九〇一（明34）年、一月二三日に、大英帝国の象徴だったヴィクトリア女王が亡くなり、その葬儀を漱石は、ハイド・パークから見物した。そして四月二五日には、大家の一家と共に、ロンドンの場末にあたるトゥーティングの下宿に移った。大家の貧窮に同情して越したこの下宿は「聞キシニ劣るイヤナ処デイヤナ家」（『日記』）だったが、ここで、科学者の池田菊苗と一ヶ月同宿したことが、文学を科学的に説く『文学論』執筆の端緒となった。

七月二〇日には、クラカム・コモンの下宿に移った。この下宿で、漱石は初めて文学を話しあえる大家ミス・リールと出会った。そして周囲も静かな中流住宅街だったので、帰国までの一年半、この下宿の部屋に籠って英文学研究に専念することとなった。

ただ翌一九〇二（明35）年の三月頃には研究に没頭するあまり神経衰弱に陥り、日本にも「夏目狂せり」の噂が伝わった。だが九月に当時流行の自転車乗りに挑戦したことで、次第に心身の健康を取り戻した。そして一〇月から一一月初めのスコットランド旅行では英国で最後の楽しい時を過ごし、一二月五日、博多丸で帰国の途についた。

漱石文学に影響を与えた一九世紀の英国社会と文化

一八三七年に始まるヴィクトリア女王の治世は、女王とその夫君アルバート公夫妻を模範とする「健全で愛に満ちた家庭生活」が理想とされる時代だった。さらに産業革命によって誕生した競争社会は「夫が全力で働けるように、妻は家で子育てと使用人の監督に従事し、家庭を夫の安らぎの場として整える」という家庭観を英国に根づかせることになった。しかし、そのような「健全さ」は女性の社会進出を阻み、弱者を切り捨て経済的効率を追求する男性中心主義を形成する基盤ともなっていった。

1 ラファエル前派

そのような男性社会の欺瞞性を敏感に察知し、もう一度女性を崇めた中世の騎士道精神を芸術化しようとしたのが、イタリアの画家ラファエルの柔和な画風を手本とする形式的な英国画壇に反発して、ラファエル以前の一五世紀イタリア絵画を賛美する「ラファエル前派」（ラファエル前派兄弟団）だった。この英国の画家グループは、ウイリアム・ホルマン・ハント、ジョン・エヴァレット・ミレイ、ダンテ・ガブリエル・ロセッティ、ウイリアム・モリス、ジョン・ウイリアム・ウオーターハウスなど英国の若き画家たちによって、一八四八年九月に結成された。彼らは、一九世紀の機械文明に支えられた近代社会への抵抗として中世の物語を題材とする絵画に挑戦し、また女性崇拝の具象化として「水の女」やファム・ファタール（famme fatale,「宿命の女」）を好んで題材と

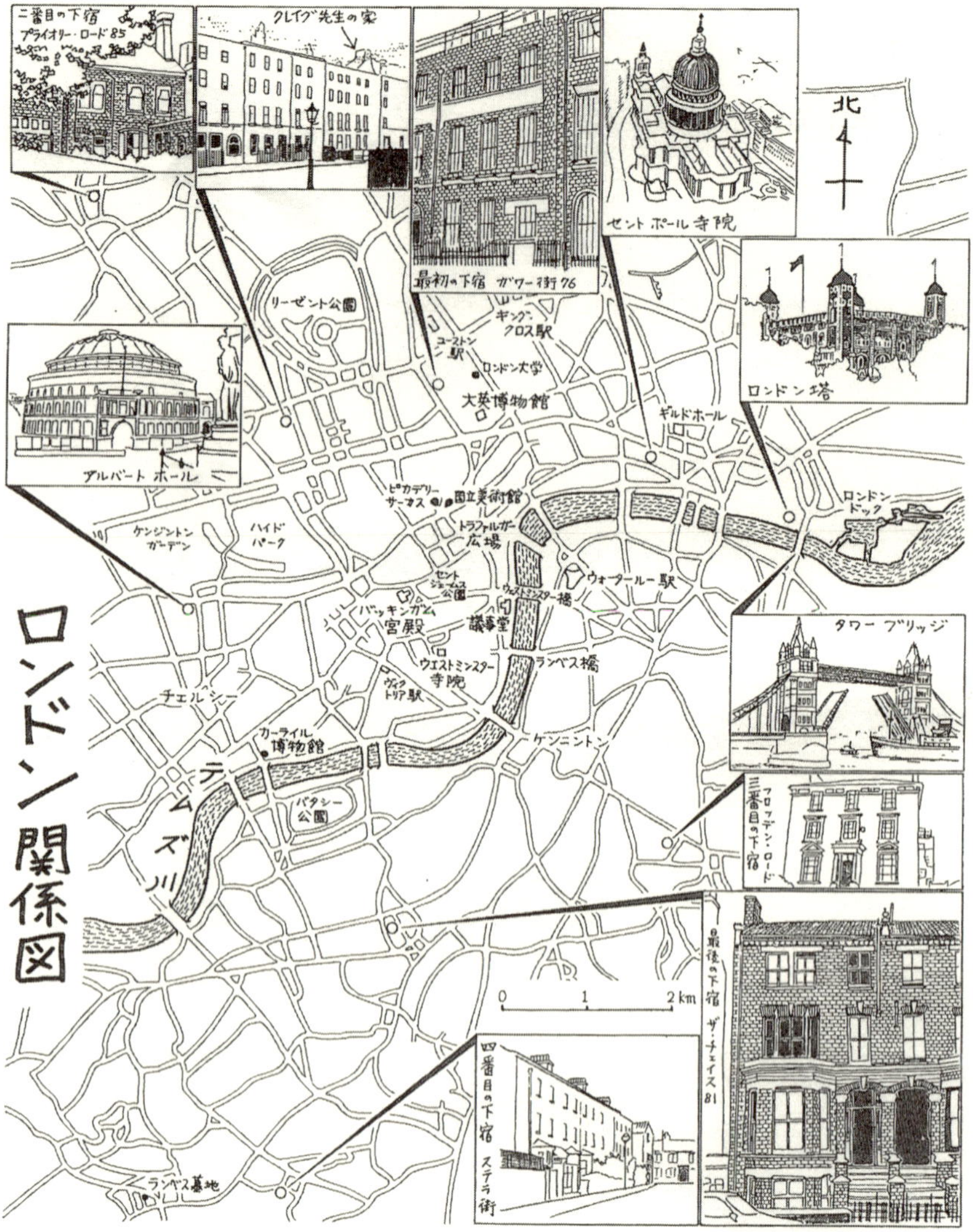

『新文芸読本　夏目漱石』
（1990年６月25日刊　河出書房新社）所収
松本哉制作のイラスト

◆漱石の下宿
一回目…ガワー・ストリート
二回目…プライオリー・ロード
三回目…フロッデン・ロード
四回目…ステラ・ロード
五回目…ザ・チェイス

◆水の女
ジョン・ウィリアム・ウォーターハウス
「マーメイド」

ヴィクトリア女王の棺

ジョン・エヴァレット・ミレイ
「オフィーリア」

◆ファム・ファタール
オーブリー．ビアスリー
オスカー・ワイルド作
「サロメ」挿絵

した。彼らの描く「水の女」や「宿命の女」には、艶麗な容姿に残酷性を秘めたアーサー王の妃「グウィネビア」や冥界の女帝「プロセルピナ」という妖女・魔女タイプと、愛する男性に純愛を捧げる「オフィーリア」や「シャロットの女」のような可憐なタイプがあった。夏目漱石は、このようなラファエル前派の絵画から、多くの作品のイメージを喚起された。たとえばホルマン・ハントの「シャロットの女」（一八五八）とジョン・ウイリアム・ウオーターハウスの「シャロットの女」（一八八八）には「薤露行《かいろこう》」、ジョン・エヴァレット・ミレイの「オフィーリア」（一八五一〜五二）には「草枕」、ジョン・ウイリアム・ウオーターハウスの「マーメイド」（一九〇〇）には「三四郎」、ダンテ・ガブリエル・ロセッティの「祝福されし乙女」（一八七一〜七七）には「夢十夜」〈第一夜〉への影響が指摘されている。

2 世紀末の英国社会の傾向

「健全な家庭生活」と「機械文明」という一九世紀の英国のスローガンは、次第に人々に息苦しさを感じさせるようになり、世紀末には、偽善的な家庭の幸福を破る男女関係や闇の女たちの存在がクローズアップされるようになってくる。そのような、英国の世紀末社会が抱えていた〈家庭〉問題は、お互いに猜疑心に囚われて苦悩する男女を描いた「それから」「門」「彼岸過迄」「行人」「こころ」「道草」「明暗」などの漱石文学の主題に、その影響を見ることが出来よう。

ボーア戦争から凱旋した義勇軍の行進

テート・ギャラリー

3 ボーア戦争（南アフリカ戦争）

漱石が滞英した世紀末から新世紀にかけての二年は、ヴィクトリア女王の死に象徴されるように、大英帝国が斜陽への一歩を踏み出した時期でもあった。そしてその斜陽の大きな原因となったのが、英国が南アフリカのオランダ系入植者（ボーア人）の国家であるトランスヴァール共和国とオレンジ自由国を併合するために行った南アフリカ戦争、別名ボーア戦争だった。英国はダイアモンド鉱山を持つトランスヴァール共和国を併合するため第一次ボーア戦争（一八八〇〜八一）を起こしたが破れ、トランスヴァール、オレンジ両共和国の独立を認めた。だが、一八八六年にトランスヴァール共和国に金の鉱脈が発見されると、英国は様々な内政干渉を行い始めた。そこで、両共和国は、内政不干渉を条件として「両共和国内で大英帝国市民に同等の権利を与える」という英国側の要求を飲んだが、英国はこの条件を拒否し、第二次ボーア戦争（一八九九〜一九〇二）が勃発した。三万五千人程の南アフリカ軍に対し、英国はカナダ・オーストラリア・ニュージランドからの義勇軍を含む四五万の大軍で侵入した。

4 英国美術館所蔵の絵画

19世紀末の英国の美術館は多くの名画を所蔵していた。漱石はロンドン滞在中、様々な美術館に何度も通い、そこで鑑賞した絵画が帰国後の漱石作品のモチーフを形成した。たとえば、ドロラシェ作「ロンドンのエドワード五世とヨーク公」と「ジェーン・グレーの処刑」は「倫敦塔」への、ブリトン・リヴィエラ作「ガダラの豚の奇跡」は「夢十夜」〈第十夜〉への影響が指摘されている。

鏡を割った街
漱石文学におけるロンドン

ロンドンを見る漱石の4つの視点

洞窟のような塔に籠り、鏡に映る「現実の影」をタペストリーに織っていた〈シャーロットの女〉は、ある日、鏡を横切った騎士ランスロットに魅せられ、思わず窓辺に走り寄って「現実」の光景を見てしまい、鏡を割って永遠の呪いに落ちていく。「アーサー王伝説」を下敷きとした、英国詩人テニソンの詩で有名なこの〈シャーロットの女〉を、夏目漱石も初期短編「薤露行」（明38）の中に登場させ、ロンドンという「現実」に触れ自律性《アイデンティティ》の危機に陥った自己を暗喩している。

「倫敦に住み暮らしたる二年は尤も不愉快の二年なり。」（『文学論』序）と書いた漱石の「不愉快」は、ロンドンにおいて、「現実の影」を映していた自身の心の鏡が粉微塵に砕け、自己と英国と日本の赤裸々な「現実」に直面したことから生じる、強烈な「存在への不安感」であった。そしてこの不安感は、また、エリート英文学者漱石が、日本人として、創作者としての再生を果たすための避けられぬ通過儀礼でもあった。

一九〇〇（明33）年六月一二日、文部省第一回官費留学生として、二年間の英国留学を命ぜられた三三歳の夏目漱石は、同年九月八日、ドイツ船プロイセン号で横浜を出港し、一〇月二八日夜、ロンドンに到着、ガワー・ストリート76番地の小ホテルに旅装を解いた。この長旅の途上で漱石は、一〇月二〇日、ちょうど万国博覧会が開催されているパリに入った。そして一週間のパリ滞在中、万博会場を彩る西欧世紀末芸術の精華と、近代都市の非常な「繁華と堕落」（『日記』明33・10・23）を目撃する。また、ロンドン到着の翌日、まだ方角もわからないロンドンの街頭で、ボーア戦争から凱旋した義勇兵を迎える群衆の渦に巻き込まれる。さらに翌一九〇一（明34）年一月二三日、大英帝国の象徴として約六四年君臨したヴィクトリア女王の訃報に接する。またこのロンドンという街に、霧と煤煙と塵埃に満ちたところ（『日記』明34・1・3、4）という感想を抱く。

こんな印象を得た後、漱石は次第に、日本では一流の文学者だった自身が「世界の勧工場」（「倫敦消息」）であるロンドンの「現実」の中では、あばた顔の「妙な顔色をした一寸法師」（「倫敦消息」）の貧乏書生でしかない事実を知らされる。と同時に、漢文学によって〈文学〉の概念を身につけた明治人である自己が、英文学を研究することに強い疑問を抱き始める。さらに一九〇二（明35）年一月三〇日、日英同盟締結当時の、ロンドン在住の日本人の同盟への浮薄な歓迎ぶりを見て、「貧民が富豪と縁組」した姿と皮肉り、英国人が「道義より利益」で動く国民であることも喝破する（明35・3・15、中根重一宛書簡）。

つまり漱石は、西欧の第一印象として、世紀末芸術の傾向と、植民地政策によって栄えてきた大英帝国崩壊の予兆と、パリやロンドンという近代都市の悪徳と謎を秘めた繁華、いわばロンドンの芸術、歴史、都市の「現実」を胸に刻み、その後さらに、ロンドンでの自己と日本人と英国人の苦い「現実」を突きつけられたのである。漱石はこの後、この〈世紀末芸術〉、〈大英帝国の歴史的位置〉、〈近代都市の様相〉、〈ロンドンの日本人と英国人〉という四つの視点を軸にロンドンの「現実」と関わり、その視点は、帰国後の漱石文学に様々に反映されていく。

一九世紀の英国絵画への関心

まず漱石は、当時ロンドンの芸術界を支配していた、ラファエル前派を先駆とする世紀末絵画に、テート・ギャラリーなどロンドン各地の美術館で直に接し、そこに描かれた世紀末の美神達、つまり可視的な現実世界から水底の幻想世界へ男を誘い込む〈水の女〉や〈宿命の女〉の魅力に捕えられていった。そしてこのロンドンの絵画が漱石に与えた漱石の夢の女のイメージは、漱石文学のヒロイン像を決定する最大の要素となる。

世紀末芸術に影響された漱石のヒロイン像とは、具体的には、近代産業社会の批判者としての、中世的で神秘的なJ・E・ミレーの絵画「オフィーリア」や、男性倫理を断罪するオーブリ・ビアズレーの挿絵「サロメ」のような、美しき〈宿命の女〉《ファムファタール》達のことである。たとえば、「幻影の盾」（明33）では城と運命をともにする可憐なクララと、「太古の池」のほとりに立つ赤衣の女によって、「薤露行」では騎士ランスロットを慕って死ぬ乙女エレーンと、ランスロットと不倫の恋に耽る王妃ギニヴィアによって、それぞれ男性社会の犠牲となるオフィーリアと男性を破滅に導くサロメという、〈宿命の女〉の両面が描き出されている。

このような〈宿命の女〉の二面性は、「草枕」（明39）の那美からは、一人のヒロイン像に内包されていく。那美は主人公の画家を翻弄し没落した夫を捨てるサロメであるとともに、男との不幸な関係によって水死するミレーの「オフィーリア」の幻影にも彩られている。また「虞美人草」（明40）の藤尾は、小野さんに男性社会の掟を破らせる冥界の女神「プロセルピナ」の顔と、旧弊な男性倫理の犠牲となってさらす美しい死顔を持っている。「三四郎」（明41）の美禰子は、池、小川という水辺で三四郎を虜にする世紀末の〈水の女〉であるとともに、嫁ぐ以外に生きる術《すべ》のない男性社会の犠牲者でもある。「それから」（明42）の三千代は、代助と平岡の身勝手な男の友情に振り廻され不幸な妻となる一方、大学出の二人の男の前途を暗く閉ざしてしまう。

そしてこの世紀末的ヒロイン像は、等身大の妻との葛藤をモチーフとする自伝的小説「道草」（大四）において終わりを告げ、絶筆「明暗」（大五）のお延、お秀によって漱石は初めて、男性社会の犠牲者でも破壊者でもない、日本の現実に挑む女性像を描出することになった。

この事実は、漱石がロンドンで触れた世紀末絵画の夢の女達に、いかに長年強く囚われていたかを証明するものであろう。

大英帝国滅亡の予感

漱石がロンドンで気づいた第二の「現実」は、大英帝国滅亡の影である。漱石は滞英中の書簡に「欧州今日文明の失敗は明かに貧富の懸隔甚しきに基因致候」（明35・3・15付、中根重一宛）と書き、倫敦日記の中でも、「英人は天下一の強国と思っていて、羅馬《ローマ》や希臘《ギリシャ》が亡びた過去の歴史を忘れている」（明34・3・21）と述べている。文明が極致に達した国の辿る悲惨な末路を、漱石は、ボーア戦争の泥沼化と女王の死で終わるヴィクトリア朝最後の四ヵ月、そしてエドワード朝一年六ヵ月の、いまだ華やかなロンドンの空気の中に、敏感に透視していたのである。

ロンドンの現実が漱石に与えた、この西洋の近代文明への批判的視点も、世紀末の夢の女達同様、帰国後の漱石文学の重要なモチーフを形成する。たとえば、「虞美人草」の収束部で漱石は、外交官としてロンドンに赴いた宗近に、「此所では喜劇ばかり流行る」と言わせる。この言葉は、一九世紀末から二〇世紀のロンドンの劇場では喜劇が流行していたという事実の報告とともに、暗に、近づく自らの悲劇を自覚しない文明の街「倫敦」自体の悲喜劇を示唆していると受け取ることが出来る。さらに、そのような西洋の都市の風潮に従おうとする日本をも痛烈に揶揄している。また「三四郎」の中での、「亡びるね。」という広田先生の有名な断言も、日露戦後の日本の未来への予言であるとともに、ロンドンで大英帝国崩壊を予感した漱石が、西欧の文明先進国すべてに発した警告だったともいえよう。

近代都市の様相

漱石がロンドンで触れた第三の「現実」である近代都市の様相は、「不思議な都」（「彼岸過まで」）という言葉に要約できる。汽車、馬車、電気鉄道、鋼条鉄道が「蜘蛛手十字に往来」（「倫敦塔」）し、四角な四階建ての家がどこまでも続いて自分の家に戻れず（「永日小品」〈印象〉）、人の顔、馬の首、テームズ河を飛ぶ鴎、乗合馬車が、霧の中に一瞬現れ、夢のように消えていく（「永日小品」〈霧〉）、悪と美と謎に満ちた迷宮としての不可思議な街。漱石のこのようなロンドンの捉え方には、「霧につつまれたロンドンの不思議な光景を描いた」（尹相仁《ユンサンイン》）印象派の巨匠モネや世紀末の夜景画家ホイッスラーの影響も指摘されている。そしてこのロンドンの印象は、小説家漱石が作中で近代都市としての東京を描く時の、潜在的な手本となった。「琴のそら音」（明38）の中での、夜の山の手の描写によって暗示された都会の神秘性、「彼岸過迄」で敬太郎が探偵の真似事をする神田小川町周辺の謎めいた雰囲気などに、近代都市ロンドンが漱石に与えた妖しいイメージが、最も鮮やかに反映されている。

漱石はロンドン滞在中、五回も住居を変えている。一回目は前述した、文教地区ガワー・ストリート（76 Gower Street）の小ホテル。二回目は漱石がロンドンの「小石川」と称した、ウエスト・ハムステッドのプライオリー・ロード八五番地（85 Priory Road, West Hampstead）。三回目が「深川」と表現した、ロンドンの南東カンバーウエルのフロッドン・ロード六番地（6 Flodden Road, Camberwell New Road）。四回目がさらに南東場末のトゥーティングのステラ・ロード五番地（5 Stella Road, Tooting Graveney）。そして最後が、同じく南東だが静かな中流住宅地であるクラパム・コモンのザ・チェイス八一番地（81 The Chase Clapham Common.）。

この五回もの移動が漱石に、中心が盛り場・金融街・文教地区、北西が山の手、テームズ側を超えた南東が労働者街や貧民街もある下町風の地域という、ロンドンの概略的構造を知らせることになった。そしてこの経験が、東京でも「郊外」「山の手」「下町」「川向う」と様々な場所に住んだ漱石に、ロンドンと東京との共通性を認識させ、それがまた、ロンドンを下敷きとして近代都市東京を描く発想に繋がっていったのである。

ロンドンにおける日本人と外国人の実像

漱石が触れた第四の「現実」は、近代都市ロンドンに生きる日本人と、英国人を始めとする外国人の様々な生態である。漱石は、五回の下宿替えによって、ロンドン人の幾つかの素顔に接することが出来た。第二の下宿では、主人一家の複雑で冷たい親子関係を（「永日小品」〈下宿〉〈過去の匂い〉）、第三、第四の下宿では、女主人達が貧困のために場末の町に追いやられていく姿と、下宿の下女ベンの滑稽だが悲惨な人生を（「倫敦消息」）、最後の下宿では、神経を病む漱石に自転車乗りを勧めてくれる老姉妹のおせっかいな善良さを（「自転車日記」）、それぞれ垣間見ることが出来た。また、漱石が一年ほど個人教授を受けたシェイクスピア学者クレイグ先生の浮世離れした孤独な日々（「永日小品」〈クレイグ先生〉）や、漱石と一時期下宿を共にした科学者池田菊苗や、「地獄買い」に明け暮れる日本の実業家達の生き方も、観察することが出来た。これらの外国人や日本人との一時の触れ合いが、漱石の心に「現実」への強い幻滅と深い興味を同時に喚起し、それが醜悪な現実を厭いつつ現実と対峙し続ける作家漱石を生み出す、大きな原動力となったのである。

漱石の倫敦日記は、一九〇一年一一月一三日で終わっている。一九〇二年一二月に帰国する一年以上も前である。その沈黙の一年間、漱石は最後の下宿に立て籠り、ロンドンの「現実」に触れて割れた自身の心の鏡を修復させる、過酷な作業に没頭していた。その異常な真摯さは、日本の人々に「夏目狂せり」という噂さえ齎した。しかし、このロンドン滞在前半一年の芸術・歴史・都市・人間の「現実」との出逢いと、後半一年のその「現実」とのひたむきな闘争が、あの永遠に古びない漱石文学の「現実」の源泉となったのである。

ロンドンで「現実の影」を映す鏡を割り、英文学研究という密室のタペストリー造りを捨てた漱石は、帰国後永遠に呪われた〈シャーロットの男〉として、「現実」を凝視し続け描き続ける人生を、自ら選びとることになった。

◆扉頁写真
上…若い頃の夏目漱石
下…ダンダーラック・ハウス正面（スコットランド・ピトロクリ）

◆参考文献
清水一嘉『自転車に乗る漱石　百年前のロンドン』（二〇〇一年一二月二五日、朝日選書六八九）
末延芳晴『夏目金之助　ロンドンに狂せり』（二〇〇四年四月一〇日、青土社）
斎藤貴子『ラファエル前派の世界』（二〇〇五年八月四日、東京書籍）
出口保夫『漱石と不愉快なロンドン』（二〇〇六年四月二五日、柏書房）
尹　相仁『世紀末と漱石』（二〇一〇年一二月一〇日、岩波人文書セレクション）

ロンドンに関わる漱石作品

永日小品

（明治42年1月1日～3月12日）
東京・大阪『朝日新聞』

❖過去の匂い

K君は何時でも眉をひそめて、首を振つていた。アグニスと云う小さい女が一番可哀想だと云つていた。（略）表二階の窓から、例の羽二重の窓掛が引き絞つたまま硝子《ガラス》に映つている。自分は暖かい暖炉《ストーブ》と、海老茶の繻子の刺繍《ぬいとり》と、安楽椅子と、快活なK君の旅行談を予想して、勇んで、門を入つて、階段を駆け上る様に敲子《ノッカー》をとんとんと打つた。（略）自分は敷居から一歩なかへ足を踏み込んだ。そうして、詫びる様に自分をじつと見上げているアグニスと顔を合わした。その時この三箇月程忘れていた、過去の下宿の匂いが、狭い廊下の真中で、自分の嗅覚を、稲妻の閃く如く、刺激した。（略）自分はこの匂いを嗅いだ時、彼等の情意、動作、言語、顔色を、鮮やかに暗い地獄の裏に認めた。

❖印象

表へ出ると、広い通りが真直に家の前を貫いている。試みにその中央に立って見廻してみたら、眼に入る家は悉く四階で、又悉く同じ色であった。隣も向うも区別のつきかねる位似寄った構造なので、今自分が出て来たのは果たしてどの家であるか、二三間行過ぎて、後戻りをすると、もう分らない。不思議な町である。

倫敦塔

（明治38年）
『帝国文学』一月号

倫敦塔の歴史は英国の歴史を煎じ詰めたものである。過去と云ふ怪しき物を蔽へる戸帳が自づと裂けて龕中の幽光を二十世紀の上に反射するものは倫敦塔である。凡てを葬る時の流れが逆しまに戻つて古代の一片が現代に漂ひ来れりとも見るべきは倫敦塔である。人の血、人の肉、人の罪が結晶して馬、車、汽車の中に取り残されたるは倫敦塔である。

草枕

（明治39年）
『新小説』九月号

不思議な事には衣装も髪も桜もはつきりと目に映じたが、花嫁の顔だけは、どうしても思ひつけなかつた。しばらくあの顔か、この顔か、と思案して居るうちに、ミレーのかいた、オフェリアの面影が忽然と出て来て、高島田の下へすぽりとはまつた。是は駄目だと、折角の図面を早速取り崩す。衣装も髪も馬も桜も一瞬間に心の道具立から奇麗に立ち退いたが、オフェリアの合掌して水の上を流れて行く姿丈は、朦朧と胸の底に残つて、棕櫚箒で煙り烟を払ふ様に、さつぱりしなかつた。

三四郎

（明治41年9月1日～12月29日）
『東京朝日新聞』

「一寸御覧なさい」と美禰子が小さな声で云ふ。三四郎は及び腰になつて、画帖の上へ顔を出した。美禰子の髪《あたま》で香水の匂がする。画はマーメイドの図である。裸体の女の腰から下が魚になつて、魚の胴が、ぐるりと腰を廻つて、向ふ側に尾だけ出てゐる。女は長い髪を櫛で梳きながら、梳き余つたのを手に受けながら、此方を向いてゐる。背景は広い海である。「人魚《マーメイド》」「人魚《マーメイド》」頭を擦り付けた二人は同じ事にさゝやいた。

有島武郎

根元的思索の揺籃

『迷路』のアメリカ

中村三春

アメリカでの留学生活

一九〇一（明34）年、有島武郎は札幌独立基督教会に入会し、また札幌農学校を第一九期生として卒業した後、一年志願兵として兵役に就き、除隊後にアメリカ留学を志した。親友の森本厚吉とともに旧師新渡戸稲造を訪ね、クエーカーであった新渡戸の勧めで、クエーカー系のペンシルヴェニア州ハヴァフォード大学に留学することに決めた。

一九〇三（明36）年八月二五日、森本とともに横浜から伊予丸にて出航し、九月八日にシアトル港に到着、シカゴ、ニューヨーク経由で（途中、ボルティモアのジョンズ・ホプキンズ大学に向かう森本と別れ）、二四日、フィラデルフィア近郊のハヴァフォードに到着。大学院への入学手続きを行い、英国史・中世史・経済学（労働問題）・ドイツ語を履修する。「実用的英語ノ不自由ハ唯今最困難ヲ感ズル処ニ御坐候」と家族宛書簡（明36・9・27）に書くような苦労を重ねて、一九〇四（明37）年五月、修士論文「日本文明の発展――神話時代から将軍権力の没落まで――」（英文）を完成し、六月に文学修士（Master of Arts）の学位を授与される。

同じ年の七月から九月まで、フィラデルフィア北郊フランクフォードのフレンド精神病院にて、付添・雑益などに従事した（フレンドはクエーカーの正式名称）。薄給（月額一八ドル）の長時間勤務に耐えたのは、「神ハ余ヲ茲ニ導キ給ヘリ」（日記『観想録』、以下同、明37・7・19）とする自己鞭撻がその動機である。介護した患者の一人スコットは、事業に失敗した弟の自殺を自らの罪責と感じていたが（同・8・17）、その後有島はボストンに向かう列車の車中でスコットの自殺の報を紙上に見つけ驚愕する。「余ハ此一大事件ヲ忘レジ」（同・9・26）。

同年九月二九日、マサチューセッツ州ケンブリッジのハーヴァード大学大学院で、歴史・政治学部門での聴講の手続きを行った。社会主義者金子喜一と知り合い、一九〇五（明38）年一月一日、金子とともにボストンで社会主義者の集会に参加、また一〇日には金子の紹介で弁護士ピーボディの家に間借りする。一三日、ピーボディの朗読するホイットマンの詩に強く感銘を受ける。「彼ハ余ガ長ク遙カニ望ミツツアリシ一ノオアシスナリ」（明38・1・13）。八月、ボルティモアにて森本と共同生活を送り、一〇月には二人でワシントンに移り、国会図書館に通い、文学・思想書を耽読する。一九〇六（明39）年九月一日、ニューヨークから単身、欧州旅行に出発、一三日、ナポリにて弟・生馬と合流した。欧州歴訪の旅を終え、最終的に因幡丸にて神戸港に帰着したのは、一九〇七（明40）年四月一〇日であった。この年の一二月には、札幌農学校から改編された東北帝国大学農科大学の英語講師を任ぜられ、札幌に赴任する。

有島がアメリカで出会った社会・文化

有島が滞在したアメリカの地域は、ボストンからワシントンまでの北東部であり、特に留学の前半（一九〇三年八月〜一九〇四年九月）はフィラデルフィア近郊のクエーカー色の濃い文化が有島に強い印象を与え、後半（一九〇四年一〇月〜一九〇六年八月）はボストン、ワシントンなどの大都市における滞在において忘れがたい体験をしている。

1 クエーカー（フレンド派）

有島が留学について相談した新渡戸稲造は札幌農学校二期生の時に受洗し、自らも渡米中ハヴァフォード大学に学び、クエーカー（Quaker）に入会していた。札幌独立基督教会に入会していた有島が、アメリカで出会ったキリスト教はクエーカーであった。クエーカーもしくはフレンド派は、正式にはフレンド会（基督友会、Society of Friends）と名乗り、一七世紀イギリスのジョージ・フォックスが創始者となったピューリタンの一派である。個人の霊的体験である「内なる光」を尊び、洗礼・聖餐を否定し、礼拝も形式を問わない。平和主義で、良心的兵役忌避でも知られる。フィラデルフィアはクエーカーの植民地として創設された町であり、また、デラウェア川の対岸にある衛星都市キャムデンは、ホイットマンが晩年に住んだ町でもある。有島はクエーカーについて、「小子当地ニ参候テ以来教会ニハフレンド派ノニノミ参居候テ（略）御承知ニモ候ハンガ『フレンド』派ハ稍仏教ニ於ケル禅宗ニ似ヨリタルモノニ候テ衣服カラ言語働作ニ至ル迄デ出来ル丈簡易質素ヲ尚ビ」（家族宛書簡、明37・12・27）と書き、対照的な浸礼派（バプテスト派）の華美な集会を批判している。

2 ホイットマン

「余の愛読書と其れより受けたる感銘」（『中央文学』大8・4）というアンケートに答えて、有島は聖書、トルストイおよびクロポトキンの諸作、ベルクソン『時間と自由』とともにホイットマン詩集を挙げている。まさにホイットマンこそ、有島の思想と文学に決定的な影響を与えた文人であった。ウォルト・ホイットマン（Walt Whitman、一八一九〜一八九二）は、ニューヨークのロングアイランドに生まれた。職業を転々とした後、民主党系の新聞の編集者となり、民主主義の論陣を張る傍ら、一八五五年初版で、その後増補されて行く詩集『草の葉』にまとめられる多くの詩を書いた。自我・肉体への愛を歌い、人間と宇宙の発展を主張する汎神論的宇宙進化観を基軸とする奔放な自由詩は、当初、保守的な社会には受け入れられなかった。有島も「ホイットマンの一断面」（後掲）において、ボストンの本屋に『草の葉』を探して何度も拒

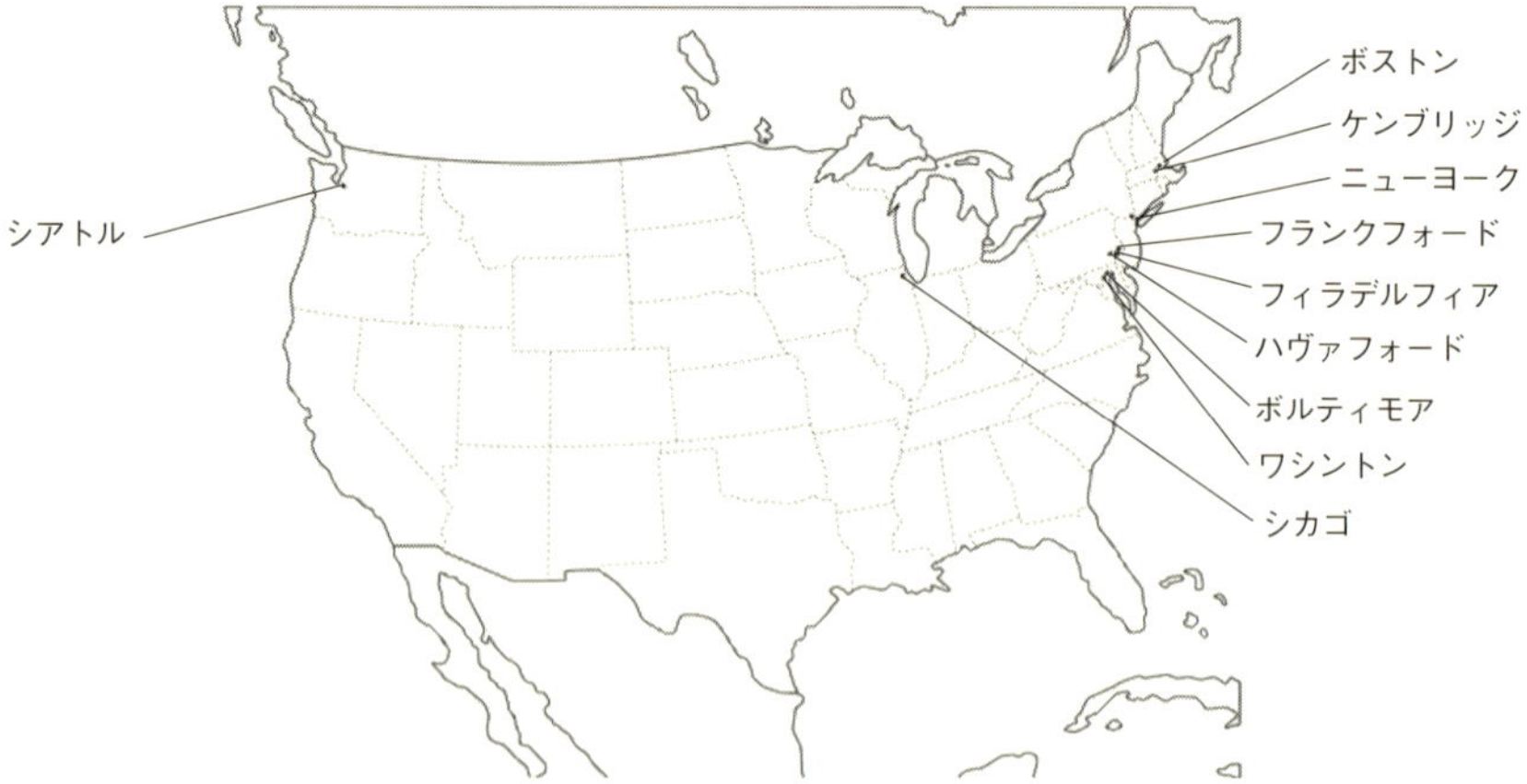

◆有島武郎のアメリカ滞在地（通過地を含む）

有島と森本厚吉（シカゴか）（新潮日本文学アルバム）

有島が入学したハヴァフォード大学のファウンダース・ホール（新潮日本文学アルバム）

右より増田英一、金子喜一、有島（新潮日本文学アルバム）

フレンド精神病院の庭の有島（新潮日本文学アルバム）

絶されたが、社会主義書や当時マサチューセッツ州で禁書となっていたトルストイの『クロイツェル・ソナタ』を売る「薄汚い店」でようやく手に入れたと述べている。だが、ホイットマンの詩は、エマーソンの評価を皮切りとして、二〇世紀前衛作家に至るまで、後世に多大な影響を与えることになる。ホイットマンには他に評論集『民主主義の未来像』（一八七一）などがある。

3 社会主義

西部開拓時代が終わり、第二次産業革命で工業分野の発展が著しかった一九世紀末のアメリカでは、それに伴って労働運動や社会主義の活動が活発化した。欧州諸国から数千万人もの移民が押し寄せ大量の労働者が発生したが、労働者保護の法律や政策はいまだ希薄であり、長時間の劣悪な労働条件に抗して、各地でストや紛争が勃発、これに対して軍隊が鎮圧にあたり犠牲者が出ることも珍しくなかった。この状況下で一八八六年にアメリカ労働総同盟（ＡＦＬ）が結成され、一九〇一年にはアメリカ社会党が創立された。一九〇三年、このアメリカ社会党の党員となったのが金子喜一であった。金子は現在の横浜市に生まれ、明治学院で学び、幸徳秋水らの社会主義研究会に参加した。一八九九（明32）年に渡米し、アメリカ社会党員となった後、ジョセフィン・コンガーと結婚し、ともに社会主義女性誌を発刊するなど活動を続けたが、病を得て帰国、一九〇九（明42）年一〇月に結核のため死去した。有島は「第四版序言」（後掲）で、「彼れは純粋な唯物的社会主義者だつた。而して私に其の方面の智識と熱情とを可なり潤沢に見せてくれた」と述べ、キリスト教への懐疑を募らせた要因の一つとして数えている。有島の留学体験が大きく投影された小説『迷路』（後掲）に登場する社会主義者Ｋは、この金子をモデルとする。

4 日露戦争

一九〇四年二月から一九〇五年九月まで続いた日露戦争は、有島のアメリカ留学の時期と重なっている。アメリカは戦争当事国ではなかったが、帝国主義的な権益への思惑もあって関心は高く、有島は書簡で「日露戦争之噂ハ当地ニ於ける凡ての新聞の第一面を始めとして大部をふさぎ」（家族宛、明37・2・28）など繰り返し言及し、米国内の興奮した雰囲気を『迷路』においても伝えている。当時の大統領セオドア・ルーズベルトが仲介した講和条約は九月にポーツマスで調印されたが、奇しくもその直前、有島はポーツマス近隣のニューハンプシャー州グリーンランドのダニエル農場に、「下働キ」のため訪れていた（『観想録』、明38・6・12）。

根元的思索の揺籃

『迷路』のアメリカ

有島のテクストとアメリカ

作家・有島武郎（一八七八〜一九二三）にとって、三年間にわたるアメリカ留学の意義は決定的に重いものがある。有島のアメリカ留学に関する直接のテクストとしては、当時の日記（『観想録』）および書簡類を除けば、長編小説『迷路』と「第四版序言」が重要である。『迷路』（初出＝「首途」、『白樺』大5・3、「迷路」、『中央公論』大6・11、「暁闇」、『新小説』大7・1、定本＝『迷路』、大7・6、新潮社）は、留学中の自らの実体験が素材として大きく利用された作品である。またアメリカ行きに同行した親友森本厚吉との共著『リビングストン伝』の「第四版序言」（『東方時論』大8・2〜4）には、留学を契機としてキリスト教から離脱した経緯とその根拠が述べられている。

しかしそれにとどまらず、『白樺』に発表した最初期の短編「かんく〻虫」（明43・10）は、初稿「合棒」をワシントン滞在中に制作したことが『観想録』から知られ（明39・1・3）、その作風にはワシントンの国会図書館で読み耽ったゴーリキーの影響が窺われる。また代表作の『或る女』（大8・3、6、叢文閣）も、主人公早月葉子はアメリカで待つ婚約者の木村の許へ渡航してシアトル港から引き返す（この部分は有島の友人森廣と、國木田独歩の離婚した妻佐々城信子との実話に基づく）など、その作品の随所にアメリカの影が落ちている。明治期に洋行した多くの作家にとって、留学が人生を決定づける大きな契機となったことは周知の通りであるが、有島の場合こそその典型と言っても過言ではないだろう。

アメリカ体験の意義

従って有島文学を考える際に、アメリカ体験を抜きにすることはできない。その要点を押さえると、およそ次のようになる。

（1）フレンド派（クエーカー）の人々と接し、キリスト教について根底から再考したこと、ひいてはキリスト教会から離れたこと。これは、一九〇三（明36）年九月から翌年九月までのハヴァフォード、フランクフォード滞在に関わる。『観想録』と『迷路』を参照すると、患者スコット博士の自殺に至る決定論や弁神論、あるいは「罪」の観念などが問題とされたことが分かる。また「第四版序言」には、キリスト教の教義や、日露戦争に際してキリスト教国の取った態度に対する疑念が挙げられている。

（２）ホイットマンの『草の葉』を知り、キリスト教に代わる自らの思想の基軸を見出したこと。これは一九〇五（明38）年一月に、ボストンの弁護士ピーボディの家に間借りした時期である。有島の代表的なホイットマン論は、「ホイットマンの一断面」（『文武会々報』大2・6）、「草の葉（ホイットマンに関する考察）」（『白樺』大2・7）、「ホイットマンに就いて」（『新社会への諸思想』、大10・3、叢文閣）、「ワルト・ホヰットマン」（『ホヰットマン詩集』第二輯、大12・2、叢文閣）の四編であるが、そのいずれにもアメリカ体験は影を落としている。

（３）社会主義者と交わり、社会主義を本格的に学んだこと。ピーボディを紹介した金子喜一は、その妻ジョセフィン・コンガーともどもアメリカ社会党員であり、有島は彼から社会主義を教えられた。特に、ロシア革命に寄与した革命家ブレシコフスカヤを紹介した「露国革命党の老女（ブレシコフスキイ女史）」（『毎日新聞』明38・4・5～7、9～10）は、この時期にアメリカで書かれて日本に送られた評論である。日露戦争に続きロシア第一革命も有島の留学と同時進行しつつあり、有島は当地の報道でそれらの情報に緊密に接していた。これを機に、社会主義・無政府主義への関心は以後生涯にわたって続くことになる。

ウォルト・ホイットマン（1858年）

（４）自由な環境で宗教・思想・歴史などを含む幅広い教養を身に付け、それらを考量した結果、文学の道に進むことを決したこと。一九〇五（明38）年一一月からのワシントン滞在中に、有島は国会図書館に足繁く通い、イプセン、トルストイ、クロポトキン、ツルゲーネフ、ゴーリキー、ドストエフスキーなどを耽読し、また翌年一月には前述の「合棒」も脱稿するに至った。この時期までに後年の作家有島の基盤は固まったことになる。それは有島が、満二八歳になる年であった。

『迷路』と日露戦争

アメリカ滞在中の青年Aを主人公とする『迷路』は、日記体の前半「首途」と、三人称小説の後半「迷路」に区分されている。このうち「首途」は、病院勤務とスコット博士のエピソードなど、有島自身の日記の記述を直接的に利用して、キリスト教教義の「自由論」と「決定論」との矛盾にまつわる懐疑を小説的な叙述により展開する。続く「迷路」は、社会主義者Kとの交流と、下宿先の主人Pの別居中の妻との関係などを主軸としており、想像力

『迷路』

による構築の要素が大きいものの、金子やピーボディとの交流の記憶を痕跡として認めることができる。全体として、青年Aがアメリカという異邦の地で周囲の他者との確執と自己内部の葛藤に翻弄されながら、人生の方向性を暗中模索するという構想において、有島の留学体験が色濃く投影されたテクストであることに疑いはない。

　ところで、有島は留学中、日露戦争に関して並々ならぬ関心を示し、書簡などで頻繁に言及していたほか、前述のように「第四版序言」では、わざわざ項目を立てて日露戦争との関わりにおいてキリスト教の問題点をとらえてもいる。家族宛書簡（明37・12・13）では、「戦争ハ益困阨《こんやく》ニ入リ候趣誠ニ悲惨ノ極ニ云フ所ヲ知ラズ候　日々夜々幾多ノ父母ハ子ヲ失ヒ幾多ノ子女ハ父ヲ失ヒ幾多ノ妻ハ夫ヲ失ヒ幾多ノ弟妹ハ兄ヲ失ヒツヽアルカヲ思ヘバ唯々此流血ノ惨害ノ一日モ早ク結局ニ至リ平和ノ克復ヲ見ルニ至ラン事ノミ祈居候」と、強い平和への祈願を書き込んでいる。兵役体験を綴った日記「在営回想録」（明35・11・13〜12・31）以来の国家呪詛、日露戦争を見つめる厳しい批評眼、そしてロシア革命に対する期待から批判への流れなどについては、既に詳しく検討が行われてきた。西垣勤は「有島には、日露戦争が中国・韓国の権益をめぐっての戦争であるとの認識があったことも注目すべきことだ」と、複数の書簡の記述を挙げて論証している。ところが、『迷路』にはそのような日露戦争観や、反国家・平和主義の主張などはほとんど見られない。前述のような構想に従う『迷路』には、リアル・ポリティックスの入り込む余地はなかったのだろう。しかし、そのことによって『迷路』が、殊更にしつらえられた人工の迷路であるかのような印象を生んでいるのも事実である。

方法論的模索のフィールド

　もっとも、日露戦争に関する言説は、『迷路』においてたびたび登場する。ボストン行きの列車で、戦争に関して日本を称賛する老人の握手から「冷かに手を引いた」（後掲）Aは、「この戦は大きいぞ。日本が露西亜と戦つてる間に、貴様は貴様で戦ふべき戦があるのだ。貴様は国籍のない浮浪人なばかりか、どの階級にも属しない真裸かな人間なんだ。それは貴様が遠の昔に気が附いてゐていゝ筈のものだつたんだ」と考える。この「国籍のない浮浪人」というAのユニークな自己規定は、確かにAの持ち味なのだろうが、行く先々で常に裏切られる。自分に気があるように思えたヂユリヤの手を握ろうとした時、「あなたは東洋の方ですよ。よござんすか。お忘れになつたんぢやありますまいね」と突き放され、また、農場で共に働いた女中は「東洋人は妙な魔法を遣つて不運の種を播く」という理由から彼を恐れる。彼女に対してもAは、

「おい汽車が出来たり汽船が出来たりすると東洋人も西洋人もありはしないんだよ」と諭すのだが、Aの観念的な自己規定は、この場所において単純に通用するものとは言い難い。しかし、「国籍のない浮浪人」が「戦ふべき戦」――それはいわば、自己確立の戦であり、あえて現実の状況を遮断して判断中止し、その代わりに理論的な道筋において自己の完成を遂行する営為なのだろう。

ここに、書簡や論説（「第四版序言」など）から読み取れる鋭敏な情勢論の感覚と、『迷路』に濃厚に漂っている観念癖との間の落差の意味が明らかとなる。リアル・ポリティックスにも通暁した有島にとって、『迷路』は素朴な実体験の吐露などではなく、いわば思考の実験場であった。以後も有島の小説の多くは方法論的な模索のフィールドとなり、たとえば『或る女』ならば女性の自己実現の可能性に関する実証が行われる。有島の留学体験は、何にせよ事象の本質を徹底的に究明せずにはおかない、そのような根元的思索の機会を最初に彼に与え、深化させ、そして方法論として血肉化する契機となったのである。アメリカは、教養や知見としてのみならず、いわば有島の存在そのものの全域にまで、深く浸透したと言うべきである。

◆扉頁写真――

ワシントンにて〈明39〉（新潮日本文学アルバム）

◆参考文献――

有島武郎研究会編『有島武郎事典』（二〇一〇年一二月二〇日、勉誠出版）の次の各項目：「アメリカ」（内田真木）、「キリスト教」（宮野光男）、「迷路」（中村三春）、「クエーカー」（尾西康充）、「ホイットマン」（小玉晃一）、「金子喜一」（川上美那子）

有島武郎研究会『有島武郎研究』第一四号「特集　有島武郎とアメリカ」（二〇一一年六月）

尾西康充『「或る女」とアメリカ体験――有島武郎の理想と叛逆』（二〇一二年二月一四日、岩波書店）

西垣勤「有島武郎と近代文学――トルストイ、ゴーリキー、ラスキン、ラファエル前派と啄木、志賀、漱石――」（有島武郎研究会編『有島武郎と作家たち』、有島武郎研究叢書第八集、一九九六年六月二〇日、右文書院）

栗田廣美『亡命・有島武郎のアメリカ――〈どこでもない所〉への旅――』（一九九八年三月三一日、右文書院）

小玉晃一『比較文学ノート』（一九七五年一月一〇日、笠間書院）

高山亮二『有島武郎の思想と文学――クロポトキンを中心に――』（一九九三年四月一〇日、明治書院）

アメリカに関わる有島作品

迷路

（大正七年六月）『有島武郎著作集』第五輯『迷路』（新潮社）

ボストン行きの列車には、おくれ走せながら芝居見物に行くらしい幾組かの男女が、ちらほら座を占めてゐた。他所行きの服装をして、気分まで軽くなつたらしいその人々の高笑ひや快活な会話の声が、彼れを一層淋しくさせた。その当時の大統領のローズベルトが日露両交戦国の為めに仲裁を試みようとしてゐる、その噂さで凡ての集団の話題は持ち切つてゐた。（略）「小さな勇ましいJap.のために三度万歳！　私の国とお前の国とは提督ペルリ以来の親友だ。私はお前の国の武士道も将軍もちやんと知つてゐる。支那を膺《こ》らしたやうに露西亜もしたゝか膺らしてやるがいゝ。（略）」（略）彼れは熱心な老人の握手から冷かに手を引いた。老人は不思議さうな面もちで彼れを眺めた。彼れは今さらに変り果てた自分を眺めた。彼れはいつの間にか国籍のない浮浪人となつてゐる事に気が附いた。彼れは国の区別を立てゝ人に接する事を忘れてゐた。彼れの前には人は人としか写らなかつた。

第四版序言

（大正八年二月〜四月）『東方時論』

明治三十六年の夏に私は渡米の途に上つた。その事を決行する動機の最大な原因はこれまで私の身辺に絡つてゐた凡ての情実から離れて、本当に自分自身の考へで自分をまとめたいといふ心願だつた。偶然に私と同船して森本君も渡米した。其船の中には三人の牧師も乗り込んでゐた。呑気な船旅の間には私達はよく信仰上の話をしたものだつたが、私はいつでもその人達からは懸離れた処にゐるのを思はせられた。財産といふ事に関して、国家といふ事に関して、宗教と芸術との交渉といふ事に関して、私はその人々の誰れからも些の満足するやうな断定を受取る事が出来なかつた。その人達からは私は基督教の皮を被る異教徒と見られてゐたらしかつた。而してそれは正しい観察であつたかも知れない。私は遂に信仰を離れ去る人間となつてしまつたから。

ホイットマンの一断面

（大正二年六月）『文武会々報』（東北帝国大学農科大学校友会）

二年目に私は米国の北部にさすらつて行つたが、その時から私は生れた当時のやうな渾沌とした心の状態になつてゐた。私は明かに自分の分解を容赦なく自覚せねばならぬはめになつた。（略）その頃ホイットマンは突然その大きな無遠慮な手で悪戯者らしく私の肩を驚くほど敲いたのだつた。

その当時私は、紐育市生れの、放埒な、然し美しい霊魂を持つた一人の弁護士と共同生活を営んでゐたが、学校の講堂から夕暮に送られて帰る私は、ボストンから塵をかぶつて戻つて来るその人と、夕食後ランプを距てて坐るのを楽しみとした。彼れは必ず書架から草色の一冊を抜き出して、張りのある感傷的な声を押へつけるやうにして、かの詩この詩と——エマーソンがカアライルに「訳の解ない怪物（nondiscript monster）と云ひ送つた——ホイットマンの作物を朗唱した。その時の事を今思ひ出しても私は一種の小気味よさを感ずる。

日比嘉高

アメリカに彷徨う

在米日本人としての荷風

永井荷風

永井荷風の渡米と渡仏

「濹東綺譚」の作家として知られ、晩年の日記「断腸亭日乗」に浅草へふらりと日参する毎日をつづって見せた永井荷風は、東京の市井の街にあえて身をひそめた、反俗的な作家としてのイメージが強い。ところがその荷風は、本格的な文壇デビュー以前に、アメリカとフランスに長く滞在した経験があった。

荷風が渡米したのは一九〇三年。父の勧めだった。当時荷風は二四歳、東京一ツ橋高等商業学校附属外国語学校清語科を中途で除籍になったあと、小説を書いたり歌舞伎作者に弟子入りしたりするなどしていた。父久一郎は官僚から大手の船会社の重役に転じた人物。叔父には県知事もいるという一族にとって、文学や芸、音曲の世界に憂き身をやつす若い総領息子をなんとかしたいという思いがあったのだろう。

一九〇三年九月、若き荷風、永井壮吉は、信濃丸にて横浜港を旅立ち、一〇月にシアトルに到着する。当地の大手貿易商古屋商会関係者の世話になりながら、翌年一〇月までシアトル近郊の町タコマに滞在。その後ミシガン州のカラマッズウ大学に聴講生として入学する。翌〇五年六月には大学の講座を終え、ニューヨークを経てワシントンDCで日本公使館の雇となる。この少し前より、荷風はかねてから関心をもっていたフランスへ渡るという希望を父に訴えていた。しかし父は彼の希望を認めなかった。これが、荷風のアメリカ生活の転機の一つとなる。

彼はイデスという女性と深い交渉を持つようになり、職も横浜正金銀行のニューヨーク支店勤務に変わった（同年一二月）。フランス文学を読み、ニューヨークで歌劇の知識を深めていく。ニューヨークにはこの後、一九〇七年一月まで一年強滞在する。渡仏

パリ・オペラ座（『ふらんす物語』挿画写真『荷風全集』第五巻、1992年5月8日刊、岩波書店）

の希望があきらめられない荷風は再度父に訴え、ついに正金銀行リヨン支店に転勤することとなる。七月、ニューヨークを発ち、二八日にパリ着。すぐにパリを発って三〇日にはリヨンに着いた。しかし銀行員としての生活は長く続かなかった。一九〇八年三月に荷風は辞表を提出、父の指示により帰国が決まった。五月末までの二ヶ月弱、荷風は憧れの地パリでの短い生活を送った。彼がロンドンを経由して神戸に着いたのは、七月一五日。一九〇三年に横浜を発ってから、約五年の歳月が経過していた。

多層的な荷風の米仏経験
——仏文学、オペラ、日系アメリカ移民社会

荷風の在米、在仏経験といえば、これまではまずそのフランス文学の受容に注目が集まってきた。彼の渡仏の志望や、実際にフランスに渡ってからの感激ぶりからもその傾倒のようすは明らかであり、フランス文学の読書経験などを追跡して彼の文学への影響が考えられてきた。モーパッサン、ゾラ、ヴェルレーヌ、バルザック、ユイスマンス、レニエなどの文学者の名前が挙げられる。

一方、近年ではそうした文学的な影響関係の問題にとどまらず、広くアメリカやフランスでの同時代文化との交渉関係も考えられつつある。荷風のアメリカ体験を当時の世相・時代相を掘り起こしながら絵葉書など画像資料を駆使して明らかにした末延芳晴の著作や、荷風がニューヨークやパリで観劇したオペラを詳細に調査しその摂取のありさまを論じた松田良一の研究、セントルイス万国博覧会での見聞や、ニューヨーク、パリ、リヨンの街を荷風がどのように表象したかを分析する南明日香の考察がある。その詳細は参考文献に掲げた各書を見ていただくこととし、ここでは先行する荷風論が論じてこなかった側面に光を当ててみよう。それは同時代の渡米ブーム、そしてそれにともなう在米日本人の増加という時代的背景の中で考えた荷風の滞米の意味である。

1 渡米ブームの中で

永井荷風の渡米期間とは、明治日本の渡米ブームのまっただ中であった。永井荷風の滞米・滞仏経験は、彼個人の経験として意味づけられることが多いが、実はその行為は、同時代の流行のさなかにおいて実行された経験であったことはもっと注目されてよいだろう。

明治三〇年代、日本の若者の間で〈成功〉ブームが起こる。少し前の世代において成功とは政治の世界での立身が典型的イメージだったのに対し、この世代の〈成功〉はより幅広く経済的な栄

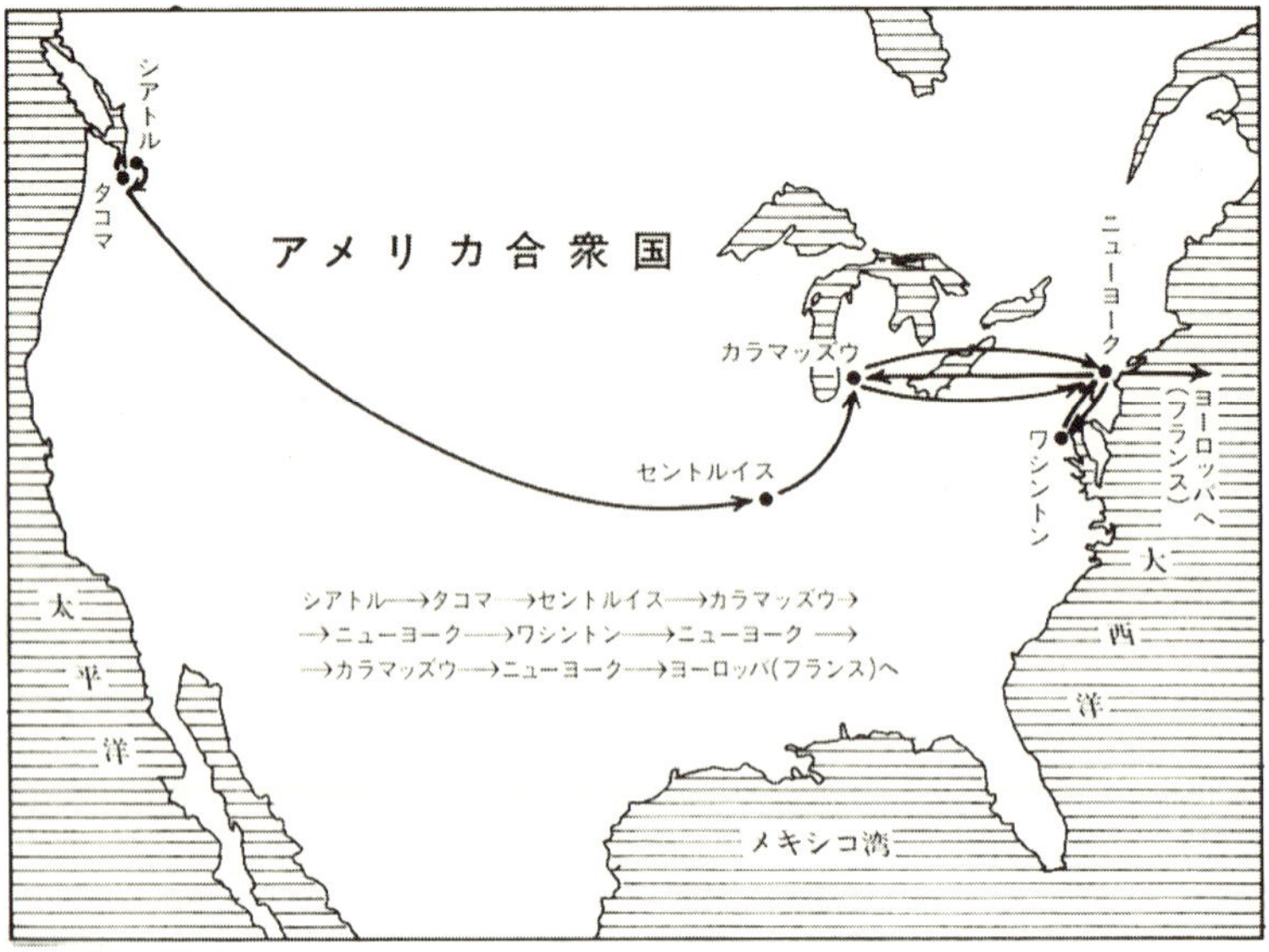

◆荷風の在米時代の軌跡（新潮日本文学アルバム）

コニー・アイランドのルナ・パーク　1904 年頃
（Library of Congress,U.S., LC-USZ62-63371.）

タコマで止宿した家（新潮日本文学アルバム）

『あめりか物語』挿画写真より（『荷風全集』第四巻、1992年 7 月 8 日刊、岩波書店）

達や、学術・技芸の世界における達成も含めた立身出世を意味していた。そしてそのブームの中の一つのコースとして、渡米という行為があった。

明治中期の人々にとってアメリカに渡る目的は、大きくいって二種類があった。一つは高い賃金を支払う出稼ぎの対象国として。これは主に労働者たちにとっての渡米目的となった。もう一つは、学歴資本獲得のバイパスコースとして。日本での高学歴獲得に挫折した青年たちにとって、アメリカへの留学は再チャレンジの格好の機会だった。荷風の父は、当時日本郵船会社の横浜支店長だった。まさに続々と太平洋を渡った出稼ぎ者や書生たち——彼らのうち、帰国しなかった者たちが後に〈日系アメリカ移民一世〉と呼ばれることとなる——を、ささえた国際航路の担い手だったわけだ。当然、渡米ブームのうねりは熟知していただろう。十分な学歴を獲得したとは言えず、のらくらと過ごす（ように見えたに違いない）息子を、アメリカにやるという発想はこの時代、この状況のなかで自然すぎるほど自然だった。

渡米した荷風を待っていたのも、在米日本人＝日系アメリカ移民たちだった。荷風や父親がとりついだ古屋商会に世話になっているが、この企業はシアトルを拠点に広く米国の太平洋北西岸地方で商売を展開していた最大手の日系貿易会社である。この会社が日本郵船会社と密接な関係にあり、父・永井久一郎とその店主・古屋政次郎とが知己だったこともうなずけよう。この古屋商店との縁が象徴的だが、荷風の在米生活を待っていたのは二〇世紀初頭のアメリカだったが、その生活圏はとりわけ同時代の日系アメリカ移民たちの世界と大きく重なっていたのである。

2　荷風の描いたシアトル

たとえば「舎路港《シアトル》の一夜」（『文芸倶楽部』一九〇四年五月）という短編がある。これは新しく日本からアメリカに到着した主人公が、シアトルの日本人街を「見物」する物語である。行かぬ方がよいと言われたにもかかわらず、好奇心に駆られて出かけた「私」は、「第一通《ファストアベニユー》」を通ってシアトル第一の繁華街を抜け、「邪苦損街《ジヤクソンまち》」へと出る。ガスタンクの臭気が立ちこめる一帯をさらに越えた先が、シアトルの日本人街だった。

> 近付けば両側の建物は、繁華を誇る第一通りなぞとは違ひ、場末の街の常として、尽く低い木造ばかり。不図其れ等の或る二階家の窓を見ると、何やら日本字で書いた燈火が出してあるので、私はひた走りに走寄ると、「御料理　日本亭」としてあつた。〔…〕
>
> 嘗て船中で聞いた話の其の通り、豆腐屋、汁粉屋、寿司屋、蕎麦屋、何から何まで、日本の町を見ると少しも変つた事の無い有様に、少時は呆れてきよろ〳〵為るばかり。何時の程か大分賑かになつた人の往来も、其の大半は、足の曲つた胴長の我が同胞で、白人と云へば大きなパイプを啣へて居る労働者らしい手合である。

三味線の音が響き、日本語が飛び交う北米シアトルの街。描か

シアトル旧日本人街明細図

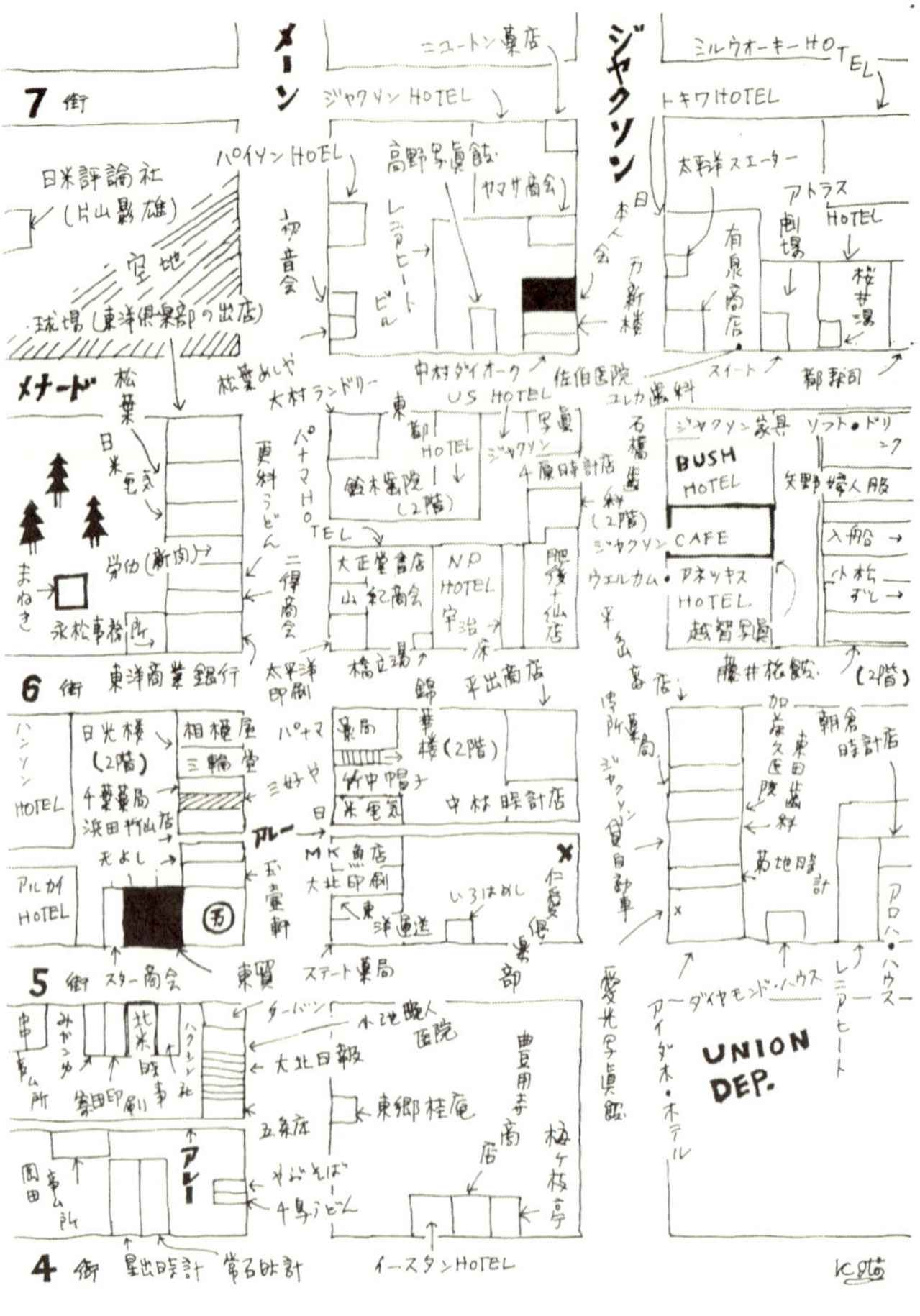

◆第二次大戦前のシアトル日本人街（伊藤一男『北米百年桜』1969年９月30日刊、北米百年桜実行委員会）

れる「下町《ダウンタウン》」の日本人街は、猥雑で喧噪に満ちたものだ。テクストはあくまで見るものと見られるものとの境を守り、階層的な社会をはっきりと提示しているところに特徴があるが、それは荷風個人の特質というより、むしろ当時の日本人社会そのものが持っていた階層構造の実態だった。

初出の雑誌では「雑録」欄に掲載されたこの作品は、一種のルポルタージュとしてある。戦前のシアトルの日本人街の地図を別掲したが、荷風の描くシアトルの日本人街は、上層階級からの偏った視線ではあるものの、それでもその角度なりの正確さで街を描き出す。その街が、では別の階層の在米日本人たち――荷風に見られたものたち――にはどう映ったかは、別の在米経験のある作家――たとえば翁久允《おきなきゅういん》のような――の作品に刻まれた眼差しから見返される必要があるだろう。私たちは、それらをあわせて、はじめて二〇世紀初頭のアメリカを複眼的に見られるようになるのだ。

アメリカに彷徨う

在米日本人としての荷風

荷風にとって、滞米、滞仏の経験とはどのようなものだったのだろうか。この問題については、これまでも荷風の短編集『あめりか物語』（博文館、一九〇八年九月）や『ふらんす物語』（博文館、一九〇九年三月、発禁）、そして新たに帰国した〈新帰朝者〉として日本を眺めた『歓楽』（易風社、一九〇九年九月、発禁）や、荷風の滞在記「西遊日誌抄」（初出は『文明』一九一七年四～一〇月）、「西遊日誌稿」（生前未発表）などについての研究が積み上げられている。フランス文学との影響関係や、同時代のアメリカ、フランス文化の摂取の問題、またイデスとの交情や、父との葛藤などが、荷風自身の帰国後の歩みと重ねられて考察されてきた。

ここでは、〈在米日本人としての永井荘吉〉という側面に光を当ててみよう。

アメリカに住む日本人として

一般的には荷風・永井壮吉はアメリカにおいて異邦人《ストレンジャー》であり、在米日本人たちの世界とも距離を置いていたと理解されている。彼の短編集『あめりか物語』『ふらんす物語』の主人公の印象が、そうした理解に陰を投げかけているだろう。しかし、実際にはそうではなかった。

先に「舎路港《シアトル》の一夜」を紹介しながら述べたように、一見、荷風と彼の描く主人公は在米の日本人コミュニティから遊離しているように見える。だがそれをもって荷風と在米日本人たちとの間に線引きをしてしまうのは早計である。なぜなら、〈在米日本人〉たちそのものが、多様な人々の集団だったからである。明治期に渡米をした人々においては、出稼ぎ／留学／在留勤務／移民の区別は現在考えるほどはっきりしていなかった。当時、大多数の渡米者は、最初から日本を捨て、アメリカに永住しようと望んでいたわけではない。出稼ぎにせよ、勉学にせよ、駐在にせよ、当初の目的や任期を達成すれば、いずれ故国に帰ろうと考えていた者たちがほとんどだった。しかも、構成員たちも種々雑多だった。出稼ぎ者、苦学生、貿易商、小売店主、商社駐在員、各種宗教の布教者たち、「酌婦」、彼女らを食い物にする女衒たち、そして得体の知れない流れ者――。さまざまな人々が日系コミュニティを構成していた。

父親に命じられるようにして、確たる目的もなくやってきた荷風は、たしかに金銭面で恵まれていたという点において多数派ではなかったが、しかしそのような明確な目的をもたず／あるいは目的を失ってアメリカでの日々を過ごす日本人たちは、特段珍しくもなかった。これまでの研究が漠然と前提としていたようにみえる、〈一時的旅行者＝荷風〉対〈在米日本人＝定着した人々〉という対立の図式は、成り立たないのである。

荷風自身も、アメリカでの生活にはそれなりになじみ、愛着を持っていた。故国の友人に書かれた彼の手紙には次のように書かれていた。

> 小生は目下の処充分に語学を勉強し、帰国の上（或は米国に永住するにしても）は適当な職業にありつき、文学はゆる〱と一生の研究にするつもり、乃ち小説で飯は食はず、生活だけは他の職業によつて此れを支へて行かうと云ふ心組である。
>
> （今村次七宛書簡、一九〇五年一月一一日（年次推定））

在米中の荷風の気持ちは揺れ動いており、文学を第一の目的とはしないというこの手紙のような気持ちで常時いたわけではない。ただ、文士への憧れの一方にこのような米国への「永住」という想定があったことは見逃してはならない。こうした手紙や日記の記述、父の無理解への絶望、恋人イデスとの交情、銀行および大使館での勤務の継続性、在ニューヨークの日本人たちとの交流など、荷風の在米時代の足跡を総合していけば、荷風・永井壮吉は不満を漏らしながらも、アメリカでの生活をなんとかうまくやっていた。

帰ろうか帰るまいか、迷ううちに滞米生活を重ね、次第にアメリカでの生活が板に付いていく。これは出稼ぎや遊学のために渡米した人々が、やがて定住という選択をし、結果的に〈移民〉と呼ばれる存在になっていくという軌跡となんら変わるところはない。荷風もまた、そうした〈移民一世〉になるかもしれない〈在米日本人〉の群れの一員だったのである。

「暁」というシミュレーション

帰らないかもしれないという自分自身の可能性。そして、周囲に目をやれば、やはり同じように、さまざまな事情により、出稼ぎ／留学／在留勤務をしていた人々が、思い描いていたコースとは別の道をたどりはじめていく状況が目に入る。荷風はおそらく、そうした自分自身の状況をも含めた〈在米日本人〉のありさまを、想像以上に正確に認識していた。そのことを、彼の短篇「暁」（『あめりか物語』所収。初出未詳）からたどってみよう。

物語は次のようなものである。ニューヨークのマンハッタン近郊にある巨大な複合遊園地、コニー・アイランドには、日本人が「玉転し」の店を出していた。主人公の「自分」は、ヨーロッパへの旅費を稼ぐために、この「玉転し」屋の一軒で働き始める。店の親方は「破落戸《ごろつき》」。使われる日本人労働者たちは、親方の予備軍ともいうべき「無職者」か、あるいは資本もなく渡米して来た「苦学生」たちだった。日本で高等教育を受けてきたらしい「自分」は、戸惑いを覚える。眠れないままに軒下でまどろむと、一人の日本人書生がやってきて身の上話となった。彼もまた、日本の学歴のコースから滑り落ちて、アメリカに来ているのだった。彼は、高名な法学者である父の期待を受けていたが、日本では十分にそれに報いることができず、渡米してみたもののやはりうまくいかない。ふとした事故で送金が途絶え、それをきっかけに気楽な労働生活を送るようになっていた。

身の上話を語る書生の経歴とそれを聞く「自分」の経歴は、荷風自身の当時のそれに近い。第一高等学校の受験に失敗した経験も、ようやく入った学校を退校になった経験も、寄席や吉原で遊んだ経験も、挙げ句父親にアメリカへ送られるという経験も、荷風自身が経てきたものである。「自分」がいう「欧洲《ヨーロッパ》に渡る旅費」云々というのも、フランスへ渡ることを熱望していた荷風自身が重なって見えるだろう。

ただし、書生および「自分」と、荷風とを同一視して読む読み方は単純すぎる。そうではなく、「暁」は、荷風がみずからの経験をその登場人物たちに重ねながら、ありえるかもしれない自分の近未来をシミュレートした作品として読まれるべきであろう。さもなくば、コニー・アイランドという興味深い空間を背景に置いた作品の面白さを、読み取ることができない。紙幅の残りをつかい、この大遊技場を舞台とした荷風のテクストを解きほぐしてみよう。

コニー・アイランドの「解放」

コニー・アイランドは、ニューヨーク、ブルックリン地区の南端に位置する。一九世紀初頭からリゾート地として開発が始まり、二〇世紀の世紀転換期には、複数の遊園地に、ホテル、ビーチ、各種のショー、ダンス・ホール、飲食店など多数の遊戯施設が集まる複合レジャー地区としてその最盛期を迎えていた。ちょうど荷風が滞在していた時期のことである。アメリカ史の研究者ジョン・F・キャソンは、膨大な数の人々がこの遊園地へ訪れたのは、勃興する都市中産階級と比較的余裕のある労働者階級が、新しいタイプの余暇を要請しはじめたためだと分析している。

コニー・アイランドは、都市大衆たちが日常的に受ける階級や性における差別から、一時的に解放される場としてあった。そしてその解放は、さらに民族の面でもそうだったとキャソンは論じる。コニー・アイランドでの余暇の経験は、イタリアや東ヨーロッパからきた後発組の移民たちが、イギリスを中心とした主流社会へと文化的に合流するための後押しをしたというのである。日本からの留学生がふとしたことをきっかけに労働者へと転落するエピソードを語った永井荷風の「暁」というテクストは、こうしたコニー・アイランドの文化的機能をよくふまえていたものといえるだろう。

だが、その類似性だけを見ていてよしとするわけにはいかない。アメリカの新興階級の経験と、ヨーロッパ各地からの移民の経験と、日本人移民の経験が同じであるはずはないからである。キャソンが論じた「移民」には、アジア系の移民が入っていない。コニー・アイランドにおけるアジア系移民は、エジプトの踊り子や中国の芝居小屋、インドの宮廷、日本の庭園といったように、博覧会的な「展示物」に限りなく近い姿でならべられていた。「日本の玉転し」もその一つだ。コニー・アイランドの「解放」はアジア系の人々の上には及んでいなかったのだ。

この状況の中で「暁」の物語が用意したのが、コニー・アイランドにおいて働く人々の夜の解放だった。仕事が終わり、落とされた照明の中で、娼婦と戯れ、波の音を聞く「解放」。アメリカの都市大衆が逃れ出る解放の場から、さらに逃れ出た空間を、荷風のテクストは用意したのである。

主人公「自分」と言葉を交わした書生の転落とは、そうした二重の意味での「解放」だった。「解放」というにはあまりに苦いその境遇は、しかし彼一人のものではなく、出稼ぎのためにアメリカにまでやってきた労働移民や苦労を覚悟しつつ理想を携えて渡米した苦学生たちにとっても共通のものであったはずである。

作品の末尾で、書生の境遇譚を聞いた「自分」は、夜が明けるのを見ながら、「魔窟」から逃れ出たような気分でほっと一息をつく。だがしかし、読者は彼の境遇が、「玉転し」店の他の書生たちとほとんど大差ないことをしっている。彼がコニー・アイランドの夜の世界に生きるようにならない保証は全くないのである。

アメリカの都市大衆文化の中で、在米日本人／アジア系移民として生きる若者の姿とその迷いを、永井荷風の作品は苦い陰影で彩りながら描き出す。フランスに憧れる不如意な米国滞在者としてではなく、また後年文豪となる作家の青春時代としてでもなく、一人のありふれた渡米者としての荷風・永井壮吉をとらえることから、時代の中の永井荷風の文学がよりはっきりと見えてくるはずだ。

◆扉頁写真
在米時代の永井荷風（新潮日本文学アルバム）

◆参考文献
平岩昭三『『西遊日誌抄』の世界　永井荷風洋行時代の研究』（一九八三年一一月二五日刊、六興出版）
ジョン・F・キャソン『コニー・アイランド――遊園地が語るアメリカ文化』（一九八七年五月二〇日刊、開文社出版）
松田良一『永井荷風　オペラの夢』（一九九二年七月一〇日刊、音楽之友社）
末延芳晴『荷風とニューヨーク』（二〇〇二年一〇月三〇日刊、青土社）
末延芳晴『荷風のあめりか』（二〇〇五年一二月七日刊、平凡社ライブラリー）
松田良一『永井荷風　ミューズの使徒』（二〇〇五年一二月二〇日刊、勉誠社）
日比嘉高「永井荷風『あめりか物語』は「日本文学」か？」（二〇〇六年五月一五日刊、『日本近代文学』第七四集）
日比嘉高「転落の恐怖と慰安――永井荷風「暁」を読む――」（二〇〇六年六月一日刊、『京都教育大学　国文学会誌』第三三号）
南明日香『永井荷風のニューヨーク・パリ・東京　造景の言葉』（二〇〇七年六月五日刊、翰林書房）
南明日香『荷風と明治の都市景観』（二〇〇九年一二月二〇日刊、三省堂）

アメリカに関わる荷風作品

暁

（明治40）『あめりか物語』

　単にニューヨークばかりでは無い、合衆国中に知れ渡つて、女も男も、よく人が話をするのは、ロングアイランドの出鼻に建てた『コニーアイランド』と云ふ夏の遊場の事である。浅草の奥山と芝浦を一ツにして其の規模を、驚くほど大きくした様なもので、ニューヨークからは、ブルツクリンの市街を通過る高架鉄道と、ハドソン河を下る蒸汽船と、水陸いづれからも、半時間ほどで行く事が出来る。

　凡そ俗と云つて、これほど俗な雑沓場は世界中におそらく有るまい。日曜なぞは、幾万の男女が出入をするとやら、新聞紙が報ずる統計を見ても想像せらる。電気や水道を応用して、俗衆の眼を驚かし得る限りの、大仕掛の見世物と云ふ見世物の種類は、幾十種と数へられぬ程で、其の中には、多少歴史や地理の知識を増す有益なものもあり、又は無論、怪し気な舞り場、鄙猥な寄席もある。毎夜、目覚しい花火が上る。河蒸汽で、晴れた夜に、ニューヨークの広い湾頭から眺め渡すと、驚くべき電燈、イルミネーシヨンの光が、曙の如く空一帯を照す中に、海上はるか、幾多の楼閣が、高く低く聳え立つ有様は、まるで、竜宮の城を望むやう。

＊

『学校へ這入つてから二年目の夏の事だ。夏休みを利用してニューヨークへ見物に出て来た……のは可かつたが、秋になつて、もう学校へ帰ろうと云ふ時分に、どうした事だつたか、届くべき筈の学資が来ないぢや無いか。実に弱つたね。今日来るか、明日届くかと待つて居る中に、学校へ帰る旅費は愚か、愚図々々して居ると下宿代までが怪しくなつて来た。僕は今日まで未だ自分の腕で鐚一文稼いだ事がない。如何にして如何に自分を養なつて行くかと云ふ方法を知らない。だから、さア、国元から金が来ない……何れ来るのだらうが、最う来ない様な気がする。と、夜もおち〳〵寝られないぢや無いか。何だか無闇と飢い様な気がする。乞食になつた夢ばかり見るのだ。』

『無理はない。』

『止むを得ないから、僕は残つて居る金のある中、下宿の勘定をすまして、安い日本人の宿屋へ引移した。其れから二週間待つて居たが、まだ送金が届かないぢやないか。僕はもう此れアいよ〳〵駄目だ。何とか手段を考へなくちや成らない……と云つて、友達も相談相手も何もないアメリカぢや為様がない。遂に決心して、西洋人の家庭へ奉公に行く事とした。』〔…〕

『然し、最後には君、どうするつもりだね。』

『どうする……どうするか、どうなるか。』

と非常に苦悶の顔色を示したが、彼は遂に恁う叫んだ。

『いや、、、其様事を考へない為めに、僕は此様馬鹿な真似をして居るんだ。自分ながら、自分の将来を考へる脳力もなくなつて了ふ様にと、僕は働く、飲む、食ふ、女を買ふ。あくまで身体を動物的にしやうと勤めて居るんだ。』〔…〕

髙橋龍夫

「緑色の太陽」への道

ニューヨーク・ロンドン・パリによる芸術的醸成

高村光太郎

ニューヨーク・ロンドン・パリでの外遊

一九〇五（明38）年九月、東京美術学校研究科四年次にそれまで所属していた彫刻研究科から洋画科に転じた高村光太郎は、アメリカ・フランスから帰朝して同校で教えていた岩村透の薦めもあって、翌一九〇六（明39）年二月三日、ニューヨークに向けて、カナダ太平洋鉄道会社の客船アゼニャン号（三八五二トン）で横浜を出発する。森鷗外や夏目漱石など国費留学とは異なって、あくまでも実費を高村家でまかなう私費留学であった。

当初の予定では一〇年にわたる長期留学を予定していたが、実際には、ニューヨークに一年ほど滞在した後、ロンドンを経てパリに一〇ヶ月ほど滞在し、イタリアを旅行した後、一九〇九（明41）年五月一五日にロンドンから阿波丸に乗船して、七月一日に神戸港にて帰国する。その間、約三年半の留学であった。

二月三日に横浜港を発った後、乗船二日目からほぼ毎日大暴風雨の連続で、船はアラスカ方面に大迂回したため、予定より一週間ほど遅れてのヴァンクーバー港への上陸であった。その間、彫刻家の平櫛田中から出発時にもらった禅宗の公案集『無門関』を愛読していた。上陸後一週間かかってアメリカ大陸を横断し、二月二七日にニューヨークに到着する。

まずは五番街の素人下宿に寝泊まりし、ナショナル・アカデミー・オブ・デザインの付属美術学校に通う。岩村透の紹介状も役

光太郎がニューヨークで夜学に通ったアート・スチューデント・リーグ（現在）

に立たず、父からもらった二千円も乏しくなったため、作品を見て心ひかれた彫刻家ボークラムに思い切って自薦の手紙を書き、五月から八月まで週給六ドルで東三八番街のスタジオの通勤助手となる。

その後、西六五丁目の窓のない屋根裏部屋に移って自炊生活を始め、二年前から留学していた画家白滝幾之助の世話になり、後に智恵子との結婚にかかわる画家柳敬助や、早世の彫刻家荻原守衛と出会う。また、メトロポリタン美術館では、初めてロダンの実物『ヨハネの首』のブロンズを見ることができた。

父からの送金が届いた後、一〇月から翌一九〇七（明40）五月までアート・スチューデント・リーグ・オブ・ニューヨークの夜学に通って木炭画や彫塑を学び、五月にはニューヨーク美術学校の本年度特別賞の賞金（七五ドル）を受け、翌年度の特別奨学生に選ばれた。

一九〇七（明40）年六月一九日、光太郎はアメリカを発ち、大西洋を一週間で渡ってサザンプトンに上陸、ロンドンに向かう。父の配慮で、海外各地の工芸意匠などを報告する日本農商務省の海外実業練習生（七月一二日付）に命じられ、毎月六十円を得ることができた。Deodar Rord の下宿に落ち着き、ロンドン・スクール・オブ・アートの動物彫刻家スワンの教室やポリテクニック（現ロンドン大学）の彫刻家のところで学び、寸暇を惜しんでは博物館、図書館、演劇、音楽会などに通った。アート・スクールでは、親日家の美術家バーナード・リーチを知り生涯の友となり、リーチの住居近くの Kings Road 沿いオンスロー・スタジオに移る。また、パリから来た荻原守衛とも再会し、セザンヌやロダンについて終日語り、一一月初旬には、下調べのつもりで一週間ほどパリを訪れている。

一九〇八年六月一〇日ロンドンを発ち、一一日夕方、パリに到着。日本人がよく利用したオテル・スフローに一泊した後、エッフェル塔近くのルウ・ド・テアトルにいた彫刻家畑正吉の下宿に一時的に世話になる。画家安井曾太郎や津田青楓も同居していた。その後、モンパルナス地区のカンパーニュ・プルミエ街一七番地にアトリエを借りて住み着き、近隣に住んでいた画家有島生馬、山下新太郎、湯浅一郎などと交流した。

パリでは、アカデミー・グランショーミエの研究所の夜学に通い、クロッキーを学ぶ。昼はアトリエで半日彫刻をやり、あとは美術館、図書館を精力的に巡り、フランス美術や文学に接した。また、有島生馬、山下新太郎などとロダンのムードンのアトリエを訪れたが、ロダンは不在で、夫人に部屋を案内してもらう。

一九〇九年（明42）三月、突然帰国を思い立ち、帰国前にイタリアを旅行。ミラノ、フィレンチェ、ローマ、ナポリ、ヴェニスなどを一ヶ月ほどかけて回り、四月下旬、パリに戻った後、ロンドンに渡り、五月一五日、テムズ川から日本郵船会社の阿波丸に乗船。六月三〇日、神戸港に入港。帰国を父光雲が出迎える。

光太郎の芸術に影響を与えた 二〇世紀初頭の欧米

1 日露戦争後のアメリカと英国文化

高村光太郎の留学の目的地はフランスだったが、明治時代の日本の私費留学生の多くは、まずはアメリカに渡りそこで資金を調達してから渡欧するスタイルが一般的だった。

高村光太郎がアメリカに渡る前年の一九〇五年、日露戦争終結のための講和条約がアメリカのポーツマスで行われた。光太郎自身、「明治三十九年筆者はアメリカ・紐育市に苦学していた。日露戦争の後なので数年前の排日運動の烈しい気勢はなかったが、われわれが仲裁して面目を立ててやったのだというような顔には絶えず出会った。紐育市郊外ブロンクス公園が筆者の唯一の慰安所であった。動物は決して「ハロージャップ」とはいわなかった。」（「白熊　序」『道程』一九一四・一〇　抒情詩社）と記しているように、その影響は、光太郎の留学にも影を落としている。この十年前からアメリカに渡る日本人移民が増加したため、アメリカ人の就業の機会を奪うという理由で排日運動が起こっていたこともその背景にあった。光太郎も日本人を軽蔑する「ジャップ」と呼ばれた経験があり、後年「人種の問題は今日まだ理論以上の力を持つ。人類は此の偏見を是非とも何とかせねばならぬ。この偏見が何に因って起こるのかの真理を糾さねばならぬ。」（「ヘルプの生活」『若草』一九三一・二九）と論じている。

ボークラム

ロンドンで出会ったバーナード・リーチ

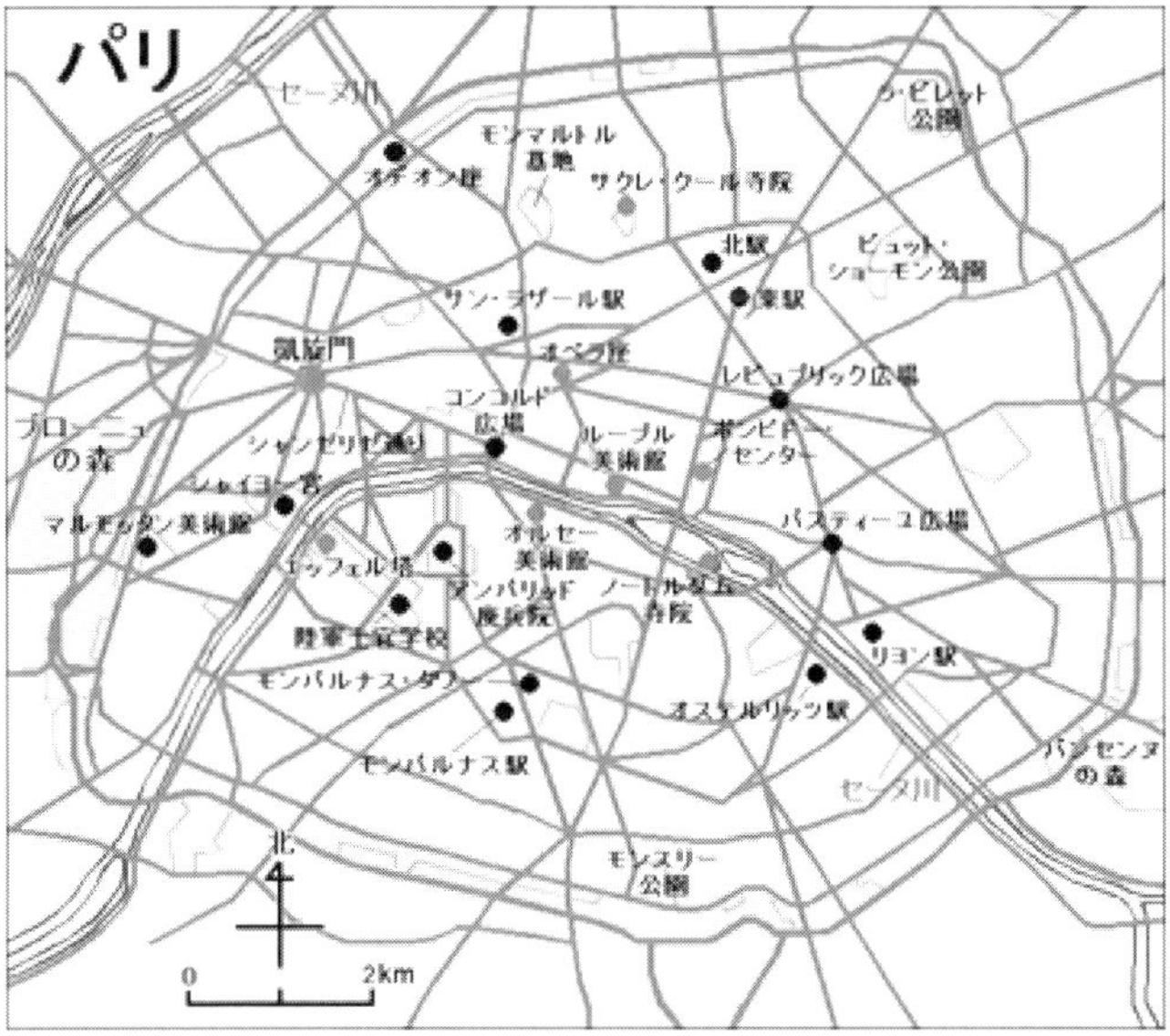

◆パリの地図

そういった排日運動を経験しつつも、アメリカ人彫刻家ガットソン・ボークラムの弟子として三ヶ月ほど彫刻を学び、その後はアート・スチューデント・リーグという美術専門学校の夜学で熱心に絵や彫刻の勉強に励んだ。また、美術館や図書館、劇場にもたびたび足を運んだ。

一九〇七年六月にロンドンに渡ると、別のカルチャーショックを受ける。「私はロンドンの一年間で真のアングロサクソンの魂に触れたように思った。実に厚みのある、頼りになる、物に驚かず、慌てない人間生活のよさを眼のあたりに見た。そしていかにも「西洋」であるものを感じとった。これはアメリカに居た時にはまるで感じなかった一つの深い文化の特質であった。」（「父との関係―アトリエにて―」『新潮』一九五四・三〜四）と述べているように、イギリスの文化や生活様式を絶賛する。そこには生涯の友となるバーナード・リーチと出会ったことも関わってこよう。

2 ベル・エポックのパリ

だが、なによりも光太郎に影響をあたえたのは、留学の本来の目的地であったパリである。光太郎が渡仏した一九〇八年当時、パリは、ベル・エポック（よき時代）と呼ばれる繁栄の時期を迎えていた。一八五五年以来、一九〇〇年まで約一一年毎に開催されたパリ万博によって、エッフェル塔（第三回）や地下鉄、動く歩道（第四回）などが、芸術の都に加えて文明都市パリのイメージを形成し、パリの近代化は世界中の関心の的となっていた。その一方

「ムードンのアトリエ風景」ジャック　エルネスト　ビュローズ

ロダンの「考える人」

で、自由で開放的、かつ享楽的で猥雑なイメージは一九世紀後半から引き継いでおり、芸術家や美術学生にとって憧れの都市であることには変わりなかった。光太郎も、帰国後に「フランスへ行つて羨ましいのは全体の空気が凡て芸術を発達せしめるやうになつてゐることである」（「フランスから帰って」『文章世界』一九一〇・三）と書いている。日本では一八九六年に東京美術学校に西洋画科が設置され、文部大臣の西園寺公望の推薦で、渡仏体験のある岩村透が美術学校の教授となるが、自らの渡仏体験を「巴里の美術学生」（『二六新報』一九〇一・三〜五）に連載し、日本の画学生や詩人にパリへの憧れをかきたてていた。高村光太郎に渡欧を進めたのも岩村透だが、彼は、一九〇三年には芸術家たちのサロン・琴天会（後、龍土軒）をつくり、画家や音楽家、文学者たちの交友を深める場を設けて、パリのカフェの役割を担わせた。高村光太郎の渡仏は、そういった二〇世紀初頭の日本において、パリの芸術的雰囲気が高揚していた時期を背景としている。ちなみに、光太郎渡仏の直前、一九〇八年三月〜五月にかけてはリヨンにいた永井荷風がパリに滞在し、光太郎帰国後の一九一一年には与謝野寛、翌年には与謝野晶子が、さらに一九一三年には島崎藤村がパリを訪れることとなる。

3 ロダンの活躍

パリには、美術学校の他に、アカデミーと呼ばれる画家を志す人々のための研究所が多数あり、モンパルナスに集中していた。パリで光太郎と交流した荻原守衛は、一八六八年に設立された有名なアカデミー・ジュリアンに学んでいたが、光太郎は「どうも古臭い気がして、行く気にはなれなかった。昼は自分のアトリエで胸像を主に泥でやった。美術館で勉強する方がほんとだと思い、ルーブルだのリュクサンブールにほとんど毎日のように通ったり、銅像や古蹟を見る方に力を注いだ。」（「遍歴の日」『中央公論』一九五一・一二）と述べている。

パリで光太郎は、有島生馬、山下新太郎とともに、パリ郊外のムードンにあるオーギュスト・ロダンのアトリエを訪れる。あいにくロダンは不在だったが、彼の妻が中を見せてくれた。当時ロダンは六七歳。既にパリ万博の開かれた一九〇〇年にはロダンの回顧展が開かれ、一六八点もの作品が展示されて成功を収めており、この時期、ロダンのもとで働く職人は約五〇人もいたと言われている。一九〇三年にはレジュオン・ドヌール三等勲章を受け、一九〇六年には『考える人』がパリ市内に置かれ、光太郎がパリに滞在する一九〇八年までに、イェーナ大学、グラスゴー大学、オックスフォード大学から名誉博士号を送られ、世界的な名声を得ていた。渡仏前、二十二歳の時、一九〇四年二月号の雑誌『ステュデオ』に掲載されていた『考える人』の写真を見たことで啓示を受けていた光太郎は、パリでロダンの芸術の真髄に触れることができたのだった。

パリの魅力は人をつかむ。
人はパリで息がつける。
近代はパリで起り、
美はパリで醇熟し萌芽し、
頭脳の新細胞はパリで生まれる。

光太郎の詩「パリ」（『道程』）には、留学時のパリの印象が存分に込められていよう。

「緑色の太陽」への道

ニューヨーク・ロンドン・パリによる芸術的醸成

日本的なものからの解放

光太郎の父高村光雲は、維新後に仏像の受容が激減し木彫が衰退した時期に、鳥や獣を題材に写生をとり入れた新しい作風をひらき、明治の木彫の蘇生に大きな業績を残した人物で、一八八九年の東京美術学校の開設とともに彫刻科の指導者ともなっていた。岩村透の勧めで光雲も光太郎の留学を決意したが、光雲は相当な苦労をして二千円を用意し、十年の予定で光太郎をアメリカに旅立たせた。そして、光太郎の帰国後には、日露戦争後の銅像ブームの中で肖像彫刻の注文をとって高村家の生活の安定をはかる銅像会社を設立し、光太郎に継がせたいと考えていた。しかし、留学から帰国した光太郎は、そのような光雲の思いに反感を抱く。帰国した光太郎の歓迎会について「数十人の在京の父の弟子達が集まって、上野公園の見晴らしの梅川楼で私の歓迎会を催したが、その口々に私に要望するところのものは、実に世俗的な俗情ばかりで、結局二代目光雲になれとか、派閥的勢力拡大のために大いに尽くせとか、何だか仕事とはまるで関係の無いことばかりを私に押しつけた。」(「父との関係」)と光太郎は述べている。父光雲や弟子達は、明治期の立身出世主義にのっとった、当時としては常識的な要求を、留学後の光太郎に望んだといえる。だが、光太郎は、父光雲の期待とは全く正反対の態度を取ることになる。彫刻家としても「私は一生涯決して弟子を作るまいと決心」(同)し、世俗的成功とは無縁の、自分の本来の目的である〈芸術〉に孤高に生きようとする姿勢を貫こうとする。

ニューヨーク滞在中、光太郎は美術館や図書館に足繁く通い、エジプト彫刻に関心を持ったりトルストイ、ホイットマン、ポーなどを読んでいる。また、言葉を覚えるために俳優学校に通ったりした。夏にはニュージャージー州エセックスのイースト・オレンジに避暑に出かけたり、ボストンを見物している。秋から冬にかけては劇場に通い、劇評を『明星』に掲載した。「アメリカで私の得たものは、結局日本的倫理観の解放ということであったろう。祖父と父と母とに囲まれた旧江戸的倫理の延長の空気の中で育った私は、アメリカで毎日人間行動の基本的相違に驚かされた。あのつつましい謙遜の徳とか、金銭に対する潔癖感とかいうものがまるで問題にならないほど無視されている若々しい人間の気概にまず気づいた。」(「父との関係」)と述懐しているように、既にアメリカにおいて日本との違いを体験し、「アメリカ人のあけっ放しの人間性に魅惑された」という光太郎は、ロンドンで「『西洋』を濃厚に身に浴びざるを得」ず、さらにパリでは「国籍を全く忘れる時間が多かった」(同)というように、次々と欧米の気風に触れて、個人の自覚と解放を実感していく。ニューヨーク、ロンドン、パリでの約三年間の留学は、なによりも光太郎に、日本的倫理観や封建思想、世俗的関心などを超えた、個人として〈芸術〉に生きようとする価値観や思想をもたらしたのである。

芸術の都パリの影響

光太郎は、後年、ロンドンからパリに移動した印象を「パリの美術家の仕事は、イギリスと比べて全体として若い連中が格段の差だと思った。イギリスから来ると非常にそれを感じ、僕は愉快さを深く覚えた。ここでは、みんながほんとうに自由に呼吸できるような空気である。」(「遍歴の日」)と述懐している。

実際、パリ滞在中、光太郎の住んだカンパーニュ・プルミエ街一七番地のアトリエ近隣には、日本人だけでも、有島生馬、山下新太郎、斎藤豊作、湯浅一郎、安井曾太郎、津田青楓らが住んでおり、パリの自由な空気を吸いながらお互いに交流しつつ各々に自己の芸術に磨きをかけようと切磋琢磨していた。後には梅原龍三郎も光太郎のアトリエを訪れており、光太郎の帰国後には梅原がそのアトリエを受け継ぐことになる。また、光太郎滞在以前には、そのアトリエにロダンの秘書役をしていた詩人のリルケが住んでおり、また、光太郎滞在中、近くにはロマン・ロランが「ジャン・クリストフ」を執筆中であった。

　そういったパリにおいて、なによりも光太郎に大きな影響をもたらしたものは、ロダンの彫刻である。ロダンの女性裸像や男女群像の生命観あふれる力強い人体表現に衝撃を受け、彫像の発散する強い官能性に魅了された。ギリシャ古典世界のおおらかな肉体賛美とキリスト教の冷肉の相克を背景に、肉体から精神まで、性愛から天上的な愛まで、人間世界が包括的に表現されていたロダンの彫刻は、人体構造を解剖学から学ぶほどの科学的な精神と、

畑豊吉宛ノートルダム寺院の絵はがき
（新潮日本文学アルバム）

肉体の真実を表現するための論理的な造形原理に支えられていた。しかも、近代的な個人の感覚によって美と真実を表現する自由な精神がみなぎっていた。「人が居なければ彼のNYMPHEの大理石像を抱いて寝るがなあ。RODINの女は実際僕の肋骨で出来た様な気がする」（「出さずにしまった手紙」『スバル』一九一〇・七）と記しているように、ロダン彫刻の官能性に感応し、ロダンによって西欧文化の真髄の一端に触れ、自己存在の根底を揺さぶられるような体験をする。

　光太郎は、渡仏前に、カミイユ・モオクレエルの『オオギュスト　ロダン』（一九〇五　ロンドン）を出版と同年に丸善で購入し「食べるように読んだ」（「ロダンの手記談話録」『婦人公論』一九四二・一二）後、パリ滞在中にもジュジド・クラデルの大著『オオギュスト・ロダン』（一九〇八　ベルギー）を「毎日の食事を極度に減らして其を買」（同）い、自分の血肉としている。帰国後、両者を踏まえながら、『アルス』や『帝国文学』などの雑誌にロダンの言葉の抜粋訳を発表し、『ロダンの言葉』（一九一六・一一　阿蘭陀書房）・『続ロダンの言葉』（一九二〇・五　叢文閣）を刊行する。ロダンに憧れロダンを敬愛した光太郎は、「ロダンの中には不思議に日本式なところがあって、その芸術観もわれわれに近い。ロダン自身も日本芸術が好きであり、又深く日本人の美を敬愛していた。」（同）と述べており、芸術における西洋と日本との接点をロダンに見いだしていた。『ロダンの言葉』『続ロダンの言葉』は、大正期以降の芸術を志す若者達の必読書となったばかりでなく、広く一般に

も読まれることになる。
また、パリでは、詩についても多くを学んでいる。フランス女性と語学の交換教授をしたことで、光太郎はフランスの詩を暗誦する。後年、「詩とは斯ういうものだとボオドレエルに見せられたように思った。それから一通りフランスの詩をロンサアルあたりから其の当時の詩人まで読んでみて、此国の詩の伝統の厚みと深さとに感動した。」（「詩の勉強」『新女苑』一九三九・一〇）と述べているように、特にボードレールに魅せられる。光太郎の留学前には、上田敏の『海潮音』や雑誌『明星』などで日本でも口語詩が創作されはじめていたが、光太郎にとって本格的に口語詩を書こうという衝動に駆られたのは、ボードレールの詩に「自己全存在を擲っての詩作態度にひどく打たれた」（同）ことや帰国後にパンの会と交流したことが契機となり、堰を切ったように詩を書き、それが詩集『道程』に結実することとなる。

引き裂かれる西洋／日本

その一方で、「僕には又白色人種が解き尽くされない謎である。僕には彼等の手の指の微動すら了解することは出来ない。相抱き相擁しながらも僕は石を抱き死骸を擁してゐると思はずにはゐられない。その真白な蝋の様な胸にぐさと小刀をつつ込んだらばと、思う事が屡々あるのだ。僕の身の周囲には金網が張つてある。どんな談笑の中団欒の中へ行つても此の金網が邪魔をする。」（「出さずにしまった手紙」）と記し、西洋人と日本人との越えがたい距離感に、孤独や劣等感を抱かざるを得ない。一夜を共にしたパリの女性と朝を迎え鏡を見ると、「非常な不愉快と不安と驚愕とが一しょになつて僕を襲つた。（中略）『ああ、僕はやっぱり日本人だ。JAPONAISだ。MONGOLだ。LE JAUNEだ。』と頭の中で弾機（ばね）の外れた様な声がした。」（「珈琲店より」『趣味』一九一〇・四）と実感する。

これは排日運動が盛んだったアメリカでも同様の経験をしている。

　時時赤い眼を動かしては鼻をつき出し、
　「彼等」のいふこのジャップに白銅を呉れといふ。
　象がさういふ、
　さう言はれるのが嬉しくて白銅を又投げる。

光太郎の詩集「猛獣篇」（『道程』）には、アメリカ滞在中に人種差別に遭った体験が「象の銀行」や「白熊」に読まれている。欧米は、光太郎にとって自由と解放をもたらしたと同時に、乗り越えられない人種意識を植え付けることとなる。その苦い体験は、第二次世界大戦まで影響を与えることとなる。

また、帰国後の日本に対しても、今度は文化的な後進性や残存する封建的な土壌にも向き合わなければならなかった。「猿の様な、狐の様な、ももんがあの様な、だぼはぜの様な、麦魚の様な、鬼瓦の様な、茶碗のかけらの様な日本人」（「根付の国」『道程』）と読んだ光太郎は、西洋の近代的な精神と芸術観に精通しているという自負を抱きながら、自分の中にも未熟な日本と同質性のものを感じ、日本社会の中で生きていくことの違和感をも抱かざるを得なかった。西洋にも日本にも違和感なく過ごすことの出来る場所がないことのいらだちは、帰国後の光太郎に「めちゃくちゃな感情放埒の陽性ニヒリズム」(「詩の勉強」)をもたらす。しかし、そういった苦悩が口語自由詩を生み出す原動力ともなったのである。

「緑色の太陽」への道

しかし、光太郎の留学がもたらした功績として最も重要なものは、評論「緑色の太陽」(一九一〇・四『スバル』)を発表して個性重視、生命重視の芸術観を主張したことである。

帰国後の光太郎は、自ら彫刻や絵画、口語詩を創作する傍ら、「生命」をよりどころとして、ロダンはもとより、印象主義と後期印象派の画家、ドビュッシー、ボードレールなど、フランス芸術を日本に紹介するだけでなく、日本で初めての画廊「琅玕洞」を開いて若い画家達に活躍の場を与えようとした。その一方で、日本の旧弊な美術界を手厳しく批判していく。

ちょうど雑誌『白樺』の創刊時と重なった「緑色の太陽」は、芸術における人間性の絶対の優位を主張し、制作時には「一箇の人間があるのみである。日本などといふ考えは更に無い。自分の思ふまま、見たまま、感じたままを構はずに行《や》るばかり」と主張して、太陽が緑色に見える可能性を肯定する芸術論を展開する。

この評論に対する反響は大きく、日本の印象派宣言ともされた。光太郎は、後に『印象主義の思想と芸術』(一九一五・七、天弦堂書房)によって印象主義と後期印象派を体系的に紹介することになるが、ロダンの紹介とともに、一九一〇代の日本における新しい芸術思潮の旋風を巻き起こす中心人物の一人の役割を担うこととなる。やがて智恵子との出会いに救われる光太郎だが、日本と欧米の両方に引き裂かれることとなった光太郎の三年にわたる渡航は、近代日本における重要な芸術的開眼をもたらす結果となったのである。

◆扉頁写真
上…パリ時代の光太郎(一九〇八年一一月『明星』掲載)
下…ロダン美術館

◆参考文献
東珠樹『近代彫刻　生命の造形—ロダニズムの青春—』(一九八五年六月二〇日、美術公論社)
請川利夫・野末明『新典社選書七　高村光太郎のパリ・ロンドン』(一九九三年一〇月一日、新典社)
高村豊周『人間叢書　光太郎回想』(二〇〇〇年九月二五日、日本図書センター)
北川太一『新帰朝者光太郎—「緑色の太陽」の背景—　【高村光太郎ノート】』(二〇〇六年四月二日、蒼史社)
平井高志『「高村光太郎」という生き方』(二〇〇七年五月二〇日、三一書房)

ニューヨーク・ロンドン・パリに関わる光太郎の作品

白熊

（一九二五年一月）『抒情詩』

白熊といふ奴はつひに人に馴れず、
内に凄じい本能の十字架を負はされて、
紐育《ニューヨーク》の郊外にひとり北洋の息吹をふく。
教養主義的温情のいやしさは彼の周囲に満ちる。
息のつまる程ありがたい基督教的唯物主義は
夢みる者なる一日本人《ジャップ》を殺さうとする。

雨にうたるるカテドラル

（一九二一年一一月）『明星』

おうノオトルダム、ノオトルダム、
岩のやうな山のやうな鷲のやうなうづくまる獅子のやうなカテドラル、
灝気の中の暗礁、
巴里の角柱、
貝つぶしの雨のつぶてに密封され、
平手打の息吹をまともにうけて、
おう眼の前に聳え立つノオトルダム　ド　パリ、
あなたを見上げてゐるのはわたくしです。
あの日本人です。
わたくしの心は今あなたを見て身ぶるひします。
あなたの此の悲壮劇に似た姿を目にして、
はるか遠くの国から来たわかものの胸はいつぱいです。
何の故かまるで知らず心の高鳴りは
空中の叫喚に声を合せてただをののくばかりに響きます。

緑色の太陽

（一九一〇年四月）『スバル』

僕は芸術界の絶対の自由《フライハイト》を求めている。従って、芸術家のPERSOENLICHKEITに無限の権威を認めようとするのである。あらゆる意味において、芸術家を唯一箇の人間として考えたいのである。そのPERSOENLICHKEITを出発点としてその作品をSCHAETZENしたいのである。PERSOENLICHKEITそのものはそのままに研究もし鑑賞もして、あまり多くの擬議を入れたくないのである。僕が青いと思ってるものを人が赤だと見れば、その人が赤だと思うことを基本として、その人がそれを赤として如何に取扱っているかをSCHAETZENしたいのである。その人がそれを赤と見る事については、僕は更に苦情を言いたくないのである。むしろ、自分と異なった自然の観かたのあるのをANGENEHME UEBERFALLとして、如何ほどまでにその人が自然の核心を窺い得たか、如何ほどまでにその人のGEFUEHLが充実しているか、の方を考えて見たいのである。（略）

人が「緑色の太陽」を画いても僕はこれを非なりと言わないつもりである。僕にもそう見える事があるかも知れないからである。「緑色の太陽」があるばかりでその絵画の全価値を見ないで過す事はできない。絵画としての優劣は太陽の緑色と紅蓮との差別に関係はないのである。（略）作家をして、日本人たる事を忘れさせたい。日本の自然を写しているという観念を全く取らせてしまいたい。そして、自由に、放埒に、我儘に、その見た自然の情調をそのまま画布に表わせさせたい。

与那覇恵子

対等な男女の関係性を認識した街

与謝野晶子

パリでの生活

一九一二（明45）年五月五日、晶子は前年に渡欧していた夫寛（鉄幹）の後を追ってパリに旅立つ。鉄幹は一八九九（明32）年に新詩社を立ち上げ、翌年の四月には機関誌『明星』を創刊するなど、歌壇革新の寵児として活躍していたが、台頭しつつあった自然主義文学の流れにのれず活動範囲は狭められていた。『明星』も一九〇八年の一〇〇号で終刊した。一九一一年一一月八日、寛は満三八歳、起死回生を賭けたフランス行きであった。

『みだれ髪』（明34）で人気を不動のものにしていた晶子は、寛の「此度の旅行に遺憾に思ひ候は君を伴はざりし事」、「往復五六ケ月」（「書簡」明44年12月17日）程の予定でパリに来るようにとの呼びかけに応える。晶子もまた夫への思いが募っていたのである。晶子は、渡欧費用捻出のために悪戦苦闘した後、やっと旅の目処が立つ。七人の子供を鉄幹の妹静子に預け、敦賀から海路ウラジオストックへ渡り、シベリア鉄道でパリに向かう。

語学のできない晶子にとって「かにかくシベリヤの汽車にて一人旅をいたさんとするにて候へば暴挙に近きことゝは自らもおもひ居り申候」（平出修宛「書簡」明45年2月17日）という心境であり、「わが泣けば露西亜少女《をとめ》来て肩なでぬアリヨル号の白き船室」（『夏より秋へ』大3）と詠まれる満三三歳の心細い旅であった。

五月一九日、やっとの思いでパリ北駅に到着。寛の出迎えを受ける。梅原龍三郎の紹介で入居したパリ・モンマルトルのヴィクトル・マッセ街の下宿に住む。二人だけのパリを詠んだ「君と行くノオトル・ダムの塔ばかり薄桃色にのこる夕ぐれ」「巴里なるオペラの前の大海にわれもただよふ夏の夕ぐれ」（『夏より秋へ』）などの歌には、寛との生活を楽しむ気持ちが溢れている。しかし晶子の感情は、次第に夫から子供に移っていく。

六月一八日、寛、松岡曙村と詩人H・ドゥ・レニエを訪問した後、パリ郊外のムウドン駅に近いオーギュスト・ロダンの家を訪ねるが不在。夫人の配慮によりにオテル・ド・ビロンのアトリエ兼住居でロダンと会う。ロダンは晶子に深い印象を残した。

二三日から十日程、石井柏亭、小林万吾と共にイギリスへ行く。数日間の滞在後、ドーバー海峡を渡りオスタンド、ブリュッセル、アントワープ（アンベンス）を経てパリに戻る。七月一四日、パリ祭を見物。七月三〇日の明治天皇崩御の知らせに号泣する。

八月頃から妊娠のせいか塞ぎこむことが多くなる。気分転換を考えた寛は九月一日から一八日までのミュンヘン、ウィーン、ベルリン、アムステルダム、ハーグを巡る旅行を計画。しかし旅行中にも「思郷病」に襲われ急遽二一日マルセイユから平野丸での帰国が決定。一九一二年一〇月二七日に帰国。五か月のヨーロッパ暮らしだった。鉄幹は翌一三年一月二一日に帰国。

寛と晶子の渡欧紀行文は、晶子が絵を習った徳永柳洲の装丁・挿画による『巴里より』（大3）に纏められた。

晶子の思想を確固たるものにしたパリのベル・エポック（美しき時代）

フランスの文化芸術が栄えた一九世紀末から一九〇〇年を挟んで前後三〇年間の時代を「ベル・エポック」という。フランスでは植民地拡大政策によって豊かな社会が出現した。その象徴が消費文化の幕開けとなった一八八九年と一九〇〇年のパリ万博である。芸術分野では印象派からアール・ヌーヴォー、世紀末芸術、キュビズム、未来派と、多彩な芸術運動が展開された時期でもある。

新しい芸術運動を進める芸術家たちは、上流階級の人々が集うサロンではなく気軽に議論できるカフェに集った。また消費文化を牽引する酒場《キャバレエ》も人気があった。賑わう歓楽街で働く下層の女性だけでなく労働者階級の政治的・社会的権利の確立を目指す女性運動もあった。

1 19世紀末から20世紀初頭の芸術

一九〇〇年のパリ万博で特別館が設けられる程の名声を得ていたオーギュスト・ロダンの彫刻はフランスの最初の美術館リュクサンブールに、また19世紀までの著名な作家の作品はルーヴルに収められ、外国からも多くの観光客を集めていた。しかしこの時期印象派以降の芸術として注目されていたのは、ロートレックの「ムーラン・ルージュのラ・グーリュ」（一八九一）やビアズリーの「サロメ」（一八九四）、クリムトの「ユディット」（一九〇一）、ミュシャの「ジャンヌ・ダルク」（一九〇九）など、ポスターや本の表紙、挿絵、イラストであった。写真の発明や印刷技術の発達が進み、複製可能な版画やポスターが新しい芸術としてもてはやされたのである。

一九〇二年にイタリアの詩人フィリッポ・マリネッティの「未来派宣言」が『フィガロ』に発表される。従来の美の概念を覆し「自動車のスピード」を「美しい」と定義する「美学」を提唱。アルトマレ、ベテュダ、ビッツッティ、ヴランティイヌ・ド・サンポワンなどの詩人が共鳴。近代工業の進歩とも重なり広く受け入れられた。寛は未来派の活動に身近かに接して「未来派の芸術家の生きて居る世界は、やがて僕等の生きて居る世界である」（「未来派の芸術」）と感じている。

ピカソの「アビニヨンの娘たち」（一九〇七）やブラックの「ギターを持つ男」（一九一四）に代表されるキュビズムの活動は絵画に革命を齎したばかりでなく、人間の意識を変容させ文学をはじめ多くの芸術活動に多大な影響を与えた。その動きにも寛は注目していた。

2 喫茶店《カフェ》と酒場《キャバレエ》の文化

パリで芸術論を闘わす場として人々が集ったカフェ文化が花開いたのは一八世紀である。モンパルナスにあるカフェ「クロズリー・デ・リラ」は、象徴主義演劇運動の推進役を担った詩人のポール・フォールが「火曜会」（一九〇八、九年頃）という文化サロンを開き、やがてマルセル・デュシャンやフェルナン・レジェなど作家や画家が集まった。第一次大戦後はヴェルレーヌ、ピカソらも訪れている。晶子も寛も好きでよく通い、寛はここでアポリネールを見かけている。モンマルトルの「カフェ・ド・ゲルボア」には作家のゾラやモーパッサン、さらにドガ、ルノアール、セザンヌなど象徴派の画家たちが集い、彼らはカフェを描いた絵も多く残している。

モンマルトルの丘の上に聳え立つサクレ・クール寺院は一八七七年に建設が始まり一九一四年に完成した。丘の麓のクリシー通り一帯は歓楽街でロートレックが愛した「ムーラン・ルージュ」もあった。モンマルトルは一九世紀末にパリの都心部には住めない中流層以下の人々が暮らす場所となり、二〇世紀初頭にはユトリロ、ピカソ、ブラックなど芸術家を志す若者が住み着いた。一八八一年に開店した「シャ・ノワール」はゾラやドーデ、シャルル・クロス、ドネなどが集った文学酒場だった。晶子も歓迎を受けた「ラパン・アジル」は、一八八〇年に「暗殺の酒場」跡に建てられものでルノワール、ヴェルレーヌ、モディリアーニ、ユトリロなど多くの芸術家や詩人たちの溜まり場であった。

3 ジュポニスムと身体の解放

パリの魅力といえばファッションであろう。一九〇〇年のパリ万博で、川上音二郎の川上一座はロイ・フラー座で公演。貞奴の日本舞踊が大喝采を浴びた。それ以降、着物はパリで広く知られるようになり、グラン・ブルヴァルの「サダヤッコ」という店やヤッコ・ドレスが人気となる。晶子は著名人に会うなど特別の場合は着物で、普段は洋服にしていたがコルセットには閉口している。その後、着物ドレスはコルセット不要につながっていく。また当時、中流階級以上のお洒落な女性たちが好んだのは鍔の大きく広がった帽子で、晶子は着物に鍔広の帽子を被っている。

さて、晶子が閉口したコルセットを女性の身体から解放したのは同年代のココ・シャネル（一八八三―一九七一）である。帽子のデザイナーとして登場したココは一九一五年に、ジャージ素材で働く女性たちに動きやすい洋服を提供する。コルセットを着けない「シャネル・スーツ」は働く女性たちの支持を受け、20世紀のファッション界をリードしていくことになる。

4 フランスの女性運動

フランスのイメージは、「自由・平等・博愛」に象徴される一七八九年のフランス革命の理念を謳った「人権宣言」にある。だが、この自由・平等はあくまで男性のもので、「婦人公民権」を主張し

ムーラン・ルージュ

ラパン・アジル

サクレ・クール寺院

晶子のいた下宿辺り

「世界大地図帳」（平凡社一九九〇年）

クローズリー・デ・リラ

晶子の油絵「リュクサンブール公園」

たオランプ・ドゥ・グージュは一七九三年にギロチンで処刑された。労働者階級と女性の権利の確立を目指す運動は19世紀にも続きフローラ・トリスタンは著書『労働者連合』（一八四三年）の中で「男女平等」を認めることを提言。一八四八年の二月革命、一八七一年のパリ・コミューン後も女性の権利獲得は進まず、女性の意識改革をも含めた『ラ・ヴォワ・デ・ファム（女性の声）』、『ロピニヨン・デ・ファム（女性の意見）』、『ラ・シトワイエンヌ（女性市民）』、『ラ・フロンド（反逆）』などの新聞が創刊されていく。

20世紀前半、フランスの女性解放運動はユベルチーヌ・オークレールを中心とする過激な一派と、「フランス女性全国評議会」の穏健な団体とに二分されていた。晶子が訪れていた一九一二年頃は穏健派が主流であった。一方、六月から七月にかけてロンドンでは女権拡張運動と大規模な女性たちのデモが起こり、その頃エミリー・デイビソンの競馬場での抗議の自殺もあった。

ちなみにイギリスも含め第一次大戦後には二一か国の女性たちが選挙権を獲得したが、フランスでの参政権の実現は一九四四年、日本は四五年である。

対等な男女の関係性を認識した街

パリで自覚した女と母

寛がパリに向かった後、晶子は「君こひし寝てもさめてもくろ髪を梳きても筆の柄をながめても」（『青海波』明45）と、ひたすら君恋しの状態であったことを歌うが、パリ行きが決まるとその心は「晶子や物に狂ふらん。／燃ゆる我が火を抱きながら、／天がけりゆく、西へ行く、／巴里の君に逢ひに行く」（「旅に立つ」）と、かつて『みだれ髪』で詠んだ一途に男に向かっていく情熱的な女の表現へと変わっている。晶子にとってパリはまず寛の居る場所であった。不安と恐怖を乗り越えて到着したパリ北駅には、想い人寛が待っていた。

晶子と寛が落ちついた場所は、セーヌ河の北岸、モンマルトルの丘の上り口にありピガール広場にも近いヴィクトル・マッセ二一（21. bis, Rue Victor Massé）のルイ・ピロリー（Louis Pirolley）家の三階である。その建物の隣にはルノアールに師事していた梅原龍三郎もアトリエを構えていた。門から建物への道で晶子は「遊仙窟とか紅楼夢とかの本の中へ入つて来たと云ふ気がした」(「男に可愛く思はれたがる巴里の女」)といい、「門入りて敷石の道いとながし君と寝んとて夜毎かへれば」(『夏より秋へ』)という官能的な歌も詠んでいる。二人の生活を堪能していたともいえるが、寛の「MADAME《マダム》 KIKI《キキイ》」(『巴里より』)によるとこの下宿には数人の「第二流《スコンデエル》」の娼婦も住んでいたとある。晶子は彼女たちのことに触れておらず、「三千里わが恋人のかたはらに柳の絮《わた》の散る日に来る」「ああ皐月仏蘭西の野は火の色す君も雛罌粟《コクリコ》われも雛罌粟」(『夏より秋へ』)など、自分の満たされた思いを多く詠んでいる。さらに花々が咲き乱れる五月のパリで若い娘のように「巴里《パリイ》に著いた三日目に／大きい真赤な芍薬を／帽の飾りに附けました。／こんな事して身の末が／どうなるやらと言ひながら」(「巴里より葉書の上に」『舞ごろも』大5)と、オシャレする浮き浮きした気分も詩っている。

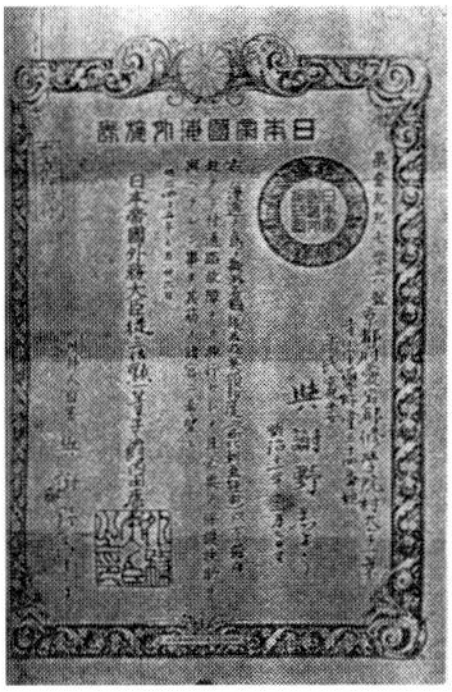
晶子のパスポート

セーヌ川やシャン・ゼリゼ通りを散策しながら、ルーヴルやリュクサンブールの美術館を巡る寛との日々は、恋人同士のような甘美な時間であった。第一次大戦が始まる二年前、ベル・エポック最後の輝きに満ちた時期の一ヶ月程を晶子は、異国の街を楽しみつつ情緒あふれる歌を詠みのんびりと過ごした。

しかし六月六日から八日まで、寛や和田垣謙三と訪れたトゥールの旅の頃から「ああ、わが心巳む間なく、／東の空にとどめこし／我子の上に帰りゆく」(「羇愁」)気持ちになっていく。ロワール河畔サン・ガシアン聖堂のシャルル八世の子供達の墓を見て、残してきた子を思い涙ぐみ、ルーヴル美術館の母子像やリュクサンブール公園で遊ぶ雀を見ても子供への思いが募る。晶子は「妻としての愛情を満足させたと同時に母として悲哀をいよいよ痛切に感じる身と成」(「巴里にて」)り、「恋人と世界を歩む旅に居てなどわれ一人さびしかるらん」(「ミュンヘン」)と思う。その後は夫と子供の愛に引き裂かれた意識を抱えてのヨーロッパ滞在となる。

晶子は九月からの旅でも子供を思い続ける「思郷病」に襲われるが、ミュンヘン在住の医師近江湖雄三の診察によって妊娠が判明する。「思郷病」は体調の変化によるものであったといえようか。翌年生まれた四男は、晶子がパリで会った人物で最も感銘を受けたオーギュスト・ロダンの名からアウギュスト(後に昱《いく》と改名)と名づけられた。

世界の偉人ロダンの一撃

六月一八日、詩人のH・ドゥ・レニエと彼の妻で詩人のゼラアル・ド・ウビユに会う。フランス語ができなかったせいか彼らの詩について晶子はふれていないが、寛は帰国後レニエの詩も収めた訳詩集『リラの花』(大3)を出している。その日の午後には、白樺派のメンバーでロダンを知る有島生馬の紹介でオテル・ド・ビロンに住む七二歳のロダンの元も訪れた。この時ビロンは保護建築物として政府の買い上げが決定していたが、ロダンは立ち退きを拒否し、住めるよう政府と交渉中であった。ビロンは後にロダン美術館となる。

「世界の偉人」(「ロダン翁に逢った日」)に会った晶子は強い衝撃を受ける。自分を「無知」な「痴鈍」な「一人の日本の女」と感じ、ロダンの外見や声から「何物も何物も包容した偉大な愛」を感受する。「国境と種族とを超過した世界の真人」だと認識するのである。「ああロダン君は不思議のカテドラル巨大の姿よろづ代に立つ」(『火の鳥』大8)と、大絶賛している。

当時ロダンは日本でも評価が高く、一九一〇年の『白樺』第八号はロダン特集を組んでいた。ロダンは特集を喜び、日本での自分のデッサン展の可能性などを問うている。寛は雑誌社や新聞社ばかりでなく日本政府もバックアップするだろうと、「威勢の好い応答」(「ロダン翁」)をした。また日本の画家では荻原守衛を高く評価していることも語っている。晶子が帰国した後、再びロダンを訪れた寛は、創作中の「花子」の彫像を見ている。

晶子がフランスやロダンから受けた衝撃は、二歳になった息子が初めて母の頬を打った記念の詩「アウギユストの一撃」(『さくら草』大4)に表現される。「アウギユストよ、/おまへは母の胎に居て/欧羅巴を観てあるいたんだよ。/母と一所にしたその旅の記憶を/おまへの成人するにつれて/おまへの叡智が思ひ出すであろう。/ミケル・アンゼロやロダンのしたことも、/ナポレオンやパスツウルのしたことも、/それだ、その純粋な一撃だ、/その猛猛しい恍惚の一撃だ」。晶子自身がヨーロッパから受けただろう「一撃」を息子に託した詩である。それはエトワアル広場で突然、「叡智と威力とが内から湧いて、/わたしの全身を生きた鋼鉄の人にした」(「エトワアルの広場」)力と同じものである。晶子は元来自主独立の人だが、ロダンとの出会いやパリの街の雰囲気は改めてその重要さを晶子に認識させたのであろう。またこの詩の「人間と、自動車と、乗合馬車と、乗合自動車との點と塊《マッス》」や「鋼鉄の人」などの表現は期せずして未来派の雰囲気も伝えている。

フランス女性への提言と受容

ロダンに圧倒された晶子であったが、パリでの晶子は無名の存在ではなかった。一九一二年八月二五日発行の雑誌『Le Miroir《ルミロアル》』には「Nous avous à Paris la plus grande Poétesse du Japon(日本の偉大な女性詩人が今パリに)」という見出しで寛、晶子の写真を添えた記事が掲載されている。「晶子夫人は単なる女流詩人ではない」「彼女の活動は、純粋に著述家たるに止まらない」、その著作『一隅より』では「女権拡張者」として「大変に勇敢で大胆な両性平等についての観念をもって、日本の婦人たちを鼓舞している」

（赤塚行雄『決定版　与謝野晶子研究』）と紹介された。

　パリでは数紙で紹介されている。一九三〇年の「新聞紙の威力」（昭5年3月1日『横浜貿易新報』）には、パリで『ル・タン』紙の記者から「婦人の新しい職業として貴女は何を最上のものと思ふか」などのインタビューを受けたことが記されている。晶子は、一概には言えないと断りつつ「若し見識があつて筆が執れたら、新聞記者が男にも女にも最上の職業だろう」と答えている。その思いは二十年後も変わらず「新聞は報道機関のみでなくて、天下の是非を映す鏡である。記者はアナウンサアでなくて、天下の審判者、預言者、警告者、監視者を兼ねたもの」として、社会の木鐸であらねばならないと強調している。晶子も帰国後、多くの新聞に記事を寄せているが、書き手としては同じ認識であっただろう。

明治45年、徳永柳州のパリのアトリエ前にて。前列右、晶子、桑重儀一。後列左より、寛、三浦工学士、徳永柳州

　八月には、プッティイ・パリジャンの記者レオン・ファローの家に招かれており、彼の求めで文芸誌『LES ANNALES《レザンナアル》』に「巴里に於ける第一印象」（パリでの掲載は一九一二年九月下旬頃）を書く。晶子はここで、男子が女子を従属物視し、娼婦が跋扈する状況に対して「仏蘭西に於け《ママ》婦人運動が過去三十年前に比して甚だ手温い」と指摘している。ムーラン・ルージュやヴィクトル・マッセの下宿の女性たちのことを思い浮かべていたのかもしれない。そして「男女が互に助成して社会を円満に形造るのは二十世紀以後の文明に賦与された幸福」なのだから、今後は男女の対等な教育、社会活動、社会上の権利の獲得が自分の願いだと述べている。

　晶子は短期間でパリの問題点を見抜き、自身が日本でも希求していた対等な男女関係の必要性を再認識したといえる。『レ・ザンナアル』への見解は、既に『一隅より』（明44）でも主張していたことである。だがもちろん晶子は気づかなかったが、フランスでも女性の政治的・経済的権利を主張する「仏蘭西女権拡張会」などの運動はあった。とくに参政権の問題で仏英が先進的な運動を展開していたことに気づくのは帰国後である。

　晶子がパリの女性たちに感銘を受けたのは瀟洒で気韻あふれるその外見である。「巴里の旅窓より」（大元年）では流行を取り入れながらも「盲従」することなく「自分の創意」を加えるパリの女性たちのファッションを評価する。そして日本の女性には顔立ちはそのままで「表情と肉付の生生《いきいき》とした活動の美を備へた女が殖えて欲しい」と注文する。晶子のいう「活動の美」とは、外見ばかりでなく夫でも国家でも何かに頼る「依頼主義」を排して、「自ら進んで生活し、其生活を富まし且つ楽まうとする心掛」の謂である。

晶子はパリに向かう前に、平塚らいてうの求めに応じて『青鞜』に詩「そぞろごと」（明44）を寄せている。そこで「山の動く日来る」「すべて眠りし女今ぞ目覚めて動くなる。／一人称にてのみ物書かばや。／われは女ぞ。／一人称にてのみ物書かばや」と謳った。晶子は「私」という個人の立場で表現することに一貫して拘ってきた。それは依頼主義を断つ根本姿勢でもある。

晶子が批判したパリの「娼婦たち」は、「生きるためには自分の労働力」を売るしかない、つまり「依頼主義」を排した個人主義の独身女性たちであったともいえる。自分の身を売るしか資本のない下流・中流労働者階級の女性と上流階級の女性とが、労働の権利を求めて連携するのは、フランスにおいてもまだ困難な状況であった（『フェミニズムの世界史』）。

ファッションとカフェを楽しむ

さて、晶子は子供のことを思いつつもカフェや酒場《キャバレエ》を巡り、生活を楽しんでいる。出かける場所によって和装と洋装を着分けてもいる。ロダンを訪ねた時は着物で「秋草を染めたお納戸の絽の着物に、同じ模様の薄青磁色の絽の帯」（『巴里の旅窓より』）を締めていた。トゥールの旅での晶子を「日本服の上に花の付いた帽を被て面紗を掩ふた異様な姿」（『ツウルの二夜』）と寛は書いているが、晶子にとってはオシャレだったのだろう。帽子は素晴らしいと何度も語っている。着物はパリで知られており「ジヤポネエズ、ジヤポネエズ」と声をかけられることも多かった。

寛が気に入ったカフェ、クロズリー・デ・リラは何度も訪れているが、酒場で「きもの姿に帽を著た」晶子が歓迎されたのは暗殺の酒場を改名したラパン・アジルである。寛はこの酒場を「最も平民的な文学者と此界隈に沢山住んで居る漫画家連中」が「無礼講で夜明かし」（『暗殺のキャバレエ』）する所として有名だと述べている。晶子の詩「暗殺酒鋪《キャバレ・ダッサッサン》」には店内の様子や「きもの姿に帽を著た」晶子を「迎へて爆ぜ裂ける」「手の音」、さらに店の主人の「皆さん、今夜は珍しい／日本の詩人をもてなして、／ヱルレエヌをば歌ひましよ」との呼びかけが詩われており、その日の店の雰囲気を伝える。それは言葉は理解できなくても雰囲気を十分堪能しようとする「心掛」から生まれたといえよう。

フランス女性と英国女性との出会いから

六月後半からロンドンを旅した晶子は、フランス女性と異なるイギリス女性の姿に接する。外国語のできない晶子は、話すことの出来なかった分、街を散策しつつ女性たちの振る舞いをよく観察した。自分の眼で見たこと、直感で観察した印象を語る。英国の女性はパリの女性のように粋ではないが「愛と智慧」に富み、教育が普及した結果「内面的に思索」しつつ「資産を持つて独立の生活」をしているのを好ましく感じる。晶子は暴力を伴う活動には反発しているが、選挙権と労働条件の改善を求める闘いには「拒み難い真理」があるとその意義を認めている。英国の「婦人運動が決して空騒ぎで終らない事を信じる」とも述べているが、「其れが為に容姿の美を疎かにする迄に賢くなろうとして居るのが悲惨である」(「倫敦より」)と語るのは、オシャレ好きな晶子の面目躍如たるものがある。そして晶子は帰国後、「婦人も参政権を要求す」や「デモクラシイに就いて私の考察」、「婦人改造の基礎的考察」(『激動の中を行く』大8)などで、男子と対等の職業の自由、教育権、参政権を言葉で訴えていくことになる。

　晶子は、欧州の旅行から帰ってからは関心が芸術方面より実際生活に繋がった思想問題に向かうことが多くなったと語り、日本人の生活を改善する方向に力を添えることがなければ「日本人としての私の自我が満足しない」(「鏡心燈語」『雑記帳』大4)と述べている。一人の人間として、国際人として生きていく上で制度の改善が必要なことを直感していたといえる。

　一九一五(大4)年一月から雑誌『太陽』で「婦人界評論」の執筆を開始。他の雑誌や新聞にも女性に関する諸問題や社会問題、教育問題などについて意見を開陳していく。晶子が特に女性に求めたのは男との対等な関係性であり「如何なる場合にも依頼主義を採つてはならない」(「女子の徹底した独立」『若き友へ』大7)という女性の自覚であった。詩「女は掠奪者」(大6年12月6日『横浜貿易新報』)には、夫や子供に頼る女に対する激しい怒りの声がある。

　晶子が批判した平塚らいてう等の母性保護論も、晶子にとっては依頼主義でしかなかった。欧州の娘たちより思想上の自由に置かれている日本の女性は、自ら「内面から覚醒」し社会に立ち向かわなければならないと促す(『人及び女として』大5)。晶子は欧州からの帰国後、女性に対する叱咤激励、女性の自覚を促す論評を書き続けたのである。

◆扉頁写真

上…一九一二年月パリに向かう前に撮った写真『婦人画報』(明45年6月)

下…ヴィクトル・マッセの辺り

◆参考文献

ルイ・シュヴァリエ『歓楽と犯罪のモンマルトル』(一九八六年五月、文藝春秋)

アンドレ・ミシェル『フェミニズムの世界史』(一九九三年三月、白水社)

赤塚行雄『決定版　与謝野晶子研究』(一九九四年一〇月、學藝書林)

平子恭子『年表作家読本　与謝野晶子』(一九九五年四月、河出書房新社)

渡辺淳『カフェ　ユニークな文化の場所』(一九九五年四月、丸善ライブラリー)

松平盟子「与謝野晶子　パリの百二十日」(一九九五年一〇月『別冊文芸春秋』)／「晶子のパリ一九一二年」／(二〇〇〇年六月～〇一年八月『短歌研究』)／『パリを抱きしめる』(二〇〇〇年一二月、東京四季出版)

和田博文他編『言語都市・パリ』(二〇〇二年三月、藤原書店)

パリに関わる晶子作品

夏より秋へ

（大3年1月1日）金尾文淵堂

あかつきのシャンゼリゼエの夏あかり
　沓すりて行く思ふことなし
翅ある子日曜の日はあまた居ぬ
　リュクサンブルの花の小みちに

鏡心燈語

（大4年1月号〜3月号）『太陽』

私はピカデリイやグラン・ブルヴァルの繁華な大通で、倫敦人や巴里人の馬車と群衆とが少しの喧囂も少しの衝突もせずに軽快な行進を続けて行くのを見て驚かずに居られなかつた。そして自由に歩む者は聡明な律を各自に安出して歩んで行くものであると云ふことを知つた。（略）

新しい生活の律は各自の実際生活の直感と、経験と、反省と、研究と、精錬とから産み出される。（略）

私は女性の位地を高めようとするには、女性が互に現在の自己の暗愚劣弱を徹底して自覚することがその第一歩であると確信するに至つた。

エトワアルの広場

（大4年5月2日）『読売新聞』

土から俄に
孵化して出た蛾のやうに、
わたしは突然、
地下電車《メトロ》から地上へ匍ひ上がつた。
巨大な凱旋門が真中に立つて居る。（略）
そして人間と、自動車と、乗合馬車と、
乗合自動車との點と塊《マッス》が
命ある物の
整然とした混乱と
自立独立の進行とを、
断間なしに
八方の街から繰出し、
此処を縦横に縫つて、
断間なしに
八方の街へ繰込んで居る。
おお此処は偉大なエトワアルの広場だ……
わたしは思はずじつと立竦んだ。（略）
この時、わたしに、突然、
何とも言ひやうのない
叡智と威力とが内から湧いて、
わたしの全身を生きた鋼鉄の人にした。

奢侈の理想

（大8年10月26日）『横浜貿易新報』

奢侈は積極的の生活を展開します。学問も、芸術も、機械的産業も、すべて人間の奢侈です。消極主義や倹約主義に偏した生活から決して立派な文化は発生しません。私は富豪のみならず、一般の民衆が文化価値を持つた奢侈を喜ぶに到ることを望みます。

女人創造

（大9年5月）白水社

私は以前から女子の解放を求めて居ます。一面には男子の専制から、一面には女子自身の依頼主義と寄生生活とに甘んじる卑屈な因習的精神とから、併せて逸出しなければならないと思つて居ます。さうして一人前の自由を得た女子は、更にその自由を善用して、私の云ふ意味の自己を創造する生活に向つて堅実なる実行家とならねばなりません。

神田由美子

異郷で見つけた故国

藤村文学におけるパリ

島崎藤村

フランスでの留学生活

一九一三（大2）年三月二五日、四一歳の藤村は、新橋からフランスへ旅立つ。神戸に二週間滞在後、四月一三日午後一時、フランスの船エルネスト・シモン号で神戸を出港し、五月二〇日、マルセイユに着いた。

五月二三日の朝、パリに到着した藤村は、パリ5区ブルヴァール・ド・ポール・ロワイヤル86番地のマダム・シモネ（SIMONET）の下宿に入る。向かいには産科病院が、また部屋の窓からはパリ天文台の塔が見えた。そして到着早々、天文台近くに住むムルネタス嬢という年配女性にフランス語を習い始める。

六月には、同宿の小山内薫とグノオ作「ファウスト」（オペラ座）、ニジンスキーのロシア・バレー「牧神の午後」「ダフニスとクロエ」（シャンゼリゼ劇場）、ダヌンチオの戯曲「ピサネル」（シャトレー劇場）を観る。八月からは、沢木梢（美術史の研究者）や郡虎彦（詩人・作家）らの若い友人と建築・絵画・音楽を語り合い、十月以降には、山本鼎ら日本の若い画家たちと、有名なカフェ「リラ」などで交流し、パリのボヘミアン的生活を知る。

一九一四（大正3）年二月には、パリの冬の厳しさを初めて体験し陰鬱になるが、三月には法学者の河上肇や竹田省をドヴィッシーの音楽会に案内し、六月には、モンパルナスの墓地でモーパッサン、ボードレールの墓を、ヴァンセーヌの森ペール・ラシェーズの墓地で並んで横たわる「アベラーズとエロイーズ」の墓を観て、フランス人の愛情表現に衝撃を受ける。そして第一次世界大戦勃発後の八月二八日、マダム・シモネの故郷である中部フランスのリモージュへ正宗白鳥の実弟で画家の正宗得三郎らと疎開し三カ月ほど滞在する。そこで村の子供と親しみ、フランスへ来て初めて安らかな日々を体験する。一一月一七日、パリに戻った藤村は、男性の多くが兵役に取られ貴婦人が篤志看護婦として奉仕する戦時下のパリに寂しさを覚えるが、パリ人の愛国心にも感動する。また、リモージュを見た目でパリを見直した藤村は、パリには農村出身者も多いことを認識する。フランス軍の反撃によってドイツ軍を退かせた「アルヌの戦い」では、藤村が「現代フランス文壇のアンダーカレントを形作っている」と評した詩人・批評家・編集者のシャルル・ペギーが戦死し、藤村は「詩人ペギイ

パリのペール・ラシェーズ墓地

の戦死」という通信を書いた。

一九一五（大4）年の冬、藤村は再び、濃い霧と暗い太陽のパリのなかで鬱状態となり、狂死した父をしきりに思い出す。四月二一日、日本の若い画家たちやパリのモデルとピクニックへ行き、パリのモデルの享楽的生き方に想いを馳せる。さらに六月頃、経済的事情から帰国を考えるようになるが、九月に有島生馬の呼びかけで藤村に寄付する「藤村会」が作られ、パリ滞在を延長することが出来た。

一九一六（大5）年三月、下宿の女将シモネが故郷リモージュへ引き上げるため、藤村はソルボンヌ大学そばのセレクトホテルに移転する。そして四月二九日、正宗得三郎とともにサンラザール駅を発ち、日本郵船の熱田丸で七月四日に神戸に到着した。

ベル・エポックと第一次大戦の時代
——二〇世紀初頭のフランス

1 ベル・エポックのパリ

一九世紀末から二〇世紀のパリは、世界一華麗な都会だった。オスマンのパリ大改造以来、エッフェル塔を始めとするガラスと鉄の近代建築が並び、百貨店のボン・マルシェやプランタン、そして高級服店《オートクチュール》が女性の夢を誘い、物質文明を展示する万国博覧会が開かれた。一九〇〇年七月には、この万博来場者をさばくために地下鉄《メトロポリタン》が開通し、鉄道のオルセー駅も開設された。一九〇一年には新築のリヨン駅から豪華な「オリエント急行」が発着した。また物質的繁栄は、科学信仰の風潮を生む一方、マルクス主義から宗教へ回帰した詩人シャルル・ペギーや実証主義を批判したアンリ・ベルグソンや象徴主義の詩人ポール・ヴァレリーのような、〈精神〉を重視する文化をも生み出した。

このような物質と精神の豊かさを併せ持つパリの「良き時代《ベル エポック》」は、一般に一九〇〇年のパリ万博から一九一四年の第一次世界大戦参戦までを指すが、一九一三年から三年間をパリで暮らした藤村の留学生活の前半は、まさにベル・エポックの香気に包まれていたのである。

2 アポリネールの世紀

一九〇三年からパリに住んだアポリネールは、フランスの伝統的歌謡と一九世紀末の象徴主義と次代のシュールレアリズム的手法の混在する詩人として、ベル・エポックを象徴する芸術家だった。またアポリネールはパブロ・ピカソ、ブラマンクらの画家た

◆パリの地図

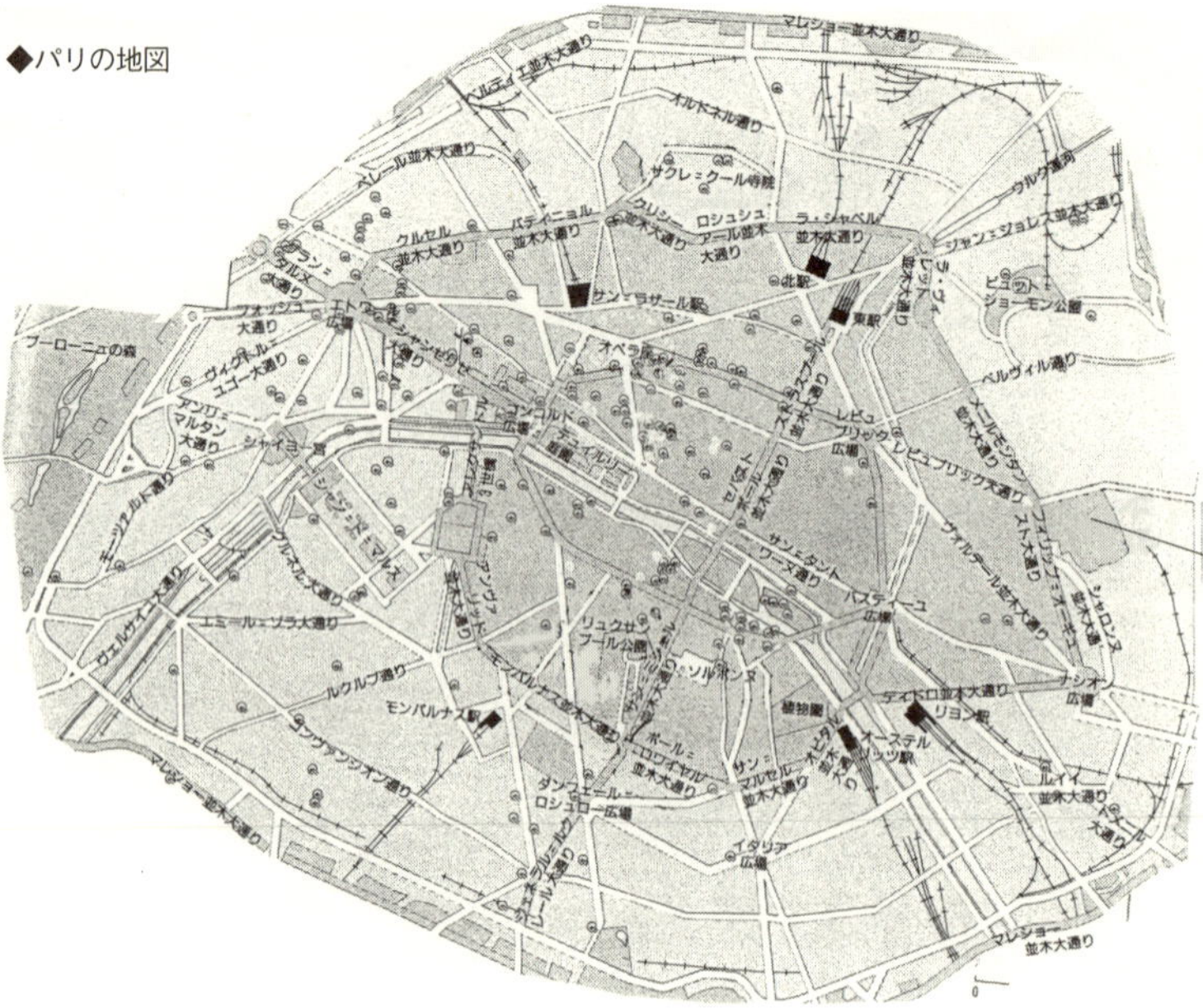

左上　藤村が宿泊した下宿（ポール・ロワイアル通り86番地のシモネ夫人宅）
右上　シモネ家入り口
左下　リュクサンブール公園
右下　La Closerie des Lilas（カフェリラ）。リュクサンブール公園近くにある芸術家の溜り場。藤村もよく訪れた。
（『写真と書簡による島崎藤村伝』国書刊行会）

ちと親しく交わった。そしてこのアポリネールとピカソという文学と絵画の集団は、モンパルナスの「ル・ドーム」や、リュクサンブール公園に接する「クローズルー・デ・リラ」などのカフェを溜り場とした。

絵画の分野では他に、人間の複雑な感情を描き「現代絵画の父」といわれるポール・セザンヌ、セザンヌの影響を受けてピカソと共にキュビズムを創造したジェルジュ・ブラックがこの時期に活躍した。パリの日常を描いたドガや睡蓮の絵で有名なモネなどの印象派に始まり、ゴーギャン、ゴッホなどジャポニズムの影響を受けた後期印象派、キュビズム、フォービズムと常に新しい絵画を生み出していたパリは、世界中から多くの画家や画家志望の若者が留学する美術のメッカだった。

演劇の分野では、名女優サラ・ベルナールの盛りは過ぎていたが、アントワンヌ率いる「自由劇場」、象徴派の文学者が起こした「創作劇場」、地方興行を主とした「平民劇場」など、新しい演劇集団が次々と新機軸を打ち出していた。

ニジンスキー「薔薇の精」舞台写真、シャンゼリゼの新劇場（大正２年６月の公演）
（新潮日本文学アルバム）

音楽の分野では印象派と象徴派の影響を受けたドビィッシーが活躍した。またディアギレフ率いるロシア・バレエ団がパリで評判を呼び、ロシアの舞踏家ニジンスキーの「牧神の午後への序曲」や「春の祭典」の公演は、バレーの概念を根本から覆すほどの衝撃を与えた。このロシア・バレエ団がフランスに与えた反響には、ニジンスキー個人の才能だけでなく、世紀末から続く、ロシア文化やオリエンタリズムへの憧憬も含まれていた。

3 第一次大戦

一九一四年六月二八日、軍事演習観閲のためサライエヴォを訪れたオーストリアの皇帝候補フランツ・フェルエナンド大公が、ボスニア出身のセルビア人に暗殺された。オーストリアはセルビアに宣戦布告をするが、その背後にはロシアの存在があった。ドイツはオーストリアを支援し、ロシアに宣戦布告をした。

一八七一年にドイツとの戦争（普仏戦争）に敗れて、アルザス・ロレーヌ地方を割譲したフランスでは、対独復讐論が潜在的に存在していた。さらに二〇世紀に入り、強硬な世界政策を遂行するドイツの経済力と軍事力の増大に警戒心を高め、フランスは一九一二年から一三年にかけてのバルカン戦争の際、ロシア、イギリスとの同盟関係の強化を図った。そして平和を唱えた社会主義者

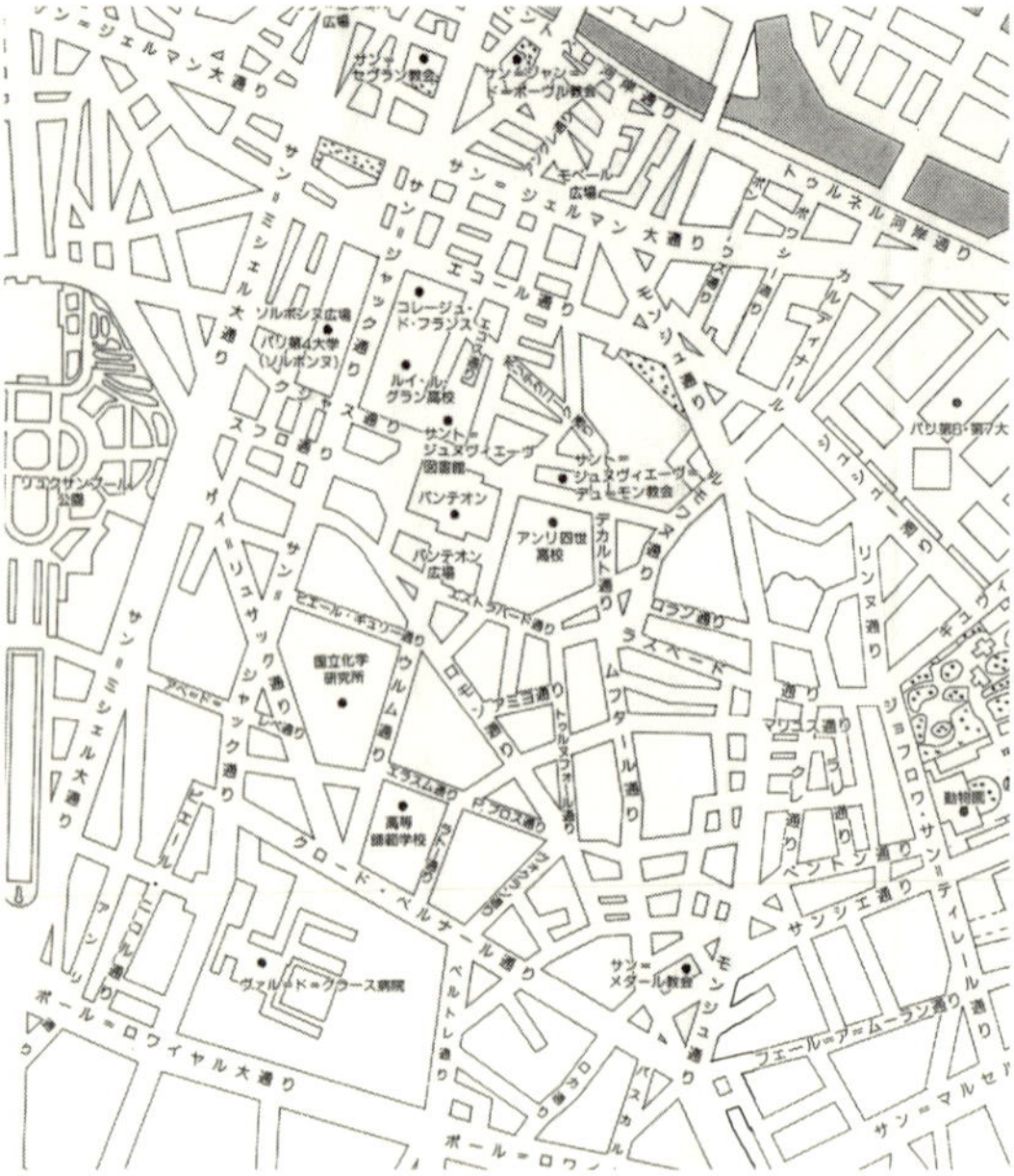

図説『パリ歴史物語＋パリ歴史小事典　上』（ミシェル・ダンセル蔵持不三也編訳　原書房）

ジャン・ジョレス暗殺後の一九一四年八月一日、フランスはドイツに宣戦布告し、翌日、フランス全土に戒厳令が敷かれた。

八月三日にフランスに宣戦布告をしたドイツ軍は、中立をとなえていたベルギーに侵攻し、その避難民がパリの北駅に着いて、戦争の悲惨さを伝えた。八月三〇日には、ドイツ空軍はパリに三発の爆弾を投下、九月にもう一機現れ、死傷者を出した。さらにフランス政府がボルドーへ移動したので、パリ市民はドイツ軍がパリに迫る印象を強め、籠城を覚悟し、あるいは国内外への疎開を始めた。一方、詩人のシャルル・ペギーが戦死した「アルルの戦い」では、フランス軍の猛反撃でドイツ軍がやや後退した。

だが開戦時に予備役兵を加えて四六〇万人を動員したフランス軍の死者は既にこの時点で三〇万にのぼった。英仏連合軍とドイツ軍はともに塹壕を掘って対峙しあう形となったため持久戦の様相を呈し、敵味方の消耗は激しかった。雨で泥沼化した塹壕を、互いに大砲、火炎放射気、飛行機、戦車、毒ガスで襲いあい、塹壕内は地獄絵図と化した。

また挙国一致政策により男性が徴兵されたため、女性が都市の公共施設や工場で働き、過酷な農作業にも携わった。さらに戦争が長引くにつれ物価が上がりストライキも頻発し、反戦の声が高まってきた。一九一八年一一月一一日、ドイツが休戦協定に調印し、連合国側としてフランスは勝利者となったが、この悲惨な体験は、反戦の機運を招いた。そして二〇世紀における女性の社会進出の礎ともなった。

異郷で見つけた故国

藤村文学におけるパリ

告白を挟んで描かれる紀行記

三年間の留学生活から生まれた島崎藤村の作品は、留学中発表のものと、帰国後のそれとに大別することが出来る。留学中の作品とは、大正二年八月二七日から同四年八月三〇日まで『東京朝日新聞』に送った「仏蘭西だより」（大正四年『平和の巴里』（一月）『戦争と巴里』（一二月）として刊行）であり、帰国後の作品とは、大正七、八年『朝日新聞』連載の『新生』、大正八年七月出版の『海へ』（実業之日本社）、大正一一年九月刊行の『エトランゼエ』（春陽堂）である。この二つの区別には、滞在中の比較的生《なま》の通信と、帰国後長い時間をかけて整理、構成した紀行文や小説という相違とともに、姪との不倫関係を公表する前と後という違いが加わってくる。つまり、『新生』『海へ』『エトランゼエ』では、紀行記を通して姪との事件を起こした自身の心の動きを読者へ示そうとする意図が、潜在的に作品構造を支えている。藤村文学におけるパリ紀行は、まず、この二つの区別を認識した時点から読みとらねばならない。

パリ留学への動機

一九一〇（明43）年、島崎藤村の妻フユは、四女柳子出生後、産後の出血で死亡した。そのため藤村は、三男翁助、柳子を知人に預け、長男楠男、次男鶏二の養育と家事手伝いのため、次兄広助の長女ひさと次女のこま子を自宅に呼び寄せる。さらに、ひさが嫁いだ後、こま子は藤村の子を宿す。姪を妊娠させた藤村は、この人生の危機から脱出するために欧州への旅を企てる。そして一九一三（大2）年三月二五日、藤村はこま子の母の上京を避けるように、新橋駅を出発する。また船が香港を過ぎてから、こま子の父広助に、初めて書簡で事情を打ち明けている。このような経緯からも、藤村のフランス留学の第一の動機が、こま子との関係からの逃避行であったことは否めないだろう。

だが、時間的、空間的な隠れ処として藤村が欧米先進国の中からあえてフランスを選んだのは、フランスが藤村の最も敬愛する思想家ジャン・ジャック・ルソーの国であり、パリが自然主義の文豪エミール・ゾラやモウパッサンを生んだ都市であったことにも起因する。フランスに旅立つ時、藤村は、英訳の『モウパッサン論』（トルストイ著）とルソーの『懺悔録』（石川戯庵訳）『新エロイーズ』を「旅の鞄の中に入れて行った」（「トルストイの『モウパッサン論』を読む」早稲田文学、大10・9〜11）（『平和の巴里』『海へ』）という。

さらに当時、創作に停滞を覚えていた藤村には、世界で最も華やかな芸術の都パリで、文学・絵画・音楽・演劇の新潮流に触れ、自らの新しい創造世界を模索したいという願いもあった。

新芸術との邂逅

藤村はシャンゼリゼの新劇場で、思想や情熱を身体で語るニジンスキーのバレーを鑑賞し、心の新しい表現形式を発見する。また〈音楽における後期印象派〉といわれるドビュッシーが自らピアノ演奏する「ル・コアン・レ・ザンファン」（「子供の領分」）を聴いて、「小曲の一つ一つが別様の光を放つ音楽の宝石」（「音楽会の夜、その他」『平和の巴里』）だと絶賛する。そして第一次大戦開始後は、詩人のシャルル・ペギーや、フランスの新聞『ラクション・フランセーズ』『レコー・ド・パリ』に執筆するシャール・モーラスやモーリス・バレスの愛国的文章を読み、感動している。文学活動が政治運動に結びつくフランスの文学風土は、藤村に故国における文学の方向性を示唆したともいえよう。さらに当時パリに滞在していた日本の若い画家たちとの交流が齎した美意識によって、セザンヌ、ピュヴィス・ド・シャバンヌなどの前衛画家に篤い共感を寄せている。そしてフランスの新建築や現代絵画にジャポニズムの流れを見た藤村は、日本を世界に理解させるのは、戦争ではなく日本の芸術だと認識する（「エトランゼエ」『平和の巴里』）。

このように、音楽、絵画、文学がジャンルを超えて響き合うパリの新芸術は、小説家藤村がパリで様々な画家・演劇家・美術史家と交わった体験にも支えられ、新たな創造世界の開拓という留学の目的を、見事に果たしてくれたのである。

近代都市パリへの視点

信州の馬籠に生まれながら九歳で上京し、京橋、銀座、神田、芝、下谷と東京の中心で青春期を過ごし、仙台、小諸時代を除いて三〇代から渡航までの七年間を浅草新片町に住んだ藤村は、パリという都市を東京と比較して、その「大きな設計と意匠」に感嘆している。そしてパリを「ごく古いものとごく新しいもの」「旧教と科学」「詩と散文」とが同棲しながら「落ちついたよい感じを与える」街と規定して、「日に日に散文的になって行く」東京の前途を案じている。同時にパリ人が各国の文化と文明を取り入れつつそこに独自の意匠を加えて都市の「スタイル」を創り上げていく姿勢に敬意を表し、パリを「近代のローマ」と称えている（「再びパリの旅窓にて」『平和の巴里』）。

またリモージュへ疎開する数日前にパリのリュクサンブール公園を散歩した藤村は、戦時下にも拘らずマロニエの木陰で娘同士が語り合い、男女が戯れ、男がすずめにパンをやるのどかな光景に出会い、テーヌの「われわれの公園はまるで室内も同じことだ」という言葉を思い出す。そして公園の「至るところに貸し椅子を持ち出して編物や読書や戦争の話に時を送る人たち」を見ると、「共同的な屋外生活が――テーヌの言ったまるで室内も同じことのように――そこに営まれている」（「戦争の空気に包まれたるパリ」『戦争と巴里』）ことを感じる。

リモージュの教会

さらにリモージュからパリへ戻った藤村は、幕臣・栗本鋤雲のパリ見聞記『暁窓追録』を引きながら再びパリという都会を観察し、公園を室内同様に見なすパリ人と、自宅の庭でのみ寛げる日本人との差異を論じていく。そしていまだ「群衆としての訓練」を受けない日本人にとっては、公園は「あってもなくてもいいようなものだ」と断定する。続けて、日本人が「金魚売りの声、もちつきの音、つりしのぶ、ほたるかごの情趣、茶や梅干しの風味」といういかにも室内的なものを好むのに対して、パリの人々が広大な公園を室内のように感じる背景には、「共同生活を重んじたギリシャ、ローマの昔から流れてきた」西洋文明の伝統があると考察している。

伝統を重んじ大きな視野で行う綿密な都市計画と、公園を室内のように利用し他人同士で楽しみ合う公共心。西欧近代都市が持つこの二つの特性をパリに見出した藤村は、帰国後、それらを持たない日本文明の特質を、日本の伝統を軽視する近代都市東京で模索していくことになる。

故国との邂逅

パリの装飾美術館で日本の陶器、漆器、象牙細工などの展示を鑑賞した藤村は、日本のなにげない生活用品が、芸術として高い評価を受けていることを知る。また日本の絹や和紙が、パリの婦人服や書籍に使われていることを目撃する。そして「日本人は西洋文明を無定見に模倣するといわれるが、その模倣性とは実は、模倣から独創を産む柔軟性なのではないか」と説き、自国と自己の特長に無自覚な日本人の欠点を指摘する。

また帰途の航海でアフリカ、アジアの英国領に立ち寄った藤村は、「イギリスのコロリスト」の「無遠慮で、横着で、成り金的」態度に嫌悪感を抱く。そして、黒船に脅かされた日本をヨーロッパの植民地化から守ったのは、日本の中世が生んだ封建制度であり、今日の日本文明とは、「わが国の封建制度が残して置いていってくれたものの近代化」だと論じていく。さらに封建制を守るため、尊王攘夷を唱え愛国運動に加わって狂死した亡父の生涯に言及し、父の愛を呼び起こしたフランスでの日々をふり返る。

世界の様々な文明を受容する平和なパリで日本文化の価値を再発見し、民族的自覚が高揚する戦時下のパリで愛国心に目覚めた藤村は、自らの文学の到達点を、パリという異郷で密かに手に入れていくのである。

愛なき牢獄がもたらす父への想い

パリ体験を描く小説「新生」には、パリの岸本に節子が送った手紙が何度も引用される。そしてその手紙に、叔父岸本への節子の執着が繰り返し描写されていく。また皮膚病の為に家事もできない辛さや、叔父との不倫を察した実母から様々な侮辱を受ける惨めさが伝えられる。このような手紙に接した岸本の心情を、藤村は常に「姪への憐憫と怖れ」とだけ記し、決して岸本の節子への恋情を語らない。帰国後の岸本が描かれる「新生」後編では、岸本は節子のひたむきな愛に応え始めるが、フランス滞在中の岸本は、ひたすら自身が陥った畜生道に脅え、節子の存在を怖れ、彼女の手紙を破棄し続けるのである。

藤村と姪こま子をモデルとする「新生」において、このような岸本と節子を造型した藤村には、パリ住いを、醜聞からの隠れ処や隔てられた恋人を想う空間ではなく、贖罪の場として描出する意図があったと思われる。藤村は、母親からの侮辱を訴える節子の痛ましい手紙を自室で読んだ後の岸本の内面を、次の様に描写する。

「窓から指して来ている灰色な光線は、どうかすると暗い部屋の中を牢獄《ろうごく》のように見せた。周囲が冷たい石でかこわれていることもその一つである。寝る道具から顔を洗う道具から便器まで室内に備えつけてあることもその一つである。（略）岸本は自分で自分の鞭《むち》を背に受けねばならなかった。心に編笠をかぶる思いをして故国を出て来たものがこの目に見えない幽囚はむしろ当然のこ

島崎こま子宛絵ハガキ（新潮日本文学アルバム）

とのようにも思われた。」

そして岸本は、この幽囚の自覚から、国事や教育に熱情を注いだ果てに暗い座敷牢で最期を迎える父の生涯へと想いを馳せる。妊娠させた姪を愛することもできず異郷の牢獄に独居する岸本を造型した時、藤村の前には、父の生涯を辿る「夜明け前」への道が、既に開け始めていたのである。

留学の動機を告白した小説「新生」には、姪の愛情を信じられないパリでの精神的退廃が描かれるとともに、異郷での孤独な日々が与えた藤村文学後期のテーマが、確かに暗喩されているといえよう。

◆扉頁写真
上…藤村写真(新潮日本文学アルバム)
下…セーヌ河にかかるアウステルリッツの橋上から眺めたパリ風景
(伊東一夫、青木正美編『写真と書簡による島崎藤村伝』国書刊行会)

◆参考文献
十川信介編『藤村文明論集』(一九八八年七月一八日、岩波文庫)
今橋映子『異都憧憬　日本人のパリ』(一九九五年一一月一〇日、柏書房)
伊東一夫・青木正美『島崎藤村コレクション第一巻　写真と書簡による島崎藤村伝』(一九九八年八月二二日、国書刊行会)
島崎藤村学会編『論集　島崎藤村』(一九九九年一〇月一五日、おうふう)
河盛好蔵『藤村のパリ』(二〇〇〇年九月一日、新潮文庫)

フランスに関わる藤村作品

地中海の旅

（大正7年7月）
大正6年『中央文学』六月号、『海へ』

父上。私はあなたの黒い幻の船に乗って、あなたの邪宗とせられ異端とせらるる教えの国へともかくも無事にたどり着きました。（略）私はむやみと西洋を崇拝するためにこの旅に上ってまいったものでもございません。私にとっては西洋はまだまだ黒船でございました。幻でございました。（略）私はもっとその正体を見届けたいとぞんじました。そして自分の夢を破りたいとぞんじました。

新生

（大正7年5月1日〜10月5日）
『朝日新聞』

節子から来た手紙は旅にある岸本の心を責めずにはおかなかった。偶然にも岸本の下宿の前に産科病院があって、四十いくつかある建築物の窓の一つ一つには子供が生まれたり生まれかけたりしているということは、何かのしるしのように彼の目に映った。（略）その多くの窓は町中で一番遅くまで夜もあかりがさしていて、毎晩のように物を言った。

「知らない人の中へ行こう。」

と岸本はつぶやいた。その中へ行って恥ずかしい自分を隠すことは、この旅を思い立つ時からの彼の心であった。

ロシアの舞踏劇とダヌンチオの『ピサネル』

（大正4年1月所収）
大正2年9月9日『東京朝日新聞』、『平和の巴里』

この舞踊劇では人の思想や情熱が全く言葉の力を借りることなしに流れ出して来ています。（略）

ニジンスキーの扮《ふん》したダフニーと、女優カルナヴィナのふんしたクローエとは最もよくそれを証拠立てました。

エトランゼエ

（大正9年9月25日〜同10年1月12日）『朝日新聞』

私たちは古めかしく物さびた一宇の堂の前へ出た。男と女の二人の寝像がその堂のうちに静かに置いてあった。アベラールとエロイズの墓だ。（略）堂の横手には、この人たちは終生変ることなき精神的な愛情をかわしたということなぞがりっぱに書き掲げてあった。

戦時に際会して

（大正4年12月）
大正3年9月18日『東京朝日新聞』、『戦争と巴里』

この六日ばかりの間、私どもは事実においてパリの籠城《ろうじょう》に等しい思いをいたしました。なぜというにフランス以外の国から来た為替《かわせ》の支払いはいっさい禁止され、市民はいずれも争って食料品の貯蓄を用意するほどの急激な渦《うず》の中に立ったからです。（略）ともかくも私どもは臨時の日本人会を組織し万一の場合に備えることといたしました。

故国に帰りて

（大正5年9月5日〜11月19日）『朝日新聞』、『海へ』

私がセーヌの河畔なぞを歩いて見るたびにフランス人の組織的才能と伝統を重んずるその冷静な意志とに対して尊敬と羨望の念に堪えなかったことは、あの手紙の中に言ってよこしたとおりだ。そこにある歴史の尊重、学問の尊重、芸術の尊重は、実に想像以上であった。（略）われわれ日本人はまだまだ保守的だ。われわれに必要なことは国粋の保持ではなくて、国粋の建設でなければならないのではないか。

谷崎潤一郎

エキゾチシズムを超えて

千葉俊二

二度の中国旅行

谷崎潤一郎は一九一八（大7）年と一九二六（大正15）年の二度にわたって中国旅行をしている。第一回目は大正七年十月九日に東京を発って、十二月十一日に東京へ帰るまでのまる二ヶ月間の旅だった。「支那旅行」には、その行程を「朝鮮から満洲を経て北京へ出、北京から汽車で漢口へ来て、漢口から揚子江を下り、九江へ寄つてそれから廬山へ登り、又九江へ戻つて、此度は南京から蘇州、蘇州から上海へ行き、上海から杭州へ行つて再び上海へ立戻り、日本へ帰つて来た様な順序」と説明している。このルートはちょうど一年前に徳富蘇峰が旅行したコースとほぼ重なり、谷崎は出発の四ヵ月前に刊行された蘇峰の『支那漫遊記』を参考にしてこのルートを決めたのだと思われる。

この旅行から谷崎は、「蘇州紀行」「秦淮の夜」「支那旅行」「南京夫子廟（口絵写真説明）」「西湖の月」「支那劇を観る記」「支那の料理」「或る漂泊者の俤」「天鵞絨の夢」（以上、大8）、「鮫人」「蘇東坡」「鶴唳」「廬山日記」（以上、大9）、発表年月不詳の「朝鮮雑観」などと、紀行、小説、戯曲、エッセイ、断章などの長短さまざまな多くの文章を生みだした。谷崎のこうした中国への関心は、芥川龍之介や佐藤春夫をも大きく刺戟するところとなり、彼ら自身も中国への旅行に赴くことになって、大正文学における「支那趣味」という一大ブームを生みだす契機となった。

第二回目の旅行は、一九二六（大15）年一月六日に家族を伴って長崎に赴き、しばらくそこで遊んで一月十三日に長崎から単身で日本郵船長崎丸に乗船し、上海へ向かった。翌日上海に着き、もっぱら一品香《イーピンシャン》ホテルに滞在しながら上海を見物して、二月十九日に神戸港へ帰った。帰国後、谷崎は「上海見聞記」「上海交遊記」を執筆。第一回目の旅行では体験し得なかった、田漢《でんかん》、郭沫若《かくまつじゃく》、欧陽予倩《おうようよせん》らの中国において胎動しはじめた新世代の若い文学者らとの交流を体験し、やがて中国の将来を担ってゆくことになるほぼ同世代の彼らとの話から、国際関係における中国の置かれている現状を知るにおよんで、谷崎はその中国観を大きく変えることになる。

一九二三（大12）年九月一日の関東大震災によって関西へ移住した谷崎は、当初、「古風な京都とハイカラな神戸とに生活の変化を求めながら暮らして行かうとした」（「東京をおもふ」）というが、前回の中国旅行において「新旧両様の文明」の鮮やかな対比ということが印象づけられていた。第二回目の上海旅行は、まさに上海の租借地に当時の日本にはなかった「西洋」の幻影を求めてのものだったが、「上海見聞録」の末尾に記されたように、「支那人の風俗なぞも、悪く西洋かぶれがして、八年前に来た時とは大分違つた印象を受けた。気に入つたらば上海へ一戸を構へてもいいくらゐに思つてゐた私は、大いに失望して帰つた。西洋を知るには矢張り西洋へ行かなければ駄目、支那を知るには北京へ行かなければ駄目である」という、単なる外面的な異国趣味《エキゾチシズム》とは異った、新たな認識をもち帰ることになる。

伝統と近代との交錯
——一九一八年と一九二六年の中国社会と文化

一九一一年に辛亥革命がおこり、臨時大総統となった孫文は、翌一二年一月一日に中華民国臨時政府の成立を宣言した。二月十二日には六歳の宣統帝溥儀は「退位詔書」を発布し、三百年近くつづいた清朝は滅亡、二千年の長きにわたった中国の封建帝制にも終止符がうたれることになった。が、その後の中国の民主化と近代化はすんなり進んでいったわけではない。二ヵ月後には孫文が袁世凱へ臨時大総統を譲りわたさなければならなかったように、中国全土を割拠する軍閥たちの激しい攻防に明けくれる混乱がまちかまえていた。一九一〇年代から二〇年代へかけての中国は、近代化へ向けられた激しい意志と旧弊で封建的な伝統文化とがこもごもに入り交じった時代だった。

1 一九一八年前後

一九一六年、みずから皇帝となって帝制復活をねらった袁世凱が周囲の反対によって断念せざるを得ず、失意のうちに亡くなった。その後は軍閥の混戦する状況だった。一九二一（大正10）年に中国を旅行した芥川龍之介は『支那游記』において天平山白雲寺へ行ったら、「諸君倆在快活之時、不可忘了三七、二十一条」といったような排日の落書きがたくさんあったというが、それは一九一九年にパリ講和会議の結果をうけて、山東返還を求める五・四運動がおこり、日本製品ボイコットなど反日抗日運動があったからである。日本が袁世凱へ二十一ヵ条の要求をつきつけたのは一九一五年で、その折にも激しい反日抗日運動がおこったので、谷崎もそうしたスローガンは目にしていたはずだ。しかし、谷崎は大陸での中国人に対する横柄な日本人の姿を描いてはいるが、芥川と同じ場所をみても「お伽噺」のような「清い美しい仙境」（「蘇州紀行」）を認めるばかりだった。

また一九一八年は魯迅が最初の作品「狂人日記」を「新青年」に掲載した年でもある。「新青年」は一九一五年に、中国共産党の初代委員長となる陳独秀によって創刊された雑誌だが（創刊号のみ「青年雑誌」）、陳はその創刊号に「つつしんで青年に告ぐ」を書き、「デモクラシーとサイエンス」を時代の精神として、自立した青年

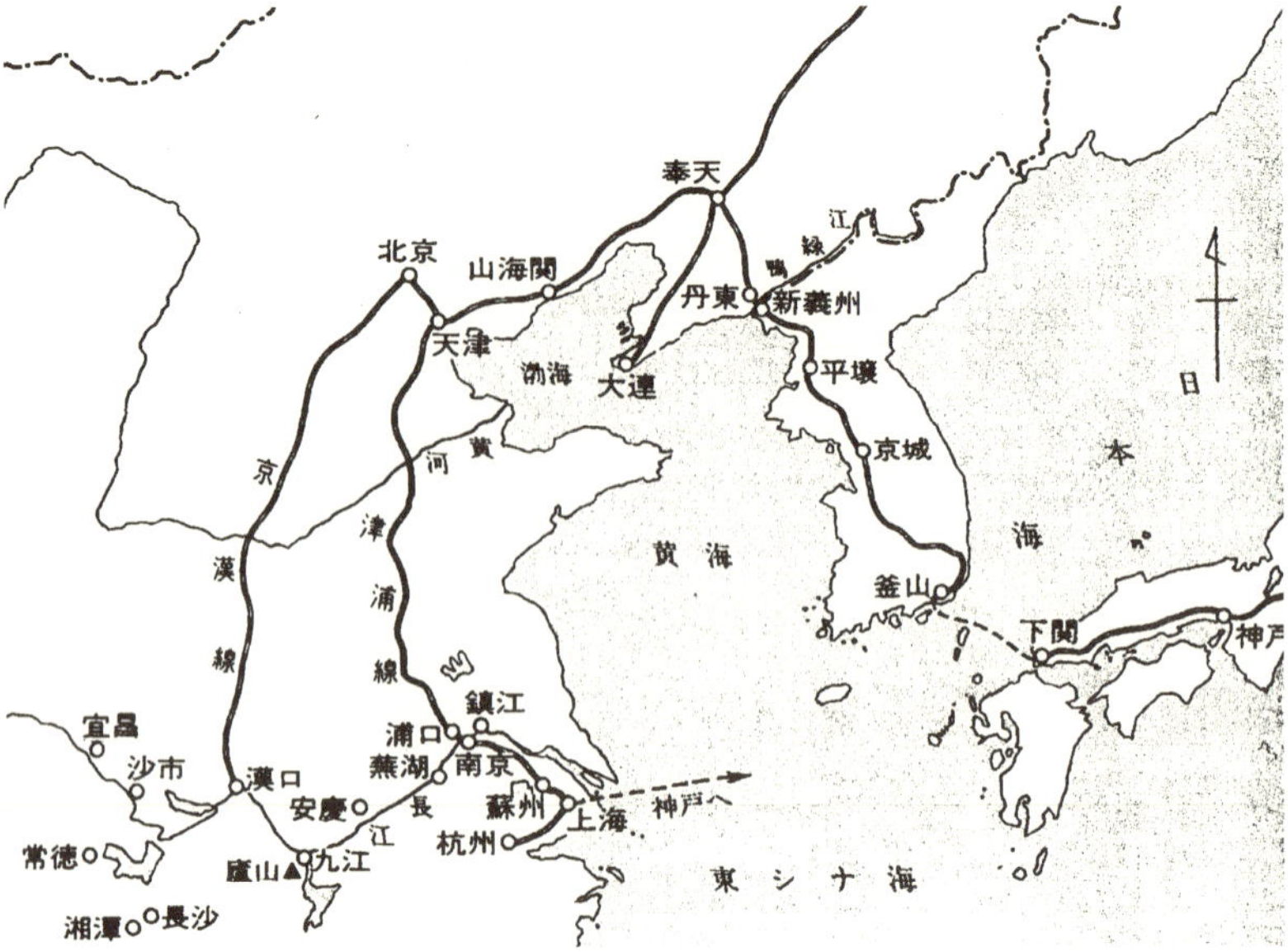

◆第一回中国旅行関連地図
（西原大輔『谷崎潤一郎とオリエンタリズム』より

戦前の南京・秦淮河（絵はがき）

戦前の上海（絵はがき）
北より黄浦灘を望む

1930年代の西湖（『百年新新　杭州新新飯店歴史文化遺存写録』より）

だけが滅亡に瀕した中国を救うことができると主張。「新青年」には胡適の「文学改良芻議」や陳独秀の「文学革命論」などの文学の刷新の必要性を説く論説が掲げられたが、実際に書かれた口語による創作作品としてはこの魯迅の「狂人日記」が最初だった。当時の中国はようやく近代文学の黎明期に達したところで、新しい文学者に会いたいという谷崎の望みはかなえられなかった。

2 一九二六年前後

一九二五年三月、「革命なおいまだ成らず。わが同志はその貫徹を求めてひきつづき努力せよ」という遺言を残して孫文は亡くなった。一九二一年には中国共産党が成立し、一九二四年一月には孫文の国民党と第一次国共合作がなって、帝国主義と軍閥の支配に対抗することになった。しかし、孫文の死後、中国国民党の支配権を確立したのは蒋介石で、蒋介石は共産党との決別を決意し、一九二七年には第一次国共合作も崩壊し、中国国内はいっそう混乱を深めてゆくことになる。

3 内山書店

一九二六年、二度目に中国上海を訪れた谷崎は、内山書店の主人から当時の中国に青年文士芸術家の新しい運動が起こりつつあることを知らされる。内山書店の内山完造は参天堂の「大学目薬」を中国各地に売り歩く仕事をしていたが、一九一七年に妻の美喜が玄関先にみかん箱を並べて、そのうえに本を置いて売り出した。一九二四年には向かいの二軒つづきの空き家を買いとって、文字通りの書店の体裁をととのえたが、店の奥には椅子やテーブルを置いて、本好きのちょっとした溜まり場となっていた。内山完造を介して、郭沫若、田漢、欧陽予倩らの若い知識人と知り合うことのできた谷崎は、彼らの話から当時の国際情勢のなかで中国の置かれた困難な現実を知ることになる。

後年、谷崎は「きのうけふ」で上海滞在中の思い出を語りながら、胡適、豊子愷、周作人、林語堂などの現代中国作家の作品について多くのページを割いて論じた。ここに魯迅への言及があってもよさそうに思うのだが、谷崎はなぜか魯迅については語らない。魯迅が内山書店へはじめて客として訪れたのは一九二七年で、谷崎が上海へ行ったときにはいまだ内山完造も魯迅と面識がなかったわけだが、それにしても、佐藤春夫などとの関係からも、魯迅について語らない谷崎というのは不思議で、はなはだ興味深いことである。

内山書店

エキゾチシズムを超えて

郭沫若は一九五五（昭和30）年十二月、中華人民共和国訪日科学代表団の団長として十八年ぶりに来日した。当時、郭沫若は六十三歳で、科学院院長のポストにあった。十二月六日には谷崎潤一郎とも三十年ぶりに再会し、ふたりの対談が翌七日の「朝日新聞」に掲載された。中華人民共和国として新しい中国が誕生して六年目、いまだ日中間の国交も回復されておらず、中国側からの情報が日本へまったく伝えられない時期だった。対談では谷崎が中国の現状に対して多く問い、郭沫若が多く答えているけれど、どこかチグハグで、話がうまく噛み合わず、微妙にふたりの意識がずれているといった印象が否めない。

たとえば、郭沫若は「わたしはこちらに来てからまだ六日しかたたないが、やっぱりよくわかったことは、日本はもう一度明治維新に入るだろうということです。それは人民の力が軽蔑できないということですよ。要点は、一般の志をどういうふうに実現して行くかですよ」といっている。これに対して谷崎はどう応じたのか、話は次のように進む。

谷崎　あんまり流血の惨事がないようにうまくやらなければ……。

郭　もう一度大化の改新が来ますよ。心配しちゃいけません。しっかりなさい。元気を出して……われわれがそうであったんですから……（熱のこもった力強い声で）。

谷崎　犠牲のない改革がいいですね。郭さんのいわれるように激しいものではなく徐々に移り変るといいんですがね。いまの政治は実際困るな。

谷崎は一八八六年生まれで、郭沫若は一八九二年生まれだから、谷崎は郭沫若より六つ年上である。一九五五年には谷崎は六十九歳で、この年の暮れからは「鍵」に取りかかっていた。「鍵」は老人の性を描き、その大胆な性描写が芸術かワイセツかと社会的にも騒がれた谷崎晩年の問題作だが、その谷崎に向かって人民革命を説いたとしても、谷崎としては「あんまり流血の惨事がないように」とか、「郭さんのいわれるように激しいものではなく」としか答えようがなく、ふたりの話はなかなか通じるはずもなかった。

谷崎は二度中国へ旅行している。後年の「東京をおもふ」（昭9年）では「大正七年に私が支那に遊んだのは此の満たされぬ異国趣味を纔かに慰めるため」だったというが、前清時代のおもかげを伝える閑静な、物寂びた町々を見、江蘇、浙江、江西あたりの田舎を歩いては、「多分に浪漫的空想を刺戟され、地上に斯くの如きお伽噺の国もあつたのかと云ふ感を抱いた」という。ことに西湖にはよほど魅了されたようで、帰国後に「西湖の月」「蘇東坡」「天鵞絨の夢」など、幾百年にもわたって多くの漢詩文にうたわれつづけた文学的トポスとしての西湖に触発された作品を書いている。また一方、「天津や上海の整然たる街衢、清潔なペーヴメント、美しい洋館の家並みを眼にしては、欧羅巴の地を踏んでゐるやうな嬉しさを味はつた」という。一九一八（大7）年の最初の旅行では、何といっても「新旧両様の文明」の対比ということが印象づけられたようだ。

郭沫若と谷崎（朝日新聞、1955年12月7日）

谷崎と郭沫若とが知り合ったのは、一九二六（大15）年の二度目の中国旅行のときである。この時期、ちょうど中国における近代文学の胎動期にあたっており、中国の若い知識人たちの溜まり場となっていた内山書店の内山完造を介して、郭沫若、田漢、欧陽余倩らと知り合った。出発に先立つ大正十四年十二月二十六日付の、三井銀行上海支店の支店長だった旧友の土屋計左右に宛てた手紙に、「将来、上海と日本と両方に家を置き、往つたり来たりしようと云ふ考へもあ」ると語っていた谷崎も、彼らとの交友を通して国際情勢のなかで中国の置かれた困難な現実を知ることになる。

中国の古い文化は西洋の文化のために駆逐され、外国の資本が流入してきて、うまい汁はみんな彼らに吸われてしまう。上海は殷賑な都会だといわれるが、その富力と実権を握っているのは外国人だ。租界の贅沢な風習が田舎にもおよび、純朴な地方の人心を蠹毒《とどく》してゆき、百姓たちは田を耕しても一向金が儲からないのに、購買慾を刺戟されて、なお貧乏する。これらはみな、「もとはと云へば外国人のし出したことだ」という郭沫若と田漢の意見に対して、谷崎はそれは中国に限ったことではなく、日本にしたってアングロサクソンの金力に支配され、彼らにうまい汁を吸われているわけで、まだしも中国は「国土が広く、ちつとやそつとの借金ではビクともしない富源があるだけ、外の国よりは優《ま》しかもしれない」と答える。すると、郭沫若は「それは違ふ」と言下に否定したという。

日本と支那とは違ひます。現在の支那は独立国ではないんです。日本は金を借りて来て自分でそれを使ふんです。われくの国では外国人が勝手にやつて来て、われ〳〵の利益も習慣も無視して、彼等自ら此の国の地面に都市を作り、工場を建てるんです。さうしてわれ〳〵はそれを見ながら、どうすることも出来ないで踏み躙られて行くんです。此のわれ〳〵の絶望的な、自滅するのをじーいッと待つてゐるやうな心持は、決して単なる政治問題や経済問題ではありません。日本の人にはさう云ふ経験がないのだから、とてもお分りにならないでせう（後略）

（「上海交遊記」）

こうした郭沫若ら若い文学者たちとの交流を通して、谷崎の中国理解は一変し、上海の租借地に映画で見るような西洋にも劣らない「外国」を見出したり、過去の漢詩文によって喚起される空想や夢ばかりを現実の中国へ一方的に押しつけるというわけにもゆかなくなる。最初の中国旅行のときには、帰国後に異国情緒あふれる多くの作品を執筆したが、二度目の旅行後には、外国へ向けられていた谷崎のエキゾチシズムは、日本のうちの古い日本、伝統的な古典的世界へと向けられるノスタルジアへと切り換えられることになり、谷崎の中国理解も表層的なものから、内面的なものへと沈潜させられていった。

ところで郭沫若は一九一四（大3）年に来日し、第六高等学校から九州帝大医学部へ進んだが、難聴ということもあって医学への道は断念。一九二一年に留学生仲間の成仿吾、郁達夫、田漢らとともに「創造社」を組織し、文学運動をはじめた。翌年に帰国して、上海で小説や劇、詩、評論などを精力的に発表、一九二六年三月には広東大学文学部長として広州に移って、その七月には国共合作による国民革命軍の「北伐」に総政治部副主任として参加している。したがって、谷崎と出会ったのは上海を離れる直前だったわけだが、郭沫若は初期のロマンティックな作風から、やがて社会へ眼を向けてゆこうとするちょうど転換期に谷崎と出会ったということになる。

蒋介石が上海で反共クーデターを起こし、多くの共産党員や労働者を殺害して、国共合作が破綻したとき、郭沫若は蒋介石の犯罪行為を暴露する論陣を張り、国民党のテロによる危険が迫った。一九二八年に日本へ亡命し、以来十年、苦しい亡命生活をつづけたが、一九三七（昭12）年に蘆溝橋事件が発生すると、日本を脱出して抗日運動に参加した。郭沫若の滞日は実に通算二十年にもおよぶが、劉徳有『郭沫若　日本の旅』（村上孚訳、一九九二・一〇刊、サイマル出版会）のなかで郭沫若もみずから語るように、多くの日本への中国留学生は明治維新後の日本を学ぶことによって中国の近代化の基礎を築くことができ、「創造社」の出発点も日本における隆盛な文学運動に刺激を受けてのことだった。

第二次世界大戦中の一九四二（昭17）年に書かれた『きのうけふ』では、谷崎は亡命中の郭沫若の動向は間接に聞いていたものの、「双方の立ち場が違ひ過ぎてゐたことであるから、ついぞ訪問も音信もせずにしまつた」といっている。そして、大正十五年の上海旅行を回想し、「もう一遍あゝ云ふ親善の光景に廻り会いたい願望の切なるものがあ」るといい、「せめてあの時分から日支双方の文壇人の間にあゝ云ふ会合がもつと頻繁に催され、又相互の作品の翻訳紹介がもつと盛に行はれてゐたならば、それが両国民全般の融和と諒解とを促進する上に何程か役立ちもし、引いては不幸なる事端の発生に対しても幾分の防壁になつたことであらう」ともいっている。

しかし、その谷崎からしても現行のテキストからは削られているけれども、『きのうけふ』の初出稿においては「氏（郭沫若のこと）の如き東洋の古典にも深い造詣のある文学者が共産党の闘士となつたり、その共産党とも相容れない重慶政権と手を握つてまで日本に楯を突いたりすると云ふのは、一時の物の間違ひであつて、何の日にか氏がこれらの総べての過去を清算し、純東洋の詩人たる本来の境地に復る時があるやうな気がするのは、私一人の身勝手な期待であらうか。いや、これは全くのしろうと考だけれども、その重慶政権にしてからが、近衛原則の確立と大東亜戦争の輝かしい発展を見た今日では、たゞ徒に意地で反抗してゐるだけで、何かのキツカケがあれば、蒋介石も豁然と大悟して昨日の非を悔い、嘗ての共産党に対する遣り口同様、忽ち矛を倒まにして英米を向うに廻すのではないであらうか。東条首相の演説でも重慶を弟と呼んでゐるが、お互に兄弟の国であることが分つてゐながら喧嘩をして、狡猾なる第三者を利することぐらゐ馬鹿げた話はない」と語っている。

ある意味、それは戦争下という情報が軍部によって完全に統制されていた状況ではやむを得なかったのかも知れないが、こうした激動の戦争と革命を経て、谷崎と郭沫若は三十年ぶりに再会したのだ。その対談がうまく噛み合わずに、どこかチグハグなものとなってしまったとしても、それは互いに情報不足で、相互理解が不充分だったからだろう。新生中国が誕生して間もない時期の熱狂のうちにあった郭沫若は、人民革命のイデオロギーをちょっと振りかざし過ぎたのかも知れないけれど、それはちょうどかつての谷崎が現実の中国を見ずに、エキゾチシズムから古い中国のイメージを押しつけようとしたのと同断である。互いに政治的立場を異にしていたとしても、三十年前のふたりのように夜通し膝を突きあわせて語りあかしたならば、同調することはできないまでも、お互いにもっと理解を深め合うことはできたのではなかったろうか。

◆扉頁写真
中国服姿の谷崎潤一郎（改造社版『現代日本文学全集　谷崎潤一郎集』より）

◆参考文献
川本三郎『大正幻影』（一九九〇年一〇月一五刊、新潮社）
西原大輔『谷崎潤一郎とオリエンタリズム』（二〇〇三年七月二五日、中央公論新社）
千葉俊二編『谷崎潤一郎　上海交遊記』（二〇〇四年一〇月二〇日、みすず書房）

中国に関わる谷崎作品

支那劇を見る記

（大正8年）「中央公論」一月号

支那の演劇、支那の俳優、――刺戟の強い色彩と甲高い音楽とから成り立つて居るらしい彼の国の舞台の光景は、見ない前から私の好奇心を唆り、其処へ行けば自分が常々憧れて居る夢のやうな美しさと、怪しい異国情調との織り交つた物に接する事が出来るだらうと想像して居た。

支那の料理

（大正8年10月）「大阪朝日新聞」

神韻縹渺とした風格を尚ぶ支那の詩を読んで、夫からあの毒々しい料理を喰べると其処に著しい矛盾があるやうに感ぜられるが、此の両極端を併せ備へて居る所に支那の偉大性があるやうに思はれる。あんな複雑な料理を拵へてそれを鱈腹喰ふ国民は兎に角偉大な国民だと云ふ気持がする。一体に支那人には日本人よりも大酒飲みが多いけれども、グデ〳〵に酔つたりするやうな事は滅多にないさうである。私は支那の国民性を知るには支那料理を喰はなければ駄目だと思ふ。

鮫人

（大正9年）「中央公論」一月、三月―五月、八月―十月

まるでお伽噺にでもあるやうな楽しい国土、――かう云ふ国土に生れたら、自分はどんなに仕合せだつたらう。明け暮れ此の荘厳な景色の中に育てられたら、「自然」に対する自分の感覚はどんなに早く眼を開いたゞらう。自分の芸術はどんなに此の自然から深い秘密を汲み取ることが出来たゞらう。――南はその時さう思はずに居られなかつた。自分のやうに支那思想に傾倒する人間が支那に生れなかつたのは、取り返しのつかない不運だと云ふ気がした。

東京をおもふ

（昭和9年）「中央公論」一月―四月

大正七年に私が支那に遊んだのは此の満たされぬ異国趣味を纔かに慰めるためであつたが、旅行の結果は私を一層東京嫌ひにし、日本嫌ひにした。なぜなら、支那には前清時代の俤を伝へた、平和な、閑静な都会や田園と、映画で見る西洋のそれに劣らない上海や天津のやうな近代都市と、新旧両様の文明が肩を並べて存在してゐた。過渡期の日本はその一つを失つて、他の一つを得ようともがいてゐる時代であつたが、自分の国の中に租借地と云ふ「外国」を有する支那に於いては、此の二つが相犯すことなく両立してゐた。私は北京や南京の古い物寂びた町々を見、江蘇、浙江、江西あたりの、秋とは云ひながら春のやうに麗かな、のんびりした田舎を歩いて、多分に浪漫的空想を刺戟され、地上に斯くの如きお伽噺の国もあつたのかと云ふ感を抱いたが、天津や上海の整然たる街衢、清潔なペーヴメント、美しい洋館の家並みを眼にしては、欧羅巴の地を踏んでゐるやうな嬉しさを味はつた。

秦　剛

大陸で磨かれた小説家のジャーナリズム

その中国観察と日本への再認識

芥川龍之介

芥川龍之介の中国視察旅行

現代中国の新旧交替の大きな転換点となった一九二一年、芥川龍之介は大阪毎日新聞社の海外特派員として、三月下旬から七月中旬にかけての約四ヶ月間、中国を視察旅行した。大陸行路の拡大に伴ってにわかに近い国となった中国のことが、政府から民間までの一大関心事となったこの時代に、人気作家による中国レポートの企画が新聞社によって立てられたのである。

三月二八日、芥川龍之介は門司から日本郵船株式会社の英国製客船筑後丸に乗船し、途中荒れた海での激しい船酔いに耐えて、三〇日の午後、上海に上陸。西華徳路にある日本人経営の旅館万歳館に旅装を解くと、翌日から発熱して乾性肋膜炎と診断され、四月一日には日本人医師里見義彦が開業していた里見医院に入院する。三週間後の二三日に病気が全治して退院すると、連日街を見物したほか、多くの知識人と交際し知名の士に面会した。その中には、革命家で国学者の章炳麟、清の遺臣鄭孝胥、若き社会主義者李人傑、神州日報社長余洵、衆議院議長の呉景濂、李鴻章の子息李経邁などが数えられる。

五月二日から、大阪毎日新聞社上海支局の村田孜郎に付き添われて、杭州の西湖、岳飛廟、霊隠寺を見物、その間に新新旅館に泊まる。八日から俳人島津四十起の案内で蘇州、鎮江、揚州を旅行し、特に蘇州が気に入った。その後南京の秦淮、鐘山陵を見物してから一旦上海に戻るが、一六日から長江を遡航して、蕪湖、九江、漢口、長沙などの街を遊覧する。蕪湖から九江までの船で画家竹内栖鳳一行と出会い、廬山まで同行した。

六月六日に漢口より京漢鉄道で洛陽に向かい、龍門石窟を見て「天下の壮観」（一九二一年六月一〇日、下島勲宛葉書）と驚嘆する。六月十四日に北京に到着。東単牌楼近くの扶桑館に泊まり、中国通の中野江漢の案内で名所古跡を巡る。北海、天壇、地壇、先農壇、雍和宮、什刹海、陶然亭、白雲観、永安寺、天寧寺、万寿山（頤和園）、玉泉山、万里の長城……。重要な観光スポットはほとんど漏れなく歩き回った。そして、当時中国でもっともポピュラーな大衆娯楽の戯曲に心を惹かれ、「速成の劇通」（「北京日記抄」）と自称するほど度々劇場に出入りして鑑賞に熱中した。

北京滞在中は大同にも出かけて雲崗石窟を見物した。帰国のために天津まで行くが、上海同様の洋風化した街を前に北京を懐かしく思いながら、七月一二日の夜に京奉鉄道で旧満洲地方の奉天に向かう。さらに奉天からの鉄道で朝鮮半島を縦断し、釜山からの航路で帰国する。

帰国後、「上海游記」と「江南游記」を「大阪毎日新聞」「東京日日新聞」に立て続けて連載した。そして、一連の紀行文を収録した『支那游記』を一九二五年一〇月に改造社より刊行する際、それを自らの「ジヤアナリスト的才能の産物」と自負した。

北京で宿泊した扶桑館

奉天駅

雲崗石窟

◆芥川龍之介の中国旅行の経路

上海で宿泊した万歳館

龍門石窟

黄鶴楼

杭州で宿泊した新新旅館

一九二一年の中国

一九二一年は中華民国十年にあたる。中国現代史の重要な節目としてしばしば振り返られるこの年には特記すべきことが数々あったが、それらの出来事の多くは苦難の所産だったと言ってよい。文学研究会の機関誌「小説月報」の同年七月号で、編集長の沈雁氷（茅盾）は、この年の中国を「苦痛」「混乱」「煩悶」の三語で言い表している。それは同時代の中国知識人たちの実感であったとともに、祖国を非運から救い新時代へ導こうとする彼等の決意の表れでもあった。

1 新文化運動の結実

一九一七年、白話文学運動の皮切りとして、胡適の「文学改良芻議」と陳独秀の「文学革命論」が雑誌「新青年」に発表され、啓蒙時代が幕開けを告げた。その延長線上で、一九二一年には白話文学が普及し、新文化運動の成果が多く実った年となる。一月と七月に、中国文壇の両翼的存在として、文学研究会と創造社が結成された。創造社の主要メンバーである郭沫若は八月に詩集『女神』を、郁達夫は一〇月に短編集『沈淪』をいずれも上海で刊行した。また、魯迅の小説「阿Q正伝」もこの年一二月の発表である。

旅行中に、芥川はいくつかのルートを通じて新文化運動の成果に触れている。例えば旅の途次、康白情の白話詩を読んだことが確認できるが、康は白話詩の開拓者の一人である。北京大学の学生リーダーとして一九一九年の五・四運動を指導した、時代の風雲児だった。さらに芥川は、北京で滞在中のホテルに、北京大学教授の胡適と陳啓修を招待し、その場で受け取った胡の白話詩集『嘗試集』を、自分で日本語に翻訳したいとも申し出たようである（『胡適日記』）。

それから、ちょうど芥川が北京に到着した六月一四日から、雑

胡適

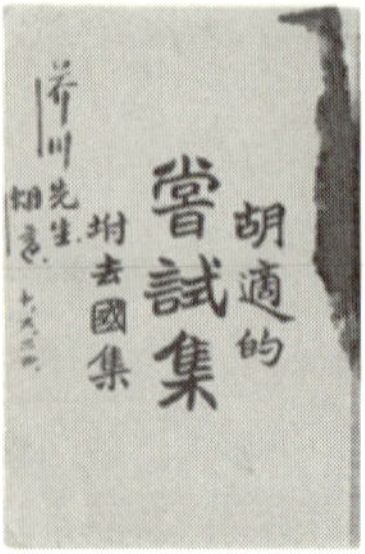

胡適が芥川に贈った『嘗試集』

北京の天安門広場にある人民英雄記念碑のレリーフ・五・四運動

誌「新青年」に次ぐ新思想宣伝の拠点「晨報副刊」に、魯迅による中国語訳の「羅生門」が四日間にわたって連載されたことも特筆に値する。

2　高揚する排日風潮

一九一九年五月四日に、山東省の旧ドイツの権益が日本に譲渡されるのを承認したパリ講和会議の決議に反対し、北京で学生デモが行われた。この民族の危機を訴える五・四運動はたちまち全土を席巻し、日本の対華経済戦略の拡張を一時的だが抑えることができた。

袁世凱政府による二十一ヵ条要求の受諾を「国恥」とし、上海で芸者を呼ぶ局票にさえ「毋忘国恥」という警告文字が見られ（「上海游記」）、長沙の女子師範学校においては幾何の授業でも学生たちが日本製の鉛筆の使用を拒否して筆硯を使っていた（「雑信一束」）。さらには、「排日の歌か何かうたつ」て西湖の西冷橋畔を歩く中学生たちの姿や、あるいは蘇州の天平山で見かけた「諸君儞在快活之時、不可忘了三七二十一条」の「排日の落書き」（「江南游記」）など、芥川の旅行記からは、当時全国に広がっていた排日気運の高まりが如実に伝わってくる。

二十一ヵ条要求にまつわる山東問題のほか、大きな外交問題のひとつに「新借款団」の問題もある。前年五月に日米英仏の四国で結成した借款団が、中国の対外借款の管理を申し入れると同時に、露骨な主権侵害の条件を突きつけた。新借款団に代表されるこうした帝国主義の攻勢を指して、李人傑は「吾人の敵」と芥川に語ったのであり、また芥川が鄭孝胥と「新借款団の成立以後、日本に対する支那の輿論」を熱心に談じ合ったのも、同様の背景によるものであった。

3　中国共産党の創設

一九二一年に起きた、中国政界を揺るがす一大事件は、中国共産党の誕生である。七月二三日に、中国共産党第一次全国大会が上海で秘密裏に行われた。会場となったのは、芥川がその二ヶ月前に訪ねた、フランス租界の望志路一〇六号（現興業路七十六号、中国共産党第一次全国大会会址記念館）の李人傑の寓所だった。李人傑は、中国におけるマルクス主義思想の種まき人のひとりで、全国十三名代表の中の随一の理論家である。「上海游記」で李人傑を「社会主義者」「「若き支那」を代表すべき一人」と紹介したのを見

李漢俊（李人傑）

李人傑寓所の一階の様子

れば、李が前年に結成された上海共産主義グループのメンバーだったことを、芥川が知っていた可能性が大きい。

中国共産党第一次大会には、新思潮の勢いが盛んな湖南省の代表として、毛沢東が長沙から参加した。長沙には、大会二ヶ月前の五月末に芥川は訪れたのであり、「此処の名物は新思潮」（五月三一日、滝井孝作宛絵葉書）と見抜き、その際の見聞をふまえて後年に小説「湖南の扇」（一九二六）を創作した。この作では、湖南に革命家が多く出たことを湖南人の気質にもよるものだとしている。一方、北京から恒藤恭にあてた書簡（六月二七日）の中で「北京の新人たち」は河上肇の来訪を熱望している消息を伝えた。中国知識界で急激に広がる社会主義思潮の影響を、芥川は現場でありありと感知していたのである。

4　頻発する動乱

五月五日に、孫文を非常大総統とする広東新政府が発足し、徐世昌総統の北洋政府と対峙して二つの政府が存在する状況となり、同時に各省の連合自治運動が持ち上がったために、中国は実質的には支離滅裂な無政府状況に陥った。

一九二一年に、陝西省では督軍陳樹藩を駆逐する運動が起き上がったが、陳は北洋政府からの罷免に対して武力で抵抗した。「上海游記」の中に、時下の全国の関心事のひとつとして挙げられている「陳樹藩が叛旗を翻」すことは、すなわちこの時期の陝西の戦乱を指しているのであり、そのために芥川は、予定していた西安行きを見送らざるを得なかった。

各地で動乱が頻発する中で、六月四日、宜昌では兵士による放火と掠奪が発生し、市街は全焼、千人以上もの死者が出た。続いて、六月八日に武昌でも二千余人の兵士による市街襲撃の暴動が起きた。芥川龍之介が漢口から京漢鉄道で北上した直後の出来事だった。間一髪で巻き込まれるのを避けた芥川は、家族への書簡（六月一四日）に、次のように語っている。漢口より北京までは「至つて運よく、宜昌行きを見合せると宜昌に掠奪起こり、漢口を立てば武昌（漢口の川向う）に大暴動起り」、すべて騒動が「後へ後へまはつてゐ」る。

大陸で磨かれた小説家のジャーナリズム

その中国観察と日本への再認識

目覚めた政治意識

芥川龍之介が訪れた中国の最初の都会は、アヘン戦争以後の開港地として全世界に開かれた中国大陸の表玄関、上海だった。そこは中国でありながら「又一面では西洋」であり、「各国の人間が、寄り集まつてゐる」ゆえに無秩序で猥雑な「悪の都会」と化していた。その半植民地的な性格に、芥川は到着後まもなく気づくことになる。

中国の土地で跋扈する西洋人。そして尊厳が蹂躙されても無自覚で、精神が麻痺した多くの中国人。そうした半植民地の中国社会の日常的な生態に、芥川は激しく苛立ちを感じた。そこで、上海旧城の賑やかな往来を見ながら、目の前の群集の中には「杜甫だとか、岳飛だとか、王陽明だとか、諸葛亮だとかは、薬にしたくもいそう」もないといった思いにとらわれ、現代の中国は「詩文にあるやうな」中国にあらずと嘆いた。かつて彼が中国の「詩文」の世界で接した、〈経世済民〉という文人理想の凋落を感じたのである。政治、経済、芸術などが「悉堕落」し、「活力」と「情熱」が見えない現代中国のことを「愛したいにしても愛し得ない」と友人に洩らした「一介の旅客」としての「悪口」は(「長江游記」)、いまから見れば、社会変革と国民性の改造に努める同時代の中国知識人による現状認識と共通していると言えよう。例えば、「荒廃を極めた」上海旧城の湖心亭と、その池に悠然と立小便する辮髪姿の男。これらの組み合わせを「老大国の、辛辣恐るべき象徴」と捉える芥川のシニカルな視線は、当時の先覚的な中国文人の視線にも通底する。魯迅が「阿Q正伝」によって自国人の蒙昧な精神構造を抉り出そうとしたのは、まさに「上海遊記」の発表と同じ年のことだったのである。

上海で触発された芥川のもっとも大きな精神的変化は、すなわち政治問題に強い関心を持つようになったことだった。彼は自身の変化が至極当然だと言い、中国に身を置くと「誰でも」「必一月とゐる内には、妙に政治を論じたい気がして来る」と断言する。それは中国で目撃したあまりにも多くの事象が、政治的な原理と

鄭孝胥邸にて　左からは波多博、芥川、鄭孝胥、村田孜郎

範疇での理解を要請するものばかりだったからだろう。芥川にとっての中国旅行は、政治問題へと開眼する重要な契機となったのであり、決定的な成長体験となった。帰国後の芥川文学には、以前に比べてより広い社会的視野がもたらされたのである。そして、後年横光利一に上海行きを勧め、そこで渦巻くアジアと世界の政治動向を体感することの重要性を説き、次世代の小説家に影響を与えたことは、文学史的にも大きな意味を持っている。

ところで、芥川が上海で訪問した現代中国の知識人の代表者、章炳麟・鄭孝胥・李人傑の三人はちょうど当時の共和派・復辟派・革命派の異なる政見の代表者である。この三人から中国社会の前途に対する見解を聞き取れたのは、ジャーナリスティックな観点からすれば、実に幸運な取材体験であり、芥川と彼らとの談話は、ほぼ中国の政治と社会を改善する方法の論議に終始したのである。

杜甫や岳飛に比肩する中国の憂国の士に出会うのを切望した芥川には、中国共産党早期創設者のひとり李人傑との対面が、充足感のある会心の時間となったと推測される。「上海游記」の「李人傑氏」と題する一章は、そう判断させるのに十分の内容である。自分が訪ねた四ヶ月後、李人傑の寓所の一階で、中国共産党第一次全国大会が行われたのを、芥川は知る由もなかったろうが、中国社会の改造運動の抗いがたい潮流を、李人傑との談話を通じて感じ取ったのに違いない。

外なる視点から見た日本

杭州、蘇州、南京などの江南地方を遊歴する道すがら、目に留まる伝統的景観の荒廃ぶりは無残そのものだった。科挙が廃止され儒教の権威が地に落ちた時代において、かつて江南第一文廟だった蘇州の孔子廟では、文官試験場は廃屋となって雑草に埋まり、孔子を祭る大成殿は蝙蝠の巣窟と化した。その様子に、芥川はおのずと「懐古の詩興」を覚える一方、それが「直に支那の荒廃を意味するものと理解し、「一体嘆けば好いのか、それとも又喜べば好いのか？」という心底の動揺と躊躇いを感じずにいられなかった。そして思わず、北京にいる漢学者今関天彭の詩句「休言竟是人

杭州岳飛廟にて

5月2日佐々木茂索宛絵葉書

家国。我亦書生好感時。」を口ずさんだのである。

　このような動揺からは、外来者の「旅客」の身でありながらも、内なる感覚で中国を理解しようとする意識の芽生えをたやすく読み取ることができる。また、アジアの共通する他者で外圧的な存在である「西洋人」の帝国主義的な振る舞いに対して、強い嫌悪を抱く芥川もいる。その一例に挙げられるのは、杭州の新新旅館の玄関で傍若無人に小便するアメリカ人の野放図に憤慨し、「水戸の浪士にも十倍した、攘夷的精神に燃え立」った瞬間である。また、芥川の眼には「俗悪恐るべき煉瓦建」の洋風建築が、西洋勢力の侵入を表象する記号として映っている。それらの建築が西湖の景観を侵食し、「垂死の病根」を与えたことに不平を感じると（「江南游記」）、その不平の気持ちが西湖に埋骨された秋瑾の辞世の句「秋風秋雨愁殺人」への共感を呼び起こし、友人に向けて「この頃の僕には蘇小々より女史の方が興味がある」（五月二日、佐々木茂索宛書簡）といった言葉を吐かせることになるのである。

　また他方では、中国国内の排日風潮が高まった時期であるだけに、日本に強く反発する中国人のまなざしを芥川は常に意識させられている。その結果、中国という鏡に映し出される自国の像を正視せざるをえなかった。その旅行記には、例えば雷峰塔を焼き払った倭寇の話や、日露戦争出征中の日本人兵士が中国人女性を高粱畑に拉致する話など、日本にとっては不名誉なエピソードも紹介されている。このような外部からの視線で観照した日本が、自国中心主義的な立場を相対化する、もう一つの視座として提示されている。

　中国という鏡に映し出された日本と日本人の姿を芥川が思い知らされたのは、章炳麟からの啓発によるところもある。章炳麟は、秋瑾もメンバーだった革命団体光復会の会長も務め、日本に亡命していた五年間に留学生の間に民族革命の思想を宣伝して、魯迅にも深く影響を与えた人物だが、芥川と対面したときには、日本帝国主義の国家政策を批判し、「予の最も嫌悪する日本人は鬼が島を征伐した桃太郎である。桃太郎を愛する日本国民にも多少の反感を抱かざるを得ない」（「僻見」）という見解を披露したのである。その話に芥川は強く打たれ、「あらゆる日本通の雄弁よりもはるかに真理を含んでゐる」と感心して、その刺激によりで日本軍国主義の対外拡張を風刺した短編作品「桃太郎」（一九二四）を創作した。日本を外なる視点で批判的に見つめる意識があったからこそ、日本の国家統制が急速に強化されていく時代において、文学者としての理性的で自由な精神を失わずにいられたのである。

歴史への郷愁と未来への不安

アヘン戦争の敗戦で開港した新興都市の上海に対して、北京は明以来の中華帝国の「王城の地」であり、一九二〇年代には伝統的な街の雰囲気がそのまま濃厚に残っていた。

北京に着いた芥川龍之介は、上海や江南地方で顰めた眉を開き、古都の風情を心地よく楽しむ旅行者になり、中野江漢に案内されて北京の街を飽きることなく歩き回った。北京の穏やかな雰囲気が芥川にはすっかり気に入り、「北京なら一二年留学しても好い」（六月二四日、下島勲宛絵葉書）、「二三年住んでも好い」（六月一四日、岡栄一郎宛絵葉書）と思ったほどだった。連日の市街散策に詩興がそそられ、「夕月や槐にまじる合歓の花」（同前）、「花合歓に風吹くところ支那服を着つつわが行く姿を思へ」（六月二七日、小穴隆一宛絵葉書）などの句や短歌を友人に書き送った。

北京にて　芥川と竹内逸（竹内栖鳳の子）

もちろん、北京にいる時もその辛辣な観察眼を緩めることはない。彼は万寿山の宮殿泉石を「西太后の悪趣味」と貶し、紫禁城については、そこに漂う王権の亡霊を見たかのように、「夜天よりも厖大なる夢魔のみ」（「北京日記抄」）という印象を記している。

明清二代の王宮である紫禁城では、退位したラストエンペラー溥儀が内廷で暮らし、文華殿と武英殿だけが古物陳列所として開放され、民国政府の所有する文物を展示していた。ただし、そこにあった展示品よりも多く芥川の賛嘆を多く博したのは、陳宝琛の家を訪ねた折に鑑賞した紫禁城宮内の乾隆帝の収蔵品であった。陳宝琛は清末の重臣で、溥儀の帝師だった。彼が芥川に披露したのは、宋李公麟「五馬図」、徽宗「臨古図」、清王時敏「晴嵐暖翠図」、郎世寧「百駿図」など歴代の名品ぞろいであった。それらの中国古代芸術の精華に瞠目した芥川は、「御府の画の如き他に見難き神品多し」（六月二四日、滝井孝作宛絵葉書）と友人にひそかに伝えた。

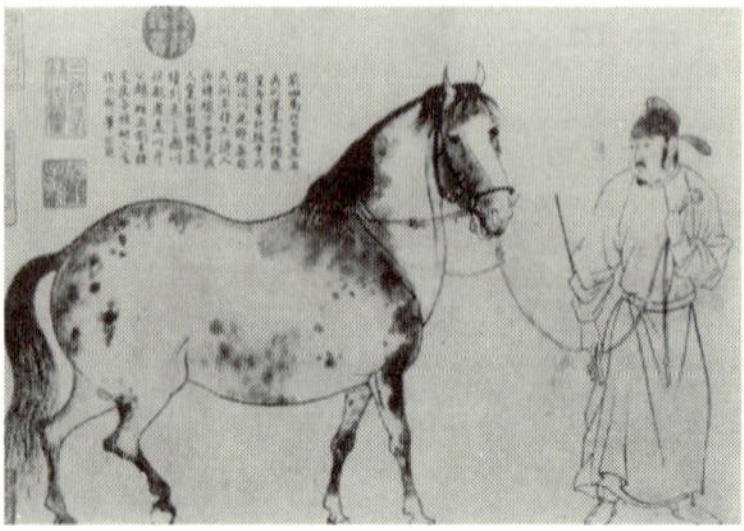
李公麟「五馬図」局部

そのほか、芥川は東京日日新聞社の北京特派員波多野乾一と戯曲研究家辻聴花の案内で、梅蘭芳、程硯秋、尚小雲、楊小楼など、京劇の全盛時代を飾る数々の名優たちの演技を劇場で観た。芥川が通った同楽園や三慶園など、いくつもの劇場は、前門外の大柵欄胡同に集中している。観劇後に前門の前を通れば、門の上に月がかかるような景色に「何とも云えず」、「北京の壮大に比ぶれば上海の如きは蛮市のみ」（六月二一日、室生犀星宛絵葉書）と西洋化した上海と伝統的な北京のコントラストを再確認した。「芝居、建築、絵画、書物、芸者、料理、すべてが北京が好い」（六月二七日、恒藤恭宛絵葉書）と褒め称えた芥川の北京への思いは、天津で帰国の途につくときに北京への「郷愁」を抑えられなかったほどの強いものだった。

帰国にあたって、旧満州地方の満鉄路線の中枢である奉天を経由した際、「南満鉄道」への印象を「高粱の根を葡ふ一匹の百足」という辛辣な比喩で捉えた芥川は、これで『支那游記』一巻の最後を飾ったのである。芥川晩年の創作「河童」（一九二七）には、「一本の鉄道を奪うために互いに殺し合う」「人間の義勇隊」を河童が嘲笑する場面があるが、それは直ちに日本が日露戦争でロシアより勝ち取った南満洲の鉄道線のことを連想させるものである。芥川龍之介の死後に、関東軍が企んだ一九二八年の張作霖爆殺事件（皇姑屯の京奉線と満鉄線の交差地点で爆殺）と一九三一年の「満州事変」（関東軍の自作自演で柳条湖付近の満鉄線路を爆破）などの、戦争への歩みを加速させていく大事件が、いずれも「南満鉄道」の沿線で火蓋を切られた事実と重ねれば、いち早くそれを中国の土地を脅かす毒虫に譬えた芥川の先見性が見えてくる。その意味において、芥川の遺書にあった「将来に対するぼんやりした不安」は、単に彼個人の人生的苦悩の謂ではなく、昭和期の日本の向かおうとする行先への、根本的な懐疑と抵抗として理解することもできる。

北京から恒藤恭に書き送った絵葉書（6月27日、紫禁城大和殿）

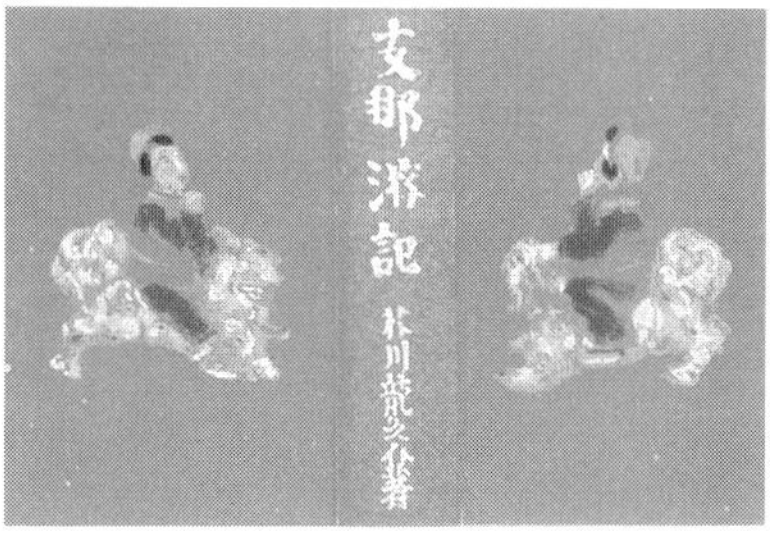

『支那游記』

◆扉頁写真
上…芥川像
下…李人傑寓所

◆参考文献
関口安義『特派員芥川龍之介と中国――中国でなにを視たのか――』（一九九七年二月一〇日、毎日新聞社）
張　蕾『芥川龍之介と中国　受容と変容の軌跡』（二〇〇七年四月一〇日、国書刊行会）
邱　雅芬『芥川龍之介の中国―神話と現実―』（二〇一〇年三月二日、花書院）

中国に関わる芥川龍之介の作品

南京の基督

（一九二〇年七月）「中央公論」七月号

少女は名を宋金花《そうきんくわ》と云つて、貧しい家計を助ける為に、夜々《よなよな》その部屋に客を迎へる、当年十五歳の私窩子《しくわし》であつた。秦淮《しんわい》に多い私窩子の中には、金花程の容貌の持ち主なら、何人でもゐるのに違ひなかつた。が、金花程気立ての優しい少女が、二人とこの土地にゐるかどうか、それは少くとも疑問であつた。

杜子春

（一九二〇年七月）「赤い鳥」第五巻第一号

何しろその頃洛陽といえば、天下に並ぶもののない、繁栄を極めた都ですから、往来にはまだしつきりなく、人や車が通つてゐました。門一ぱいに当つてゐる、油のやうな夕日の光の中に、老人のかぶつた紗《シャ》の帽子や、土耳古《トルコ》の女の金の耳環や、白馬に飾つた色糸の手綱が、絶えず流れて行く容子は、まるで画のやうな美しさです。

奇怪な再会

（一九二一年一月五日〜二月二日）「大阪毎日新聞　夕刊」

「それから一日か二日すると、お蓮——本名は孟蕙蓮《まうけいれん》は、もうこのK脳病院の患者の一人になつてゐたんだ。何でも日清戦争中は、威海衛《ゐかいゑい》の或妓館とかに、客を取つてゐた女ださうだが、——何、どんな女だつた？　待ち給へ。此処に写真があるから。」

Kが見せた古写真には、寂しい支那服の女が一人、白犬と一しよに映つてゐた。

馬の脚

（一九二五年一月、二月）「中央公論」一月号、二月号

「順天時報」の記事によれば、当日の黄塵は十数年来未だ嘗見ない所であり、「五歩の外に正陽門を仰ぐも、既に門楼を見る可からず」と言ふのであるから、余程烈しかつたのに違ひない。半三郎の馬の脚は徳勝門外の馬市の斃馬についてゐた脚であり、その又斃馬は明らかに張家口、錦州を通つて来た蒙古産の庫倫馬である。すると彼の馬の脚の蒙古の空気を感ずるが早いか、忽ち躍つたり跳ねたりし出したのは寧ろ当然ではないであらうか？

支那游記

（一九二五年十一月三日）改造社刊

「上海游記」（一九二一年八月十七日〜九月十二日、「大阪毎日新聞」）、「江南游記」（一九二二年一月一日〜二月十三日、「大阪毎日新聞」）、「長江游記」（一九二四年九月、「女性」九月号）、「北京日記抄」（一九二五年六月、「改造」六月号）、「雑信一束」

「支那游記」一巻は畢竟《ひつきやう》天の僕に恵んだ（或は僕に災《わざは》ひした）Journalist的才能の産物である。

湖南の扇

（一九二六年一月）「中央公論」一月号

広東《かんとん》に生れた孫逸仙《そんいつせん》等を除けば、目ぼしい支那の革命家は、——黄興《くわうこう》、蔡鍔《さいがく》、宋《そう》教仁《けうじん》等はいづれも湖南に生れてゐる。これは勿論《もちろん》曾国藩《そうこくはん》や張之洞《ちやうしどう》の感化にもよつたのであらう。しかしその感化を説明する為にはやはり湖南の民自身の負けぬ気の強いことも考へなければならぬ。

竹内栄美子

思想を形成する

宮本百合子のロシア体験

宮本百合子

モスクワでの生活

一九二七年（昭2）、二八歳の宮本（当時は中條）百合子は湯浅芳子とともに革命一〇周年のソ連へ行くことを決め、一一月三〇日に東京駅を発った。午前九時三〇分発、下関行きの特急列車で京都に向かい、先発していた湯浅と合流、一二月二日に京都を発って下関から関釜連絡船で釜山に行き、そこからは長い列車の旅となる。京城（現在のソウル）、奉天（現在の瀋陽）、長春を経てハルビンに到着。ここで、寒さに備え毛皮のコートをあつらえた。シベリア鉄道でモスクワへ向かう。ハルビンを出発したのが一二月七日、モスクワに着いたのは一二月一五日だった。

同行するロシア文学者の湯浅とは、夫の荒木茂と別居し離婚にいたるころ（戸籍では、一九二五年（大14）四月一四日に離婚届け）、一九二四年（大13）四月に野上彌生子のところで知り合った。その後、急速に親しくなり生活をともにする。ソ連行きを決心した湯浅に同行する百合子の旅費は、改造社が負担してくれることになった。日本での共同生活がソ連での共同生活となるのである。

モスクワに到着すると、作家の秋田雨雀、ロシア文学者の鳴海完造が出迎えてくれた。秋田は十月革命一〇周年の記念祭に国賓として招かれ、鳴海はロシア文学研究のため秋田とともにソ連に来ていた。百合子たちは、秋田の滞在するパッサージ・ホテルでしばらく暮らすことになる。モスクワのメインストリートであるトゥヴェルスカヤ通りから少し入ったところに位置するこのホテルには、ロシア文学者の米川正夫も滞在していた。百合子たちは、秋田、鳴海、米川らモスクワ在住日本人とのつながりによって、全ソ対外文化連絡協議会（ＢＯＫＣ《ヴォクス》）の会長であるカーメネヴ夫人に紹介されたり、芸術座やメイエルホリド劇場の芝居を見たりして見聞を広めていく。

一九二八年（昭3）三月、パッサージ・ホテルからオストージェンカの協同組合住宅に引っ越す。金色の円屋根のついたキリスト感謝寺院（救世主キリスト聖堂）のそばだった。百合子はここで『モスクワ印象記』などを執筆する。四月には『伸子』初版本が日本から送られてきた。五月一日にはメーデーを見物、六月にはレニングラード（現在のサンクト・ペテルブルグ）へ移動し、エルミタージュ美術館などを見学、九月まで滞在した。その間、日本からの電報で、弟の英男（二〇歳）が自殺したことを知り失神する。レニングラードではゴーリキーに面会、自著『伸子』を進呈した。コーカサス、バクー油田、ドン・バス炭坑などを訪れ、一〇月、モスクワに戻りパッサージ・ホテルに入った。一〇月二三日、左団次一座の一員としてモスクワ歌舞伎公演に来ていた河原崎長十郎とともに、エイゼイシュテインに会う。のち、オストージェンカの別の共同組合住宅に移るが、一一月一〇日、再び百合子はレ

救世主キリスト聖堂（キリスト感謝寺院）

森まゆみ『女三人のシベリア鉄道』（集英社　2009年）より

クレムリンの時計台
（スパスカヤ塔）

ニングラードへ行き、エルミタージュなどを見学。一二日の夜に発ち翌朝モスクワに到着、湯浅が出迎えにきていた。

一九二九年（昭4）になり、一月八日から四月八日まで、胆嚢炎でモスクワ大学第一付属病院に入院、九日、退院して湯浅のいたオストージェンカの住宅に入る。医者にすすめられ、予後の療養のためチェコのカルルスバードへ行く計画を立て、四月二九日に湯浅とともにモスクワを出発し、翌日ワルシャワに到着。五月一日にはワルシャワのメーデーを見て、翌日、ウィーンに移動、結局カルルスバードには行かず、下旬にはベルリンへと移った。六月はじめにパリに到着、七月一日には、日本からヨーロッパ旅行にやってきた両親弟妹をマルセイユに出迎えた。パリに移動し、のち両親と妹はイギリスへ発つ。百合子も湯浅とともにロンドンへ行き、家族に合流、湯浅は数日滞在してソ連へ戻った。ロンドン、パリで百合子は家族とともに過ごし、一〇月下旬に家族はパリを発ってシベリア経由で帰国した。百合子は一一月下旬までパリに滞在し、「資本論」とフランス語を勉強、のちモスクワに戻る。

一九三〇年（昭5）になり、当時コミンテルンの幹部だった片山潜からプレハーノフの翻訳を頼まれる。百合子は、次第に日本のプロレタリア文学運動についても関心を持つようになっていた。四月、オストージェンカからパッサージ・ホテルに移る。四月一六日、作家クラブでマヤコフスキーの告別式に参列した。七月からウクライナ、クリミヤ地方を旅行、ハリコフを経て八月四日にモスクワ着。モスクワでは、一五日から三〇日までのプロフィンテルン第五回大会が開かれ、日本からは紺野与次郎や蔵原惟人が参加していた。亡命してモスクワのリュークスホテルに滞在していた、コミンテルンの幹部会員であった片山潜からソ連に残って仕事するように勧められるが、帰国して日本で小説を書こうと考える。一〇月二五日、湯浅とともにモスクワを出発、シベリア鉄道で帰国の途につき、東京には一一月八日に到着した。ソ連という新しい社会が進展する様子をつぶさに観察し、多くの人に会い、美術館や博物館を見学し、「観劇日記」を残すほどたくさんの舞台を見て、ウィーン、ベルリン、パリ、ロンドンにも足を伸ばした充実した三年間だった。

大衆の時代、アヴァンギャルドの時代
――二〇世紀初頭のロシア

1 ロシア革命

一九一七年一〇月、レーニンの指導によってソビエト政権が成立したロシア革命（十月革命）は、世界で初めての社会主義政権の誕生で、二〇世紀の世界史における最も大きなできごとのひとつであった。いまとなっては、一九八九年にベルリンの壁が崩れ、一九九一年にはソビエト連邦が崩壊し、東西冷戦の終焉によって社会主義は終わったと言われている。けれども、当時、労働者階級（プロレタリアート）を解放し労働者自身による政権奪取は、世界に大きな衝撃と希望を与え、一九二〇年代から三〇年代における大衆の時代を用意したできごとだった。プロレタリアートとしての大衆が発言し主張する時代が到来したのである。アメリカ文化を中心としたモダニズムの成立とあわせて、二〇世紀は大衆の時代として始まった。

一九〇五年、「血の日曜日事件」を発端とする第一次ロシア革命が起こった。労働者の保護立法や日露戦争の中止を皇帝に訴えた請願が軍隊の発砲による多数の流血事件となって、ロシア民衆の皇帝に対する親愛の情が打ち砕かれたのである。これを契機として各地で暴動が生じる。一九一七年には、弱体化していたロマノフ朝のロシア帝国が倒れケレンスキー臨時政府が成立（二月革命）、亡命していたレーニンらが帰国し臨時政府を倒してボルシェビキによる政権奪取となった（十月革命）。

一九二一年、ネップ（新経済政策）がスタート、内戦で疲弊していた経済を復興させた。この前後には文化活動も盛んになり、文学、美術、映画、演劇、建築、デザインなどの分野でめざましい活動が行われる。百合子がソ連に到着したのは一九二七年年末だ

アレクセイ・ガン「ウラジミール・マヤコフスキー作品展」1931年（東京都庭園美術館　2001年）

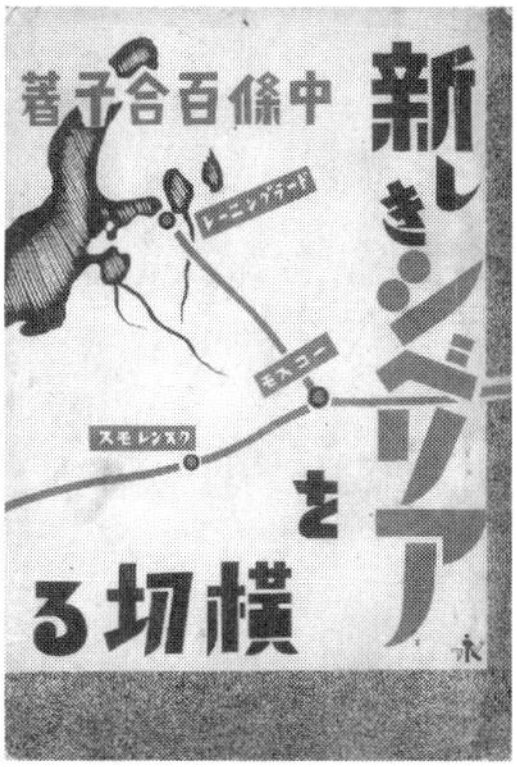

宮本百合子『新しきシベリアを横切る』（内外社　1931年）

宮本百合子『モスクワ印象記』（東京民報出版社　1949年）

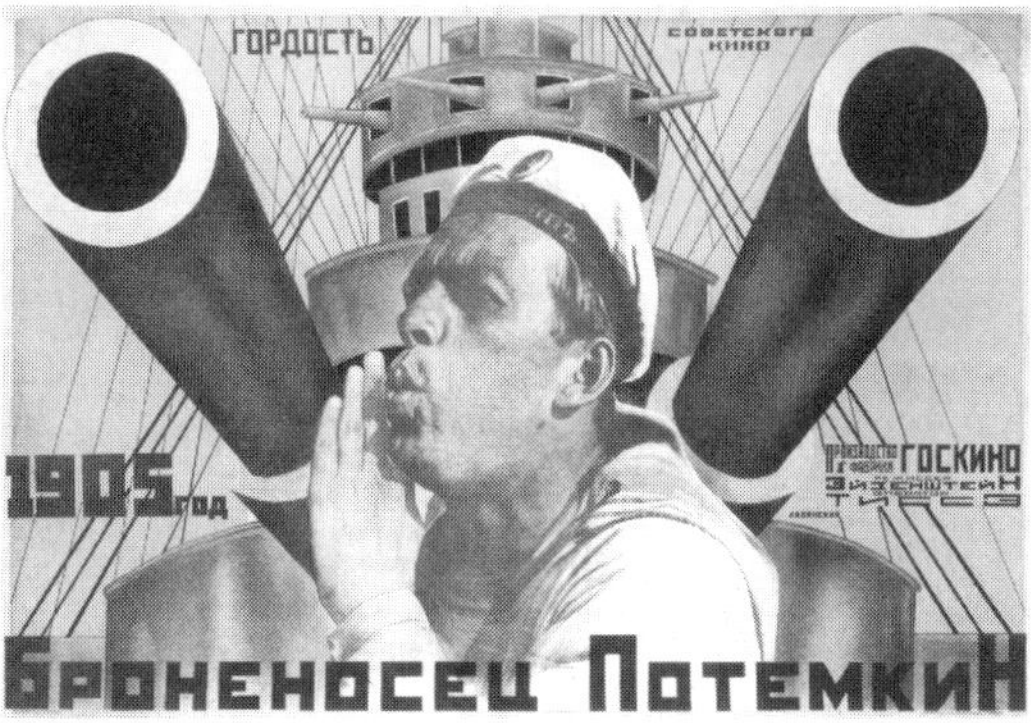

アントン・ラヴィンスキー「戦艦ポチョムキン」1925年（『ポスター藝術の革命　ロシア・アヴァンギャルド展　ステンベルク兄弟を中心に』東京都庭園美術館　2001年）

グスタフ・クルツィス「すべての労働者はソヴィエトの改選へ」1930年（東京都庭園美術館　2001年）

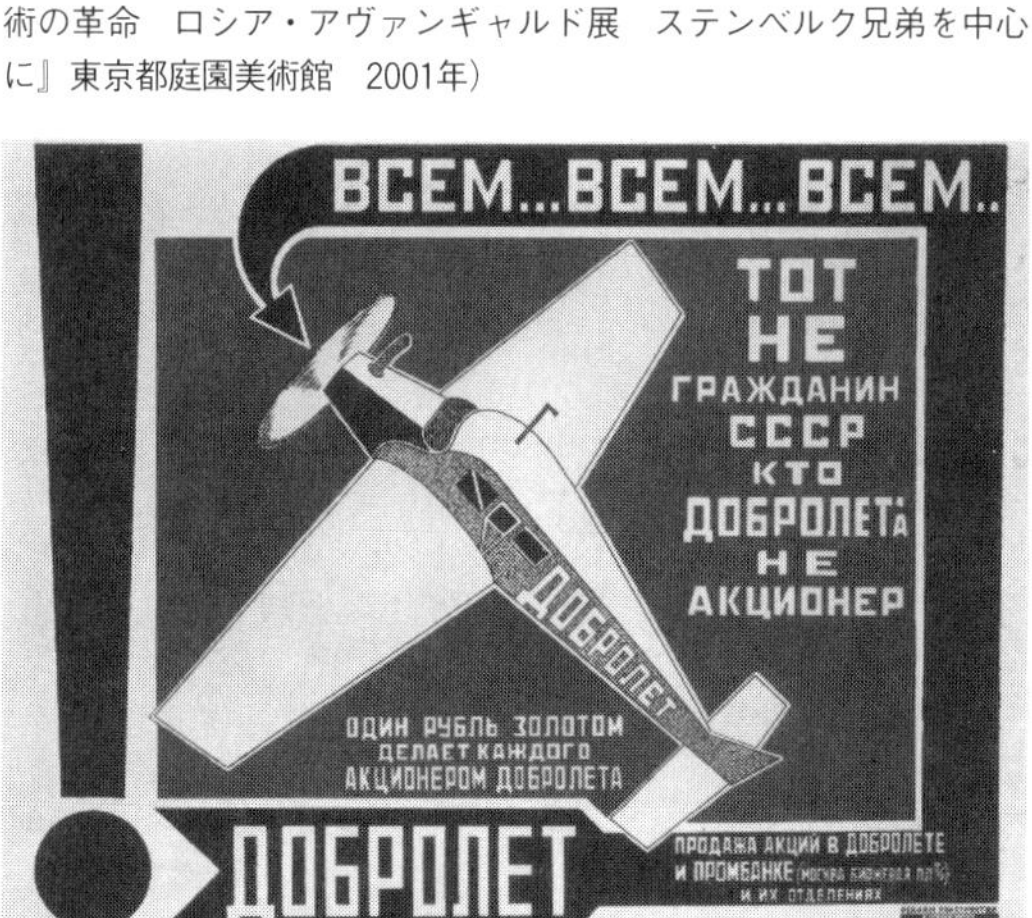

アレクサンドル・ロトチェンコ「全国民のドブラリョト社」1923年（東京都庭園美術館　2001年）

ったが、翌年の一九二八年は第一次五カ年計画が開始される年だった。一九三四年には第二次五カ年計画が始まる。ソ連共産党が主導するこの経済政策は、重工業を重視し、集団農業経営のコルホーズを推進、生産量を伸ばした。

しかし、一九二四年に革命政権の代表であったレーニンが死去したあとには、スターリンとトロツキーの争いが表面化する。スターリンの粛清によりトロツキーは党中央委員会を除名され亡命、各国を経てメキシコで活動を続けるものの一九四〇年に暗殺された。

2 ロシア・アヴァンギャルド

「アヴァンギャルド」（仏語 avant garde）とは、もとは軍隊用語で「前衛」を意味する。さらに、第一次大戦中から第二次大戦に至るころ、フランス、ドイツ、イタリア、ロシアなどで展開された、シュールレアリズム、ダダイズム、キュビズム、表現主義、未来派など、既成の秩序や制度を破壊する革新的な芸術運動を意味した。長らく芸術を支えてきた王族や教会などによるパトロネージの制度は、二〇世紀になって変化を余儀なくされる。芸術は特権階級のものに収まらず、広く大衆のなかに浸透していくことになるのである。前衛芸術は、それまでにない新しい表現を生み出した。

ロシア・アヴァンギャルドは、革命運動と切り離すことができない。革命運動の多大なエネルギーによって「革命の芸術」「芸術の革命」が成立した。文学、美術、映画、演劇、建築、デザインなどの多方面にわたって革新的な動きが展開したのである。たとえば、詩人のマヤコフスキーは、フレーブニコフらとともにロシア未来派として活躍し「左翼芸術戦線（レフ）」を創刊したが、詩人のみならず画家、劇作家、演出家、俳優、批評家、ルポルタージュ作家として、多彩な才能を発揮して「マヤコフスキーの時代」を確立した。同時代、マヤコフスキーとともに生きた芸術家たちには、映画のエイゼイシュテイン、音楽のショスタコーヴィッチ、美術のロトチェンコ、ステパーノヴァ、マレーヴィチ、演劇のメイエルホリド、詩人で小説家のパステルナーク、言語学者のシクロフスキー等がいた。ロシア革命の初期、どれほどの才能とエネルギーが集結していたか、ロシア・アヴァンギャルドの芸術運動は、古い社会を改革して新しい世界を創造する、まさしく社会変革を目指した革命の情熱によって生み出されたものであった。

タトリンの「第三インターナショナル記念塔」の模型が一九二〇年に発表され、「レフ」が一九二三年に創刊、エイゼイシュテインの「戦艦ポチョムキン」が一九二六年に公開された。斬新なデザインのポスター、フォトモンタージュの写真など、新しい試みが次々となされたが、スターリン体制が強化されるようになってからは国家主導のもとに統制され、エネルギーに満ちあふれていた自由闊達な芸術運動は次第に窒息させられていくことになる。一九三〇年、マヤコフスキーはその体制に幻滅してピストル自殺、告別式には百合子も参列した。以後、躍動的なアヴァンギャルド芸術運動は収束することになる。

3 日本への影響——プロレタリア文化運動との関係

一九一七年のロシア革命は、日本においても大きな影響を与えた。プロレタリア文学運動では、雑誌「戦旗」などがソ連の労働者の様子を写真入りで伝えている。さらに、ソ連での文化運動を模範として、日本でも一九二八年には全日本無産者芸術連盟（ナップ）が、さらに一九三一年には日本プロレタリア文化連盟（コップ）が結成、文学、映画、演劇、美術、音楽などそれぞれの分野で同盟が作られ（日本プロレタリア作家同盟など）、文化運動を工場や農村に拡大していこうという方針がとられた。

文学では中野重治、小林多喜二、佐多稲子らに一九三〇年末に帰国した百合子も加わる。映画では佐々元十、岩崎昶ら、演劇では村山知義、佐野碩、佐々木孝丸ら、美術では岡本唐貴、矢部友衛ら、音楽では関鑑子、守田正義らが活躍した。ナップの機関誌であった「戦旗」は創刊当時七千部であったのが、一九三〇年には二万部をこえる発行部数となる。独自の販売網によって購読者を増やしていったが、合法的な文化運動が次第に非合法的な政治運動に従属させられるようになり、政府当局の弾圧もあって逮捕者や転向者が続出、一九三〇年代のなかばにはプロレタリア文化運動も終焉を迎える。以後は、戦争の時代へと突入していった。

思想を形成する

宮本百合子のロシア体験

はじめに

一九二八年八月号の「改造」に発表された『モスクワ印象記』には、次のような記述がある。

　日本女は、そこに六ヶ月生きたモスクワから、新生活が始まったばかりのロシアを強く感じている。CCCPは、二十世紀の地球に於て他のどこにも無いよいものを持とうとしている。同時に他のどこにも無い巨大な未完成と困難を持っている。

これを書いたとき、「日本女」宮本百合子（当時は中條百合子）は、湯浅芳子とともにロシアですでに半年の生活を送っていた。CCCPはキリル文字で、アルファベットに直せばSSSRすなわちソビエト社会主義共和国連邦の略である。百合子は、新しい国ロシアに対し、自分が実際に見聞きしたことに基づいて大きな期待を寄せている。同時に、ロシアが直面するであろう巨大な困難についても察知している。壮大な期待と困難を内包するロシアは、これから作家として自立していこうとする「宮本百合子」のメタファーでもあるようだ。百合子のロシア体験は、彼女にとって大きな意味を持っていた。それは、何よりもこの体験によって帰国後にプロレタリア文学運動に参加し作家「宮本百合子」となっていく点においてであり、また共同生活者湯浅芳子との関係においてであった。

新しい国、ソヴェト連邦——ロンドンとの比較から

一九二七年一二月にモスクワに到着した百合子は、翌一九二八年はロシアで過ごし、一九二九年一月から四月初めまで胆嚢炎で入院したあとは、五月から湯浅とともに旅に出てワルシャワ、ウィーン、ベルリンと移動、ヨーロッパ旅行に来た中條家の家族とパリ、ロンドンで過ごす時間を持った。一年以上滞在したロシアを出て、ヨーロッパ各地を旅行したなかで、とりわけロンドンは百合子に深い印象を与えたようである。

湯浅宛の手紙（一九二九年八月二四日）を参照してみよう。「ロンドンのEast endのひどさ！　私は大通りを歩いただけだが、よく平気であの宏大なイーストエンドを存在させ得ると思う。ひどい子供！　労働者！　実にひどい。キャベジは一ペニーで買える。夏のモスクワを知らないけれど、私はロンドンのイストエンド、モスクワの貧乏人より、わるくてもよいことはないと感じた。あのボロをあれだけは見られない」。二八日にも同じような内容で湯浅に書き送っている。「West endの人間が、いかなる奴レイ群を巨大なBank ofイングランドの建築の背後に持って、彼等の上品さと、富有さとを保って居るか。人間の子供と思えぬ子供の群、ジェネレーション、バイ、ジェネレーションに退化したような労働者のボロのかたまりを眺め、モスクワの価値を実に痛感した」。

一九三〇年六月号の「改造」に発表された文章『ロンドン一九二九年』でもこのように書かれていた。「富裕なるロンドン市が世界に誇る、英国の暮し向よき中流層を拡大させつつ東端には一時的ならぬ貧を二代三代とかさねさせているうちに、この逆三角の顔を持ち七歳ですでに早老的声変りをした異様な小人間がおし出されて来たのである。並木路のまんなかを一人の男の子が小便しながら歩いて来る。子供の生活に興味を示しているような大人はこの辺に一人もいなかった」。

イングランド銀行のあるシティ地区を境に、東西両地区のあまりの違いに百合子は大きな衝撃を受けた。当時のロンドンのイーストエンドは、人口が密集した工場地帯や港湾地区で、貧民街が多かった。木箱に入れられたしなびた赤ん坊や栄養失調の子供たちが極度に痩せて逆三角形の顔つきをしている。それに対してウェストエンドには、ピカデリーを中心とした繁華街があり、バッ

キンガム宮殿はもとよりウェストミンスター寺院やハイドパークがあり、高級住宅地があった。極度の貧困状態のなかで人間らしい生活とはまるで無縁なイーストエンド貧民街のひどい状況と、隣り合わせであるにもかかわらずそれとは隔絶されたウェストエンドの中流生活の繁栄は、百合子に強いショックをもたらし「モスクワの価値」を実感させた。のちに『道標』のなかで、片山潜をモデルとする山上元との会話においても伸子に「ロンドンなんか見ると、しんから資本主義の社会ってものがわかったんです」「ソヴェトというものの価値が、しっかりのみこめてしまったんです」と語らせているほどだ。山上は伸子の言葉を受けて「僕が一八九四年にロンドンやエジンバラの貧民窟を見て、社会主義についてまじめに考えはじめたようなもんさ」と応じている。むろん『道標』は戦後になって書かれた本だから、その時点での百合子の価値判断が反映されていることに留意しなければならない。ただ、当時の書簡や日記を見ても、ロンドンの印象がかなり強烈なものであったことは容易にうかがえる。

『モスクワ印象記』と『ロンドン一九二九年』は、それぞれの都市に滞在した百合子が両都市を綿密に観察し、どのように感じ取ったかを報告したものである。ここで報告されているように、両者の違いは、百合子の思考を方向づける役割を果たした。もともと『貧しき人々の群』(一九一六年九月「中央公論」)で「自分と彼等との間の、あの厭わしい溝は速くおおい埋めて、美しい花園をきっと栄えさせて見せる!」と語っていたように、少女のころから百合子はトルストイ的なヒューマニズムによって貧困現象を注視し、それは慈善で解決できるものではないと考えていた。では、百合子が感じた「モスクワの価値」は、どのようなものだったのか。

ジェンダーの観点から——女性が活躍するロシア

『道標』のなかには、感受性豊かな伸子が新しい国ロシアのさまざまな局面に触れて感銘を受ける場面がいくつもある。とりわけ、入院中の伸子が身重の看護婦ナターシャに感動するところが注目される。

入浴のさい、伸子を車椅子に乗せるためにナターシャが抱えようとしたとき、伸子自身もまだからだを動かすのが無理な時期で、奮闘したものの力の足りないふたりでは結局できなかった。伸子は、妊娠中の看護婦は一人前の仕事ができないと訴えるが、病院の者たちは「動くのには早すぎたかもしれないですね。まあ、ゆっくりやりましょう」と平穏な調子で、伸子の非難を受け流す。彼らのあまりに自然な様子が伸子を驚かせ、次いで反省するのである。モスクワでは身重の看護婦がいることは当たり前なことなのだと。「ソヴェトでは働くすべての女が、妊娠して五ヶ月以後になったとき馘首されることは絶対に禁じられていたから。馘首によって、彼女と赤坊がうけられる四ヶ月の有給休暇や産院の保障、哺育補助費などが奪われることがあってはならないから」という。モスクワの病院は「健康な若い女である看護婦が、首からかけた白い大前垂の下に円く大きいおなかを公然と運び」働いている場所なのだった。この発見は、伸子に「よそとは違うソヴェトの生きかた」を痛感させる。特に「伸子の女の感覚に訴えた」とあるように、馘首されてやむなく売春婦になるのではなく、女性が社会的に身分を保障されて活躍できる社会をうらやましく思うのである。

『道標』だけでなく、当時、百合子が書いた文章のひとつ『子供・子供のモスクワ』（「改造」一九三〇年一〇月号）では、ナターシャの逸話は実際にあった話で、ターニャという女性のことだったと分かる。妊娠五ヶ月の女性を失業させることはできないこと、生後十ヶ月以内の嬰児がいる場合も同様であること、などが詳しくレポートされている。「子を産んでその男から捨てられるという悲劇もソヴェトでは女をセイヌ河や隅田川へは行かせない。国民裁判所へ彼女を行かせるだけだ。民法は、事情によって父親が受ける月給の半額までの扶助料を子供が十八歳になる迄支払う義務を決定している」とあるように、育児が母親のみの責任においてなされるのではなく、社会的な保障のもとで行われていることが法律で定められている。また、中央児童図書館には子供のための本が蓄えられ、子供たちにどのような本を読ませるべきかが研究されていることも特筆されていた。ほとんどが女性の利用者で、彼女たちは小学校教師として子供の読書について研究しているというのである。

医療、育児、教育の分野で、女性や子供が保護され権利が保証されている。このようなモスクワの実情をつぶさに見た百合子は、帰国後にも重ねてその実態を「戦旗」や「改造」で報告していた。『正月とソヴェト勤労婦人』（「戦旗」一九三一年一月号）では「プロレタリアートのソヴェトは、女を封建的に台所の中やオシメのまわりをうろつかせては置かない」「女が働く工場には託児所がある。女が男と一緒に芝居を見、演説をきき、時には自分だって演説するクラブの中には大抵「母と子の室」がある」と言われている。法律で定められていることが確かに実行されていたとは限らないであろう。しかし、日本にくらべて女性と子供に対する保護と権利が行き届いている「モスクワの価値」を実感した百合子にとって、社会主義は人間が人間らしく生きることのできる確かな理念であり、「正義」の思想と捉えられていたのである。

湯浅芳子というパートナー——「伸子」を相対化する存在

当時モスクワに滞在していた秋田雨雀は『雨雀自伝』（新評論社、一九五三年）のなかで、モスクワに到着した百合子たちのことをこのように語っている。「二人は長い旅行に余り疲労もせずに、元気に列車からとび出してきた。中条は髪を断髪のように後頭部に行方不明に結って、丸々と肥った身体に弾力性のある態度で、旅行中の物語などをしていた。支那青年のような感じを与える湯浅芳子はこの時代では唯一のロシヤ語通で、当時ソヴェートを批判的に見ようというような意気込みを示していた」。

秋田の印象では「弾力性のある態度」の百合子と対照的に、湯浅はソヴェトを批判的に見ようと意気込んでいたようである。『道標』でも、モスクワの街に溶け込んでそのすべてを吸収したいと願っている柔軟な百合子にくらべて、湯浅のほうはやや狭隘な性格の人物設定となっている。むろん『道標』は、湯浅との共同生活が破綻して宮本顕治と結婚したあとの百合子の視点から語られたものであるから、湯浅に対して厳しい描写になっている点は否めない。近年、百合子と湯浅の関係については書簡集の刊行、映画化等、湯浅の側からの視点による新たな研究も進められている。それらを踏まえてふたりの関係を眺めると、湯浅に比べて百合子のロシアに対する熱情が深化されていく点が注目される。

百合子の「モスクワの価値」は、女性や子供を保護する新しい国への期待に従ったものだった。それは百合子にとっては必然のものだったに違いない。一方、湯浅のほうはそうではなく『道標』でも湯浅がモデルの吉見素子はソヴェトに対してかなり辛辣な見方を披露している。ふたりの対照性はあきらかだが、逆に言えば、それだけ素子は伸子を相対化する役割を担っているということだろう。そのように百合子が描いているのである。伸子がかわいらしい女性らしさを決して失わない反面、素子はぶっきらぼうで辛辣な対応に終始する。それはどちらがよくてどちらが悪いというのではない。ふたりはペアであることが強みなのであり、互いに欠落する部分で強く惹かれ合い、また強く反発もしたのだった。湯浅と百合子が自分たちのつながりを「ＹＹカンパニー」と呼び、ともにあることでそれぞれが成長できるよう望んでいたことは、多くの手紙によく表れている。相互に惹かれ合い反発し合った人間らしい愛憎の悲喜劇は『道標』のなかに克明に描かれていた。百合子のロシア体験は、女性や子供を大切にする「モスクワの価値」に基づいて、理念としての社会主義思想を受容していく重要な契機となった。帰国後、プロレタリア文学運動に参加し「宮本百合子」という作家が誕生する。湯浅芳子とともに過ごしたモスクワでの生活がその源泉であったことは言うまでもない。

※付記　留学当時の百合子自身がともに併用しているため、本稿では「ロシア」と「ソヴェト」と両方の国名を使用している。

◆扉頁写真

若き日の宮本百合子

◆参考文献

『宮本百合子全集』（二〇〇四年、新日本出版社）
黒澤亜里子編『宮本百合子と湯浅芳子　往復書簡』（二〇〇八年、翰林書房）
沢部ひとみ『百合子、ダスビダーニャ：湯浅芳子の青春』（一九九六年、学陽書房）
森まゆみ『女三人のシベリア鉄道』（二〇〇九年、集英社）
ボウルト編著『ロシア・アヴァンギャルド芸術』
（川端香男里ほか訳　一九八八年、岩波書店）
亀山郁夫『破滅のマヤコフスキー』（一九九八年、筑摩書房）
海野弘『ロシア・アヴァンギャルドのデザイン』（二〇〇〇年、新曜社）
『ロシア・アヴァンギャルド』全8巻（一九九五年、国書刊行会）
『革命と藝術Ⅱ』（一九八七年、西武美術館）
『ポスター藝術の革命　ロシア・アヴァンギャルド展　ステンベルク兄弟を中心に』
（二〇〇一年、東京都庭園美術館）
『モスクワ市近代美術館所蔵　青春のロシア・アヴァンギャルド』
（二〇〇八年、アートインプレッション）
『ロシアの夢　1917―1937』（二〇〇九年、アートインプレッション）

モスクワに関わる百合子作品

モスクワ印象記

一九二八年八月号「改造」

「飛石のようにＣＣＣＰ全生活の深い水面から頭を出しているこれらの施設観光だけで、私は満足することができない。私が初めて「コサック」を読んだ頃から、「二十六人と一人」を読んだ時分から、私の心に生じていたロシアに対する興味と愛とは、十二月のある夜、つららの下った列車から出て、照明の暗い、橇と馬との影が自動車のガラスをかすめるモスクワの街に入った最初の三分間に、私の方向を決めた。できるだけ早く自分の英語を棄ててしまいたくなったのだ。

　私は、いそいではどこもみまい。私は、私の前後左右に生きるものの話している言葉で話そう。そして、徐々に、徐々に、――私はわが愛するものの生活の本体まで接近しよう。」

子供・子供・子供のモスクワ

一九三〇年一〇月号「改造」

「さあ、ちょっと机のごたごたを片よせて、（――コップは窓枠の前へでものせといてください。）

　モスクワ地図をひろげよう。

　市の西から東・南に向って大うねりにのたくっているのは、誰でも知っているモスクワ河。その河が二股にわかれた北河岸に、不規則な三角形の城壁でとりまかれた一区廓は、全世界のブルジョアとプロレタリアートに一種の感銘をもってその名をひびかしているところのクレムリン。

　この頃は城壁内の青草が茂って、ビザンチン式の古風な緑や茶色の尖塔はなかなか趣ある眺望だ。円屋根にひるがえる赤旗は、まわりを古風な建物がとりかこんでいるだけかえって新鮮で、光る白い雲の下で夏の歓びにあふれている。」

道標

一九四七年一〇月号〜一九五〇年一二月号「展望」

「劇場でうけてきた深い感覚的な印象のなかから、素子のようにぬけ出すことが伸子の気質にとっては不可能だった。伸子の感覚のなかには、云ってみれば今朝から観たこと、感じたことがいっぱいになっていて、粉雪の降るモスクワの街の風景さえ、朝の雪、さては夜の芝居がえりの雪景色と、景色そのまま、まざまざと感覚されているのだった。伸子は、Ｍ《ム》・Ｘ《ハ》・Ｔ《ト》の演出方法の詮索よりも、その成功した効果でひきおこされた人間的感動に一人の見物として深くつつまれているのだった。

　一座の話が自然ととだえた。そのとき、どこか遠くから、かすかに音楽らしいものがきこえて来た。

「あれは、なに？」

　若い動物がぴくりとしたように伸子が耳をたてた。

「マルセイエーズじゃない？」

　粉雪の夜をとおして、どこからかゆっくり、かすかに、メロディーが響いてくる。

「ね、あれ、なんでしょう？」

　秋山が、一寸耳をすませ、

「ああ、クレムリンの時計台のインターナショナルですよ」

と云った。」

掛野剛史

「旅」の「愁」いを書くということ

横光利一

横光利一のヨーロッパ旅行

一九三五年二月二〇日、横光利一は日本郵船箱根丸で神戸港を出航した。ベルリンオリンピックの取材をかね、大阪毎日新聞、東京日日新聞の社友としてのヨーロッパ旅行だった。

同じ船には高浜虚子が乗船しており、また機関長が虚子の門人の上ノ畑純一（楠窓）だったことから、船上では句会が開催され、横光も参加した。途中、上海、香港、シンガポール、ペナン、コロンボ、アデン、スエズ、カイロに立ち寄る。二・二六事件の報は台湾洋上で受けた（「デッキゴルフをしてゐる一団の若い船客達が、一勝負をつけた所へ、暗殺の報を持つて来る。一同顔を曇らせてヘエッと云つたまま二分間ほど黙つてゐる」『欧洲紀行』）。三月二七日マルセイユに到着し下船。ここから鉄道でパリに入った。パリではモンパルナス公園近くのセレクトラスパイユホテルに滞在し、その間ロンドン（五月四日〜八日）、ドイツ、オーストリア、ハンガリー、イタリア、スイス周遊（六月一七日〜七月三日）などに出かけた。

パリでは大阪毎日新聞の城戸又一、文藝春秋の樋口正夫、また留学中の岡本太郎の世話になり、トリスタンツァラを訪問（六月一二日）するなど各所を訪れる。当時のヨーロッパではファシズム勢力の台頭に対抗する人民戦線結集の動きがあり、フランスでも総選挙での左派勢力の勝利を受け、レオン・ブルムを首班とする人民戦線内閣が成立していた。またフランス全土で起った大規模な罷業はパリにも及び、横光もそれに出くわした。七月九日には、万国知的協力委員会に出席、講演を行う。七月一四日にはパリ祭に出かけ、左派と右派の衝突を目撃する（「広場は赤旗と三色旗だ。その中へ、全国から集合して来た種種の団体が、それぞれの旗をさしかざし、陸続と行進して来る。（略）辻辻には警官隊が銃を持つて、闖入する右翼団体の防禦をしてゐる」『欧洲紀行』）。この間、執筆した滞在記、紀行文が『文藝春秋』『東京日日新聞』に掲載される。

セレクトラスパイユホテル（新潮日本文学アルバム）

七月二四日ベルリンに向う。ヒトラー政権下のドイツを目撃（「空巣のやうにさびれた夏のパリーとは違つてここは祭りである。（略）風に靡く卍《ママ》の旗の列なつた風景は戦国の昔、どこからか一群の武士が攻め寄せて来るやうだ。人おのおの何の戦争の準備であらうか」『欧洲紀行』）する。オリンピック村を訪問し、ヒトラーの下、各国が行進する開会式では「民族を異にした全体が、一つの興奮にまき込まれながらも、各各の好みに従つて歓呼し、拍手するヨーロッパの態度」（『欧洲紀行』）を感じる。その後は主に陸上競技を観戦し、現地より観戦記を送る。オリンピックの閉幕を待たず、八月一一日ベルリンを発ち、ポーランド経由でソ連に入る。その時の車中でジイドを目撃する。八月一三日にモスクワを発ち、シベリア鉄道で八月二〇日満洲里到着。その後ハルピンを経由し、釜山から下関に八月二五日に到着した。帰路、神戸と大阪に立ち寄り、東京駅に着いたのは八月三〇日。約半年間の旅行だった。

横光利一が訪問した時期のヨーロッパの社会と文化

1 激動のヨーロッパ

渡欧時の横光利一のパスポートは、現在宇佐市民図書館に残る。一九三六年二月一〇日に交付されたそのパスポートには、訪問予定国が列挙されているが、その中の一つに「西班牙《すぺいん》」がある。このスペインでは横光が神戸港を出発した二月二〇日、総選挙の結果を受け、マニュエル・アサーニャを首班とする人民戦線内閣が成立していた。そしてこの後、フランコ将軍を支持する右派勢力と内戦状態となり混乱の渦の中に入る。その影響はパリにいた横光にも及び、予定していた訪問が延期となり、最終的に訪問できずに終わった。こうした激動するヨーロッパの、さらにいえば激動する世界史のただ中に横光の旅行は行われたわけであり、到着したパリでも、『欧洲紀行』四月二一日の項には「総選挙が近づいて来たので街頭は緊張してゐる。タクシイは朝から全市一斉に罷業だ」とあるように、四月二六日からの総選挙を控え、各所で罷業が頻発していた。選挙の結果を受け、六月四日にレオン・ブルム人民戦線内閣が成立するも、混乱は続いた。七月一四日の巴里祭ではシャンゼリゼでの左右両派の衝突に巻き込まれた。こうした見聞は『旅愁』の随所に活かされているが、その執筆は帰国するまでの間、携帯し認めていたメモ（以下「欧洲メモ」）に依るところも大きい。

ベルリンオリンピック取材のため、七月二四日にパリを飛行機で出発した横光だが、満員のためホテルには宿泊できず、ユダヤ人の女性医師の家に宿泊した。ベルリンはオリンピックで盛り上がりを見せていた。折しも開会式の前日、国際オリンピック委員会は四年後の次回大会を東京で開催することを決定していた。横光は「ヨーロッパ各国の視線が同時にこちらを向いた」（『欧洲紀行』）ことを感じ、居心地の悪い思いをするとともに、「ベルリンに匹敵する文化をどこから引き摺り出すのか」との思いを持つ。カフェーに座っていると、ボーイが気を利かせてテーブルの上に日

◆横光利一のヨーロッパ旅行日程

昭和11年（一九三六）

2月20日　日本郵船箱根丸にて神戸港を出港、高浜虚子と同船となる

26日　台湾沖で二・二六事件を知る

3月27日　マルセイユ

28日　パリ（〜5月3日）

5月4日　ペンクラブの招待でロンドンへ行く（〜8日）

9日　パリ（〜6月16日）

6月17日　ストラスブルグ

18日　ミュンヘン

19日　チロル、ミッテンワルド、インスブルック

21日　ウィーン

22日　ブダペスト

26日　ベニス

28日　フロウレンス

30日　ミラノ

7月1日　ローザンヌ

3日　パリ（〜23日）

9日　パリにて万国知的協力委員会（ラソシアシオン・ポルザ）に参加し、「我等と日本」と題して講演

24日　ドイツに滞在し、ベルリンオリンピックを観戦（〜8月11日）

8月11日　ベルリン出発

13日　モスクワ

20日　満州里

25日　下関（関釜連絡船）

31日　神戸から上京

（井上謙・羽鳥徹哉編『川端康成と横光利一』翰林書房）

12万の観衆主競技場をうづむ

国際オリンピック委員団の入場

各国選手団

ベルリンオリンピック開会式（岸田日出刀『第十一回オリンピック大会と競技場』より）

の丸の旗を置き、周囲の客たちが注目する。まさしく日本という国を背負いながらオリンピックを観戦する形となったのである。

開会式当日、突撃隊（SA）と親衛隊（SC）が街を警護する中、スタジアムに入った横光は、各国の入場行進が政治的な意味を持つことを目の当たりにし、このオリンピックがナチスの祭典ともいうべき国威発揚的な政治行事であることを実感することになる。開会式の最中、はるばるギリシャから聖火リレーで運ばれてきた火が、圧倒的な熱狂をもって迎えられ、古代ギリシャから脈々とつながる正統性を持つ大会として演出され、同時にアーリア人が、古代ギリシア人からつながる民族だというナチスの主張を強烈に印象づける。ナチスの依頼により、この大会を記録映画として撮影し、後に「民族の祭典」「美の祭典」という映画に仕立てたリーフェンシュタールの撮影姿を横光は偶然オリンピック村で目撃している。

2 芸術との出会い

横光はパリでは絵画を積極的に見に出かけたようで、ボエシー街21にあったローゼンベール画廊で五月二日から三〇日まで開かれたマチス展には足繁く通っている。この時は近作ばかりが展示されたが、感じるところがあったようで『欧洲紀行』に「絵画も文学と同じだとつくづくと思ふ。日本には文学にも絵画にもまだ本格がないのだ。そのため直ちに味に堕落する危険性が何人にもある」と記す。その後、オランジュリー美術館で開かれたセザンヌ展にも通い、「セザンヌの初期から晩年にかけての変化は、文学の変化に等しい」との感慨を抱く。特に油彩一一二点、水彩二八点、デッサン二六点などが集まったこのセザンヌの展覧会については感慨が深かったようで、岡村政司宛書簡には「初期から晩年にかけては、無数の変貌を重ねて、リアリズムを追求し、象徴へ達してゐる。一つの完全な象徴は、以後、無数の分裂を人々に与へたが、つまりはそれが良いのだ」とも記している。「欧洲メモ」には彼らの名前を含めた有名画家の名前が列挙されている箇所があり、また日本にいる妻に宛てた書簡にも「マチス、ピカソ、皆見た」（五月二四日）、「モネエの絵を見に行つて来た」（六月一四日）と書き送っており、マチス、ピカソから、セザンヌ、モネへと絵画史をさかのぼることで、これまで点としてあった個々の芸術を歴史の中に定位する体験だったといえよう。当然これには、岡本太郎という横光の傍にいた芸術家の存在も大きかったと推測される。渡欧前まで横光は絵画について言及することがなかったが、この体験は例えば後の「解説に代へて（二）」（一九四一）の「写実」と「象徴」についての自解など、自らが辿ってきた文学の定義に影を落としている他、『旅愁』にも流れ込んでいる。

1936年　パリの岡本太郎（左）のアトリエにて（新潮日本文学アルバム）

同時代の文学者にはほとんど会わなかったが、唯一、トリスタン・ツァラには岡本太郎とともにその家を訪問して会っており、その様子は『欧洲紀行』の六月十二日の項に書かれている。その体験をもとに書かれた「厨房日記」には、虚構を含んだ記述だろうが、「梶」という横光を思わせる作家がツァラに「日本はどういふ国ですか」と尋ねられる場面がある。ここで梶は字数にして八〇〇字ほどの長さの答えを滔々と語り始めるが、通訳された話を聞いたツァラは「ただ頷いて黙ってゐただけだつた」。

それ以外の文学者と会った形跡はない。唯一ジイドにはモスクワへ向う汽車の中で見かけ、モスクワでも姿を見るが、声をかけることもなく終ったことが「人間の研究」（「東京日日新聞」一九三七・一・一〇～一四）に書かれている。また「欧洲メモ」にはトーマス・マンやポール・ヴァレリーの名が記録されており、一九三六年六月八日から一一日まで、ブダペストでヴァレリーを議長に開かれた知的協力会議について何らかの情報を得たようだが、横光は会議が終わった後の六月二二日にブダペストに到着しており、出席はしていない。

「旅」の「愁」いを書くということ

欧州旅行から帰国半年後の一九三七年四月一四日、「大阪毎日新聞」「東京日日新聞」に「旅愁」の連載が開始される。「読者もしばらくの間、筆者と共に、紙の上で旅行する準備をしていただきたい」と連載に先立つ「作者の言葉」で呼びかけていたように、自身の欧州旅行の体験を活かしながら、臨場感ある作品空間を創り出そうと意図していたことは想像できる。藤田嗣治の挿絵も効果的だっただろう。同じ四月に『欧洲紀行』も刊行されているが、そこに収められた大部分の文章は渡欧時に書いており、「旅愁」の場合、欧州体験とテクストとの間の距離が大きい。したがって渡欧時に認めていた「欧洲メモ」の重要性も増すことになるだろう。当然ながら「旅愁」は小説であり、タイトルでもある「旅の愁い(＝旅愁)」を表現しなければ小説としては成功しない。そのような作品形成過程でメモと作品は、どのような関係を見せるか。たとえば『旅愁』の中に次のような場面がある。

久慈の声に応じて矢代もともにオールに力を入れて漕いだ。アンリエットは軽快な速力に合せるやうに今流行の小唄を歌ひ出した。

――夜のヴアイオリンがかすかに鳴つてゐる。甘いやさしいメロデイに、愛する楽しみと、生きてゐる喜びを、わたしらにささやいてゐてくれる。――

このやうな感傷的な唄もフランスの婦人が歌ふと、水に浮んでゐる白鳥も花も一しお矢代に旅の愁ひを感じさせた。

小説中にはじめて「旅の愁い」が出てくる場面である。ここでは、アンリエットというフランス人が「夜のヴァイオリン」という唄を歌い、それで矢代が初めて「旅の愁い＝旅愁」を感じることになる。

この場面は「欧洲メモ」を下敷きに書かれている。メモには片仮名でティノ・ロッシの「夜のヴァイオリン」の歌詞が書かれ、その意味が隣に書かれている。「ダンラヌィアンヴィオロン」の隣に「夜のヴァイオリンがかすかに鳴っている」とフランス語ではなく片仮名で書いてある。このメモ部分がそのまま使われているわけだが、それだけが素っ気なく書かれている。メモが続くページには漢詩が書かれているが、そのつながりも推測できない。つまり横光が何を思って「夜のヴァイオリン」の歌詞を書き、その意味を書き記したのかというのは、メモの記述からはわからないのである。しかし、作品ではそれが「旅の愁い」を感じるものとして意味付けられてしまう。メモを書いた時点、すなわちフランスで暮らす体験をしていた時の横光の感情とは無関係に、それが一つの意味に回収されて作品内に取り込まれてしまうのである。「旅愁」というタイトルが付けられた作品を書く行為というのは、いわばメモの記述に「愁い」などの意味を充填しながら書いていく行為にも等しい。事後的に、虚構としての「旅の愁い」を語ること。それは必然的にメモが持つ記述された体験のリアリティーと衝突する可能性をはらんだ行為でもある。メモに残された体験を元に、それをつなぎ合わせるように横光は作品を書いていくわけだが、その際、実際にパリにいたときではなく、執筆時点、日本に帰って来て何年後かの感情による意味づけを行いながら作品化していく。メモに淡々と静かに存在していた無数の意味をはらむ〈体験〉が、一義的な意味に回収されて作品の中に利用されていくわけである。

こうしたメモと作品の関係については、次のような場面がある。矢代と千鶴子が非常に親しい関係になるきっかけのブローニュの森を散策する場面で、千鶴子は矢代が吸っている煙草を少しふざけて吸うが、吸い慣れておらず「下手な手つきで煙草を吸つてゐた千鶴子は、突然そのとき俯向いたまま苦しげに咳き込んだ」となる。そして、

驚いて矢代は見ると、千鶴子の吐きつけた煙が地肌にこもつて、あたりの草の葉の複雑さに応じつつ下からゆるやかに跳ねのぼつて来た。

「横着をするもんぢやないわ。おお、苦しい。」

涙を泛べてまだ咳きつづけてゐる千鶴子の耳の縁に、赤い斑点のある丸い小虫が這つてゐた。矢代は虫を払ひ落として軽く千鶴子の背を叩いた。咳き熄んだ千鶴子と矢代はもう黙った。微風が吹くと森の木の香が新しく蘇った。胸が草で冷めたい。千鶴子は延ばした腕に頬をつけ草の根をむしりながら、低い声でパリの屋根の下を口誦んだ。

となり、その歌詞が「かんているゆうぶぁんたん」と片仮名で書かれ続く。「矢代は自分の吐いた煙の輪が灌木の間を廻つてゐるのを眺めてゐると、どこかで樹を折る音がした。ひと節唄つてから千鶴子はまた黙り込んでゐたが」とあり、二人の言葉があって次にこのような場面を迎える。

矢代は横に草の上を転げた瞬間ふと強い土の匂ひを嗅いだ。思はず転げ停るとそのまま彼は、胸を締めつけられたやうにぢつとしてゐて云つた。

「これや懐しい匂ひだ。久しぶりだな。一寸この土の匂ひを嗅いでごらんなさいよ。」

矢代は無理に千鶴子をひき据ゑるやうにして土の上へ頭をつけさせた。千鶴子も俯伏せになつてゐたが黙つて何も云

はなかつた。

「ああ日本へ帰りたい。この匂ひだけは忘れちや駄目だ。」

かう矢代はひとり呟きながら膝を揃へてまた匂ひを嗅いだ。頭の心が急に突きぬかれていくやうな酸素の匂ひで粛然とした気持ちが暫く二人を捕へて放さなかつた

「パリの屋根の下」の歌を聞いたことをきっかけに、土の匂いを嗅いで日本、祖国を強烈に思い出すという非常に印象的な場面である。周知の通り『旅愁』という作品は後半になるに従って西洋対東洋といった思想的問題に深入りし、一種の迷走状態に入って行くのだが、そのきっかけともいうべき場面である。

ここでもメモの記述がかなり使われている。メモには「小虫耳を這う」、「微風が吹くと樹の匂いがする」、「樹の折る音」、「胸が草で冷たい」など記述が重なる部分が多くあり、メモに断片的に、感情を交えない形で記されているものを引用しながら作品を構成していくことがわかる。横光はこうして矢代が祖国を思い出す場面を作り出したわけだが、その際、執筆時点での横光の感情が充填されながら作られていく。日本のことなどまるで関係ないように記されていたメモの記述が、祖国という問題と関連づけられる操作がここで行われていくのである。

また、千鶴子が口ずさむ映画『パリの屋根の下』の主題歌についても、「欧洲メモ」に記載がある。しかし同様にやはりここも特に横光の感情はメモには記されておらず、なぜ横光がこういう歌詞を書いたのかは、文脈からも想像できない。この『パリの屋根の下』の主題歌は『旅愁』の中で三度使われるのだが、それぞれ使われる文脈が異なっている。最初に出てくるのはヨーロッパへ向かう船の中で千鶴子が歌いそれが船客のパリへのあこがれをかき立て、皆が熱狂するという形で使われる。二回目は、久慈がパリの街を歩いている時に、映画の『パリの屋根の下』では手風琴が聞こえてきたなと言い、パリの雰囲気を感じさせるものとして使われる。そして三度目が、先の場面で祖国を感じさせるものとして使われている。つまり、一つのメモの記述から、三つの違った意味付けをして作品に取り込んでいくのである。

事後的に小説として虚構として語られることで、メモに残された〈体験〉の持つリアリティ、そしてそれはさまざまな場面で、さまざまな思いでつづられていたその時一回性の体験のリアリティが、主に矢代の感情として一義的に意味が回収されつつ、作品の中で語られていく。横光は自らの欧州体験に密着した形で作品を作り出すという方法を選び、実際に「欧洲メモ」を多用している。だが欧州にいた当時の感情ではなく、執筆当時の感情を、メモに残る〈体験〉に補填しながら書いていく。そこに呼び出されるものが「愁い」であり、「祖国」といった問題なのである。こうして『旅愁』は〈体験〉のリアリティから離れ、意味を持ち出していくのである。

ただ先ほどの場面には見逃せない部分がある。矢代が「これや懐しい匂ひだ。久しぶりだな。一寸この土の匂ひを嗅いでごらんなさいよ」と言って「無理に千鶴子をひき据ゑるやうにして土の

上へ頭をつけさせ」る。だが、千鶴子は「俯伏せになつてゐたが黙つて何も云わ」ず、矢代の一種高揚した気分と対照的反応を示すことになる箇所である。

千鶴子が「黙つて何も云はな」いことに矢代は気付いていないようだが、この千鶴子の態度を矢代の在り方を相対化する視点、批判的な立場を取ったものと見ることも可能だろう。メモの記述を一義的に確定し、そこに「祖国」「日本」というものを仮構していく作品内の動きに対する批判的な視点を獲得した存在が、千鶴子になっているのではないか。

同様な千鶴子の設定は欧洲から帰国した『旅愁』の第三篇でも見出すことが出来る。

第三篇では日本に帰国した矢代と千鶴子の関係が互いに結婚を意識し始めるような関係になると同時に、矢代は東洋対西洋という問題に深入りし始め、そこに千鶴子のカトリック教徒という要因が絡み、矢代の葛藤、彼ら二人の結婚の障害となる。それを打開するために矢代は古神道に傾斜し日本主義的、国粋主義的な思想へと入り込んでいく。

こうした中、矢代は千鶴子に次のように語り始める。

「今はむかし、という言葉があるでせう。僕らは何げなくいつも使つてゐるが、どうも恐ろしい言葉ですよ、これがね。」と突然彼は云つて菊から顔を放し、また濠の中を見降ろした。

「あなた、ほんとうにどうかなすつたんぢやありません？」

と千鶴子はかう云ひたげに恐しさうな表情で矢代を見た。

「何んのこと、今はむかしつて？」

「恐しさうな表情」の千鶴子をそのままに、矢代は滔々と自分が入り込んでいる思想の話をしていく。

「今がつまりむかしで、今かうしてゐることが、むかしもかうしてゐたといふことですがね。きつと僕らの大むかしにもあなたと僕とのやうに、こんなにして帰つて来た先祖たちがゐたのですよ。むかし日本にお社が沢山建つて、今の人が淫祠だといつてるのがあるでせう。その淫祠の本体は非常にも う幾何学に似てるんですよ。それも球体の幾何学の非ユークリッドに似てゐて、ギリシヤのユークリッドみたいなあんな平面幾何ぢやない、もつと高級なものが御本体になつてゐたんですね。つまり、アインスタインの相対性原理の根幹みたいなものですよ。（略）妙なものだ。今はむかしといふのは。」

千鶴子は一寸顔色を変へ居ずまひを正した。明らかに矢代の正気を疑ふ風な様子だつた。／「大丈夫さ。さうびつくりしなくたつて。僕は先日言霊といふ大むかしから伝つてゐる本を読んだのですが、その感想を云つてゐるだけなんですよ。（略）」

黙つて何も云はず濠の底を見てゐる千鶴子の顔に、ときどき反抗したげに藻掻く微笑が出没した。濠の底で電車の黒い屋根が二つ擦れ違ひざまに流れてゐるのを眼で追ひつつ、矢代はそれも、亀板面に顕れた二つ巴の周囲を円廻する光の波の函数の図と同様に見え面白かった。
「分つて下すつたですかね、僕が一度みそぎをしたいと思ふのが。」と彼は笑つて千鶴子に訊ねた。
　千鶴子は答へかけては唇を慄はせたかと思ふと、またそのまま黙つてだんだん青くなつた。

こうした矢代の言葉は、戦後批判された部分でもあるが、ここで注目すべきは、その矢代の滔々たる長広舌の内容ではなく、千鶴子が「明らかに矢代の正気を疑ふ風」だったと矢代の思考とその言葉を恐れている、不信感を持っているというその部分である。矢代の思想の内実は不明だが、しかし千鶴子は「矢代の正気を疑」って「黙つてだんだん青くな」ると書かれているのである。日本化していく矢代という人物に対しそれに不信を持つ千鶴子が配置されることで、暴力的に「旅の愁い」や「日本」といった方向に意味付け、それを推進していくような作品の力を相対化して、批判的に眺めるような視座が作品内には提供されているのではないだろうか。

「旅愁」という「旅」の「愁い」を書く小説は、「欧州メモ」に残る〈体験〉に事後的に意味を付加されることで「虚構」として形作られていったが、一方で、メモの記述を一義的に確定し、そこに日本といった意味を充填していく作品の方向性に批判的な視座を獲得している千鶴子という、いわばメモが持つ〈体験〉のリアリティを体現するかのような存在があるために、矢代のモノローグでは終わらない他者の存在を内に有した作品として、ぎりぎりのところで成立しているともいえる。

※作品の引用はすべて初収単行本に拠る。
※本稿の内容は「横光利一の欧州体験」と題した講演（二〇一〇年一二月二〇日　於岡山大学）の内容と重複することを付記する。

◆扉頁写真
モスクワのボリショイ劇場の前にて〈昭13・8〉（新潮日本文学アルバム）

◆参考文献

中島国彦「「最後の絵」の意味するもの──横光利一『旅愁』における絵画をめぐって──」（「比較文学年誌」一九八六）
中島国彦「「昔日の幸福」の意味するもの──横光利一『旅愁』における音楽をめぐって──」（「比較文学年誌」一九八九）
黒田大河「作品としての『欧洲紀行』──『旅愁』への助走──」（『日本近代文学』一九九三・五）
日置俊次「横光利一のパリ講演「我等と日本」」（「青山学院大学文学部紀要」二〇〇六）
井上謙・掛野剛史・井上明芳編著『横光利一　欧洲との出会い『欧洲紀行』から『旅愁』へ』（おうふう、二〇〇九・七）

ヨーロッパに関わる横光利一作品

欧洲紀行

（昭和12年4月）創元社

四月四日

雨。巴里へ着いてから今日で一週間も立《ママ》つ。見るべき所は皆見てしまつた。しかし、私はここの事は書く気が起らぬ。早く帰らうと思ふ。こんな所は人間の住む所ぢやない。中には長くゐることを競争するものもゐるが、愚かなことだ。

四月七日

出逢ふ日本人は私にパリーはどうかと質問する。私は答へに窮してしまふ。実はパリーから受ける私の印象は、廻るカットグラスの面を見てゐるやうに日日変化してやまぬ。その日の結論は、前日の結論とは反対になり、次の日はまた前日とは趣きを異にしてしまふ。ぐるぐる廻る結論に絞め上げられると、思ひ悩んで黙る以外に能はなくなる。

厨房日記

（昭和12年4月）『欧洲紀行』創元社

*ヨーロッパを廻り帰国した「梶」が東北の温泉に休息に来る。

梶は水を飲みつつ再びこれから前の定着した日常生活が始らうとしているのだと思つた。しかし、しばらく日本の時間を脱してゐた梶の感覚は自分の家族の生活がこの東洋の一角にあつたのだと知つて、不思議な物を見るやうに妻や子供を手探り戻さうとし始めた。それにしても、何と自分は大きな物を見て来たものだらう。あれが世界といふものかと、梶は自分の子供の顔を眺めて初めて世界の実物の大きさにつくづく驚きを感じるのであつた。虚無といひ、思想といふも、みな見て来たあの世界より他にはないのだと思ふと、夢うつつのごとくあれこれと思い描ひてゐた今までの世の中が、一瞬にしてかき消えたやうに思はれた。「いつたい、どこを自分はうろうろしてゐるのだらう。この自分の坐つてゐる所は、これや何といふ所だらう」

罌粟の中

（昭和19年2月号）『改造』

*ブダペストに到着した「梶」は、ヨハンという日本語が堪能な通訳案内人により様々な場所へ案内される。

部屋の下の道から、月の出るのを待ち構へてゐたのであらう。ダニユーブの漣の曲の合奏が始まつた。（略）漣の曲は対岸にある王宮の上から、月の高くのぼつてゆくのに随つて、次第に高潮し麗しさを加へていつた。

「あれを弾いてゐるのはジプシイたちですが、あの仲間の中でも一番の名手らです」

（略）ヨハンはまたジプシイのこの仲間らが季節のまにまに、ヨーロッパの各地を流れ廻つてゆく生涯のことを話し、他の一切のことを考へず、ヴァイオリンのみを抱きかかへて死んで行く、彼らの宿命の愁ひや歓びを話したりした。

（略）

ヨハンの云ふことは、ここしばらく渡り鳥の生活をしてゐる彼には、特につよく胸に滲みとほる語感でさみしく迫つた。

林 芙美子

自伝小説を超える装置としての巴里体験

今川英子

巴里での生活

一九三一（昭6）年一一月四日、前年に出版されてベストセラーになった『放浪記』の印税を旅費に東京を出発した林芙美子（二七歳）は、シベリア鉄道経由でフランスに向かい、同年一一月二三日、パリに到着した。渡航の理由には画家の外山五郎を追ったという説もあるが、むしろ文学修業ともいうべき新しい境地を求めての旅立ちであった。詩人として出発、「放浪記」で思いがけず作家デビューとなったが、その後の「風琴と魚の町」「清貧の書」などいずれも自伝的小説であり、そこからの脱却が課題であったからだ。

下関から関釜連絡船で釜山に渡り、ハルビンでは毛布や食料を買い込み、三等列車を乗り継ぎながらの旅であった。九月に満州事変が勃発したばかりで、剣付鉄砲を持った日本兵の波をくぐり、停車する駅々では中国兵からドアを叩かれ、遠くでは鉄砲の炸裂する音が聞こえる、まさに戦火の中での女一人旅であった。

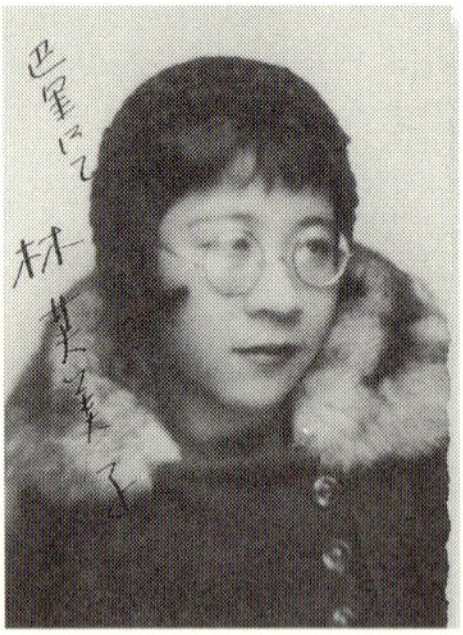

巴里にて　林芙美子

途中のモスクワでの人々の貧しい様相に、「日本の無産者のあこがれているロシアは、こんなものだったのだろうか！」（『三等旅行記』）と、社会主義革命後のソ連を批判的に見る。

パリ北駅では画家の別府貫一郎の出迎えを受け、一四区ブーラード通りのホテル・リオンに落ち着く。自炊生活で一ヶ月八一〇フラン（当時の日本円で約六五円、公務員の初任給は七五円）の生活費の予定を立てるが、世界恐慌のあおりで円は暴落、生活は逼迫していく。日本にいる夫や母、養父の経済的面倒もみなければならず、原稿を書いては出版社に送り、送られてきた原稿料を日本の家族に送金していた。精力的に芝居や映画を観、コンサートに出かけ、美術館やサロンを訪ねて歩いた。語学学校のアリアンスにも通った。近くのパリ国際大学都市日本館に滞在する留学生や研究者とも、訪ねたり訪ねられたりしながら親しく交流した。その中には考古学の森本六爾、仏教研究の田島隆純、美術評論の今泉篤男、学生の大屋久寿雄らがいた。また仏文学の渡辺一夫や柔道の石黒敬七とも付き合いがあった。毎日のように、「仕事をしたい」「元気で仕事に野心を持つことだと」と自分を叱咤し

パリ北駅

ながら、一方で異国での孤独な生活に耐えかねて、「日本に帰りたい。帰りたい」と、自筆日記に綴っている。

一月二四日、森本の紹介でロンドンのケンジントン通りの下宿に入る。英国博物館では東洋の陶器に感動、来英中の藤森清吉夫妻にも会う。大阪毎日新聞特派員の楠山義太郎には車で郊外を案内してもらう。一月足らずのロンドンは、パリよりもさらに寒く霧と雪の日々で、食事の味気なさに辟易し、「脂気のない街」「芸術的なアトモスフエアは少しもない、女は勿論プアである」と、日記に記している。

二月二一日にロンドンを発ち、再び巴里へ。ダンフェルロシュロのホテル・フロリドールに四月五日まで滞在。同宿の読売新聞特派員松尾邦之助夫妻と交遊。四月一日、日本館に来ていたベルリン大学の留学生、白井晟一と出逢い、心を奪われる。六日、ダゲール通り二二番地のアパートに移る。白井と巴里郊外のモンモランシイやフォンテンブロー、ミレー、ルソーのアトリエがあるバルビゾンを旅する。この旅の想い出は、のちに詩や随筆、紀行文で幾度となく描かれる。

五月一二日夜リヨン駅を発ち、マルセイユから榛名丸に乗船、途中上海では内山完造の紹介で魯迅に会い、六月一五日神戸に入港、帰国した。

二つの世界大戦間という不安定な時代での女性一人のパリの暮らしであったが、日本でのしがらみから解き放たれ、自由と芸術を謳歌したかけがえのない半年であった。

「狂騒の時代」から世界大恐慌へ

1 第一次世界大戦の終結

一九一九年六月、ヴェルサイユ講和条約によって第一次世界大戦は終結、ドイツには巨額の賠償金が課せられた。

フランスは約一四〇万人の戦死者を出し、勤労世代における人口欠損は移民への増加となって現れた。また動員による労働力不足から、男の職場とされていた領域への女性進出が見られ、服飾革命、女権拡張につながっていく。

短命の政権が交代するなか、経済は安定しないままに二九年の株価暴落に端を発した世界恐慌が到来する。深刻な影響は三一年になってからだったが、同時に発生した農業危機とともにフランス経済は大きな打撃を受け、その回復は他国よりも遅く、完全に回復する前に第二次世界大戦に突入することになる。

芙美子の歩いたパリ

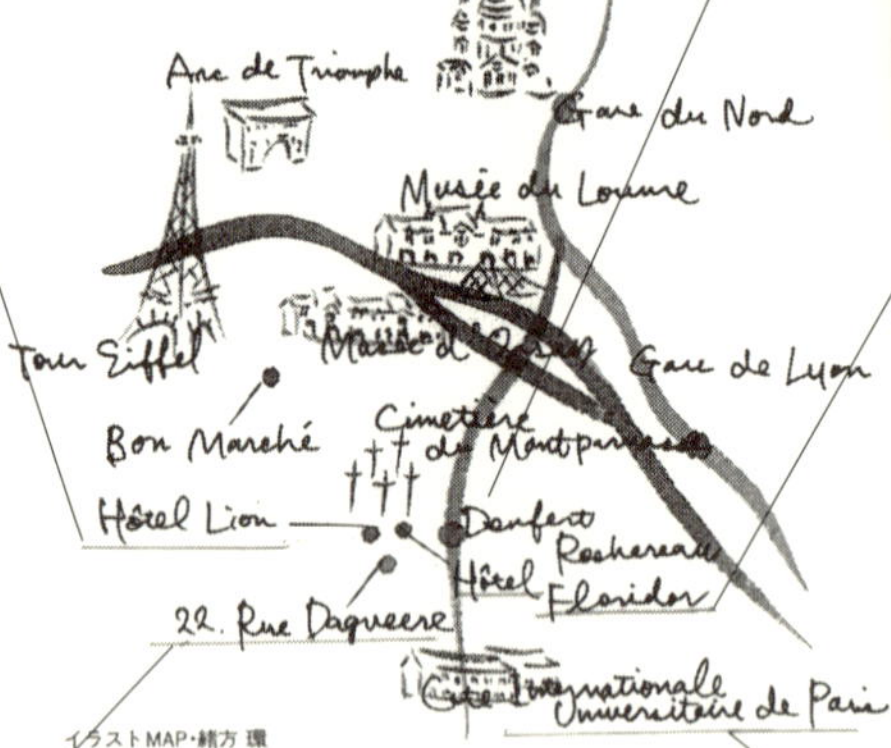

イラストMAP・緒方 環

バルビゾン、ミレーのアトリエ

2 狂騒の時代

大戦間期において、戦争やロシア革命の影響で抑圧されていた芸術家たちの創作意欲は高まり、一九二〇年代は、エコール・ド・パリ、シュールレアリスム、アール・デコなど、世界中から若い芸術家がパリに集まり、熱いエネルギーが渦巻いていた。その才能は一気に大きく開花し、〈狂騒の時代〉と呼ばれる。

文学の中心には、プルースト、ポール・ヴァレリー、ポール・クローデル、アンドレ・ジイドらがいた。プルーストは一九二二年に他界するが、精神分析や心理学をとりいれた作品は衝撃を与えた。クローデルは大使として日本に二一年から二六年まで滞在、日本ファンとしても日仏文化交流に貢献した。

ファシズムの台頭や国際共産主義の形成などに伴い、ポール・ニザンやアンドレ・マルローなど政治的行動を起こす作家も現れる。のちにスペイン内乱やレジスタンスに参加するマルローは、「新フランス評論」の美術部主任であった三一年に、美術評論家小松清らの尽力で、日本画家の近藤浩一路や義弟の白井晟一と親しくなり、同年に訪日。翌三二年にはフランスで初めての大規模な日本現代美術展の開催を企画するが、日本美術院からの協力が得られず、近藤のみの個展となった経緯がある。芙美子が心を奪われる白井晟一が留学先のベルリンからパリに来ていた背景には、マルローや近藤の存在があった。芙美子がパリで訪問した作家は、下町の庶民を描いたフランシス・カルコや、プロレタリア作家のアンリ・プーライユであった。

一方、ポール・エリュアールやルイ・アラゴン、アンドレ・ブルトンらのシュールレアリスムの運動は、フロイト的な無意識の領域や夢想、想像力の解放であり、ブルジョア社会への嫌悪を示すものであった。シュールレアリスムは美術や舞台芸術にも広がり、モナリザにひげを描いたマルセル・デュシャンや、ルネ・マグリット、サルバドール・ダリやジョアン・ミロなどが、パリを主な舞台に創作活動を展開した。ヨーロッパを席巻したディアギレフのバレエ・リュス（ロシア・バレエ団）の公演もこの延長上で捉えられる。モーリス・ラヴェルやエリック・サティは作曲で有名になり、舞台装置をピカソやキリコが担当、コクトーが台本を書き、シャネルが衣装を担当した。しかし二九年、ディアギレフの死に伴い解散。

映画監督では、「眠るパリ」のルネ・クレールや、「アンダルシアの犬」のルイス・ブニュエルをあげることができる。

3 芸術と文化の国際都市パリ

このころのパリは国際芸術都市の最先端として世界中から芸術家を惹きつけていた。「失われた世代」と言われるアーネスト・ヘミングウェーやF・スコット・フィッツジェラルドもアメリカから来ていた。ヘンリー・ミラーは三〇年に再仏して翌年から「北回帰線」を書き始める。シャガールがロシアから、ジャコメッティがスイスから、イタリアからはルキノ・ヴィスコンティが三二年にパリに来て、シャネルとの交際が始まった。パリで既に認められていた藤田嗣治は芙美子のパリ滞在時はアメリカにいた。金子光晴も森三千代とパリに来て、ダゲール通り二二番地のアパートに住み、翌年には芙美子が住むことになる。彼らの拠点はモンマルトルにかわってモンパルナス界隈の、ラ・クーポールなどの新しいカフェであった。はずれのカフェ・リラにはかつて島崎藤村も訪れ、芙美子も度々立ち寄った。

一九二五年の四月から一〇月にかけて、二十二ヵ国が参加して現代装飾美術・産業美術国際博覧会がパリで開かれる。アール・ヌーヴォーに替って幾何学的な線を基調としたシンプルなアール・デコが登場、二〇年代後半から三〇年代にかけて建築界を圧倒した。

同二五年シャンゼリゼ劇場で「黒人レヴュー」が開幕、ジョゼフィン・ベーカーがデビューしてパリを熱狂させた。彼女のセクシャルな踊りと衣装は、当初顰蹙をかったが、「黒いビーナス」と言われ一躍パリの人気者になった。歌手のシャリアピンはソ連から亡命してパリに住んでいた。芙美子も大ファンで、オペラ・コミック座に足を運んだ。テノール歌手藤原義江も三一年にオーディションに合格してこの舞台に立っていた。

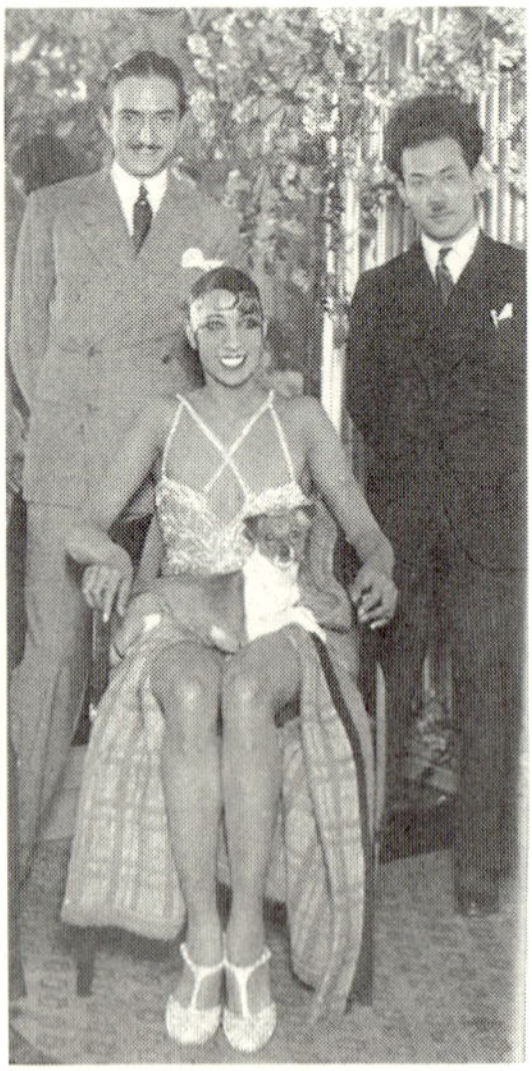

カジノ・ド・パリのジョセフィン・ベーカー、左は夫のアヴァチノ、右は松尾邦之助　松尾邦之助『パリ物語』論争社　1960年

4 文化の大衆化

文化の大衆化はライフ・スタイルを変えていった。

フランスではラジオが急増、人々は家庭で放送を聴くだけでなく、カフェなどの溜まり場などで一緒に耳を傾けることも多かった。芙美子も白井とモンパルナスのホテルで聴いた。

ラジオと並んで、大衆的な広がりを獲得したのは映画であった。三〇年代にトーキーが普及しはじめると、映画の繁栄は進み、アメリカ映画や文学もの、歴史ものが人々を魅了した。チャップリンの「街の灯」やルネ・クレールの「パリの屋根の下」「自由を我らに」「パリ祭」のほか、二九年に「恐るべき子供たち」を出版したコクトーは翌年、映画製作に挑戦、「詩人の血」を製作する。芙美子はこれを二度も観ている。

その他三〇年代には夕刊紙「パリ・ソワール」が一八〇万部、朝刊紙「ル・プチ・パリジャン」が一〇〇万部を発行、前者にはジャン・コクトーやアンドレ・モーロワなど一流の文学者が寄稿するなど、高いクオリティを備えた文化情報が大衆に浸透していった。

芙美子は芸術的才気と精神の高揚に溢れたこのパリで、確実にその文化を吸収していった。

自伝小説を超える装置としての巴里体験

憧れの巴里へ

「行き詰まつてウンウンいつてゐるいまの、私の精神生活及び、二重にも三重にも凭れられてゐる家庭生活、そんなものから、少し離れてホツとしたい気持ち、そんな事が丁度折を与へてくれたのかも知れないが、たゞ何となく軽い気持ちから、フランスが私を惹きつける。説明なしに行つてみたい、それでい、のだと考へてゐる。」(「仏蘭西行」初出不明『わたしの落書き』所収)

一九三一年一一月四日、東京を発った芙美子は、満州事変が起きたばかりの満州鉄道、シベリア鉄道経由でパリに向かった。

永井荷風の『フランス物語』や島崎藤村の紀行文をボロボロになるまで読んでいて、「藤村の仏蘭西紀行ほど綿密な、温かい旅行記を私は他に知らない」と言っていた。

明治時代の留学先は実学中心でイギリスかドイツであったが、大正期になると芸術関係はフランスが浮上、特に第一次世界大戦後は芸術といえばフランスで、パリには世界中から芸術家が集まり、文学者にとっても憧れの聖地であった。同世代の宮本百合子は、一九二七年に友人のロシア文学者湯浅芳子とソ連に行き、ウイーン、ベルリン、パリ、ロンドンにも足を伸ばし、三〇年一一月に帰国していた。岡本かの子は、夫の岡本一平のロンドン軍縮会議取材に伴われて、一九二八年から三二年までヨーロッパ、アメリカを旅していた。

こうしたことが芙美子を刺激しないはずはなかった。創作の上でも、「もうこの辺で『自分小説』も切り上げて、何とか一ツの方向に身がまへねばならないのでありますが」(「私の落書き」初出不明『わたしの落書き』所収)と述べているように、「放浪記」で作家デビユーした後も自伝的作品に留まっていた芙美子にとって、そこからの脱皮は不可欠だった。

画家の外山五郎を追ってという説も否定はしないが、自由な生活者としての芙美子は、家族のしがらみから逃れ、作家としての新しい可能性を求めてパリに向かった。

パリに着いたのは一一月二三日の早朝。乗り換えで下車したモスクワについては次のように記している。

「モスコーは貧弱きはまる街で、革命後の国民はみんな乞食み

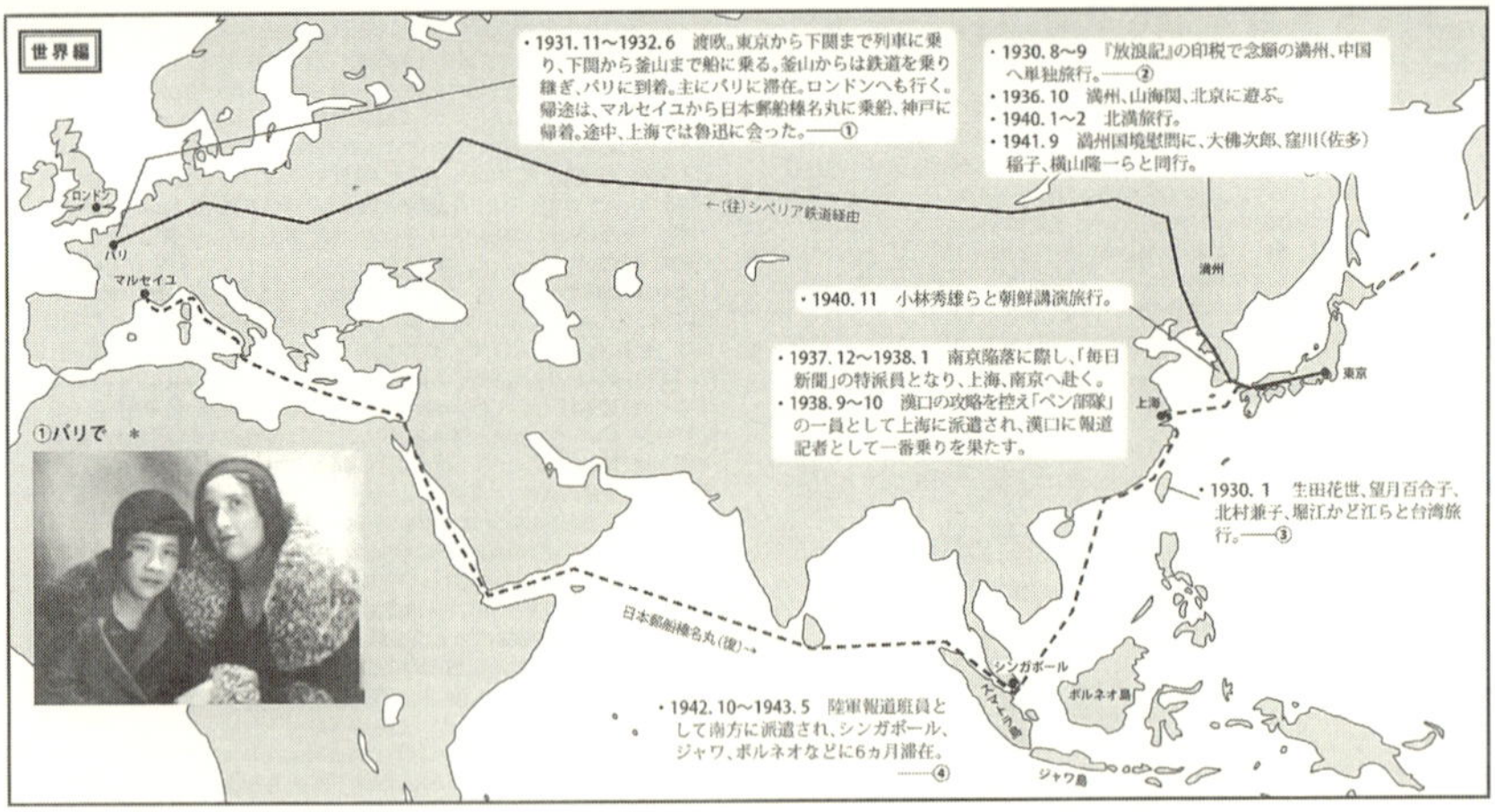

「没後60年記念展　いま耀く林芙美子」図録（神奈川近代文学館　2011年10月）より

たいになつてゐて、レーニンを少しばかり軽蔑しましたよ。（略）ソビエートは全くひどい国だとおもひました。物資が何もなくて、鶏も玉子も大変高く、爪に火をとぼすやうな気持でした。当分ソビエートはどうにもならないでせう。ひよつとすると、もう一度革命がありはしないかとさへおもはれる位でした。」（『憂愁日記』）と。

プロレタリア文学陣営から「ルンペン文学」と蔑まれ、プロレタリア運動には距離を置いていた芙美子であるが、その聖地であるべきモスクワで、庶民の生活の惨状を目の当たりにして、イデオロギーや流行に捉われない自らの生き方や信条に自信を持ったであろう。

芸術と自由の都巴里

ではパリでの生活はどういうものであったか。

芙美子が暮らしたダンフェル・ロシュロ周辺のホテル・リオン、ダゲール通り二二番地、ホテル・フロリドールは、十四区モンパルナス界隈でも中心からは少し離れている。エコール・ド・パリの若い画家や文学者たちが、毎日のように集まったモンパルナス大通りからは二十分くらいの距離にあり、職人が住み、パン屋や食料品店や、気のきいたレストランが並ぶ庶民的な下町である。近くには芙美子がよく散歩したモンパルナス墓地があり、反対側のモンスリー公園の向こうに国際大学都市日本館がある。一九三〇年に薩摩次郎八が私財を投じて作られた滞仏日本人のための研修・宿泊施設で、ここには将来を嘱望される若い留学生や研究者たちが、祖国を離れて自分の道を模索しながら懸命に励んでいた。これまでの日本での詩人や文学仲間たちとは異なる彼らとの新鮮な出逢いは、芙美子に新しい世界を広げてくれたに違いない。

芙美子が滞在した一九三一年暮から翌年のパリは、二九年のアメリカ金融大恐慌が確実に人々の生活に影を落とし、世界全体が少しずつ戦争へと傾くころではあったが、まだ平和な時代で、芸術家たちは盛んに活動していた。

一方の日本は、金融恐慌を乗り切ろうと、浜口雄幸内閣が金解禁、緊縮財政など財政金融政策を推進していたが、世界恐慌の波に飲み込まれ未曾有の不況に直面していた。後を継いだ若槻礼次郎内閣も倒れ、犬養毅内閣が成立するが、一九三一年、不況の波は頂点に達し、失業者は一三〇万人を上回ると言われた。九月には満州事変、翌三二年一月には上海事変、同三月には満州国建国、五月には五・一五事件と、芙美子の渡欧は、日本が戦争とファシズムへの道を歩みだしたそのさ中のことであった。

夫への手紙には、日本の情勢に言及した内容も散見する。「井上さんが殺されたそうだが、英国の平和主義者の与論は、『日本は大ヤバン国だ』と非常ゲキコ《ママ》ウしてゐる。日支問題があるせいだろう。（略）日本の浸《ママ》りやく主義ファシヅムもい、かげんにしないと、カイゼルの徹《ママ》をふむ。外国もそう甘くはない」と。しかし、概ねパリやロンドンでの芙美子の生活には、戦争への切迫した危機感や不安感は見られず、円の暴落による生活の困窮を訴えながらも、当時のパリの流行や芸術を貪欲に吸収していった。

シャリアピンが出演したオペラ「椿姫」や「ドンキホーテ」をオペラ・コミック座で観て感激、サラ・ベルナアル座でベートーベンの「運命」やドビュッシーを聴き、カザルスのチェロのコンサートに出かけレコードも愛聴、ハイフェッツのチゴイネルワイゼンはお気に入りだった。当時一世を風靡したジョセフィン・ベーカーの踊りと歌はムーランルージュで観て、その歌詞を日記に書き留めている。映画はチャップリンの「街の灯」をオランピアで、ピカデリーサーカスでは「ジキルとハイド」を観た。ビユ・コロンビエでコクトーの「ある詩人の生涯」（「詩人の血」）を観た日の日記には、「一寸おそろしい映画だ、あんなのを見るとい、小説が書きたくなる」と記し、矢田津世子への手紙にも、「君に見せたい。全く豊富な空想の世界あたらしいテクニックだ」と綴っている。また随筆「牡蠣を食ふ話」（セルパン　一九三一・一二）でも、「白と黒で人間の肉体の美しさを見せ、連想から連想によって詩人の生涯を語っている」と、その感動の興奮を詳細に語り、芙美子がコクトーにいかに刺激を受けたかが伝わってくる。二度目に同行した二一歳の渡辺一夫は、「風変わりな映画を見に行った」という感想を残しているが、「上海の血腥さは、僕を以前よりも芝居に行かせます」と頻繁に芝居に通い、芙美子も見物に誘っている。

邂逅と別離

芙美子の半年の渡欧体験は、白井晟一（二七歳）との邂逅と別離に収斂される。

「放浪記」で一躍流行作家の仲間入りをしたものの、その後発表した作品に決して自信があったわけではなく、むしろ何をどう描いたらよいのか手探りでの状況であった。そこからの飛躍を求めて訪れた憧れの都パリは、芙美子に精神的にも実質的にも期待以上に大きな影響をもたらした。それまでの価値観を変えさせ、これまでに出会うこともなかった文化や人々との遭遇は、芙美子を根底から揺るがし解き放つものであった。そこに現れたのが白井

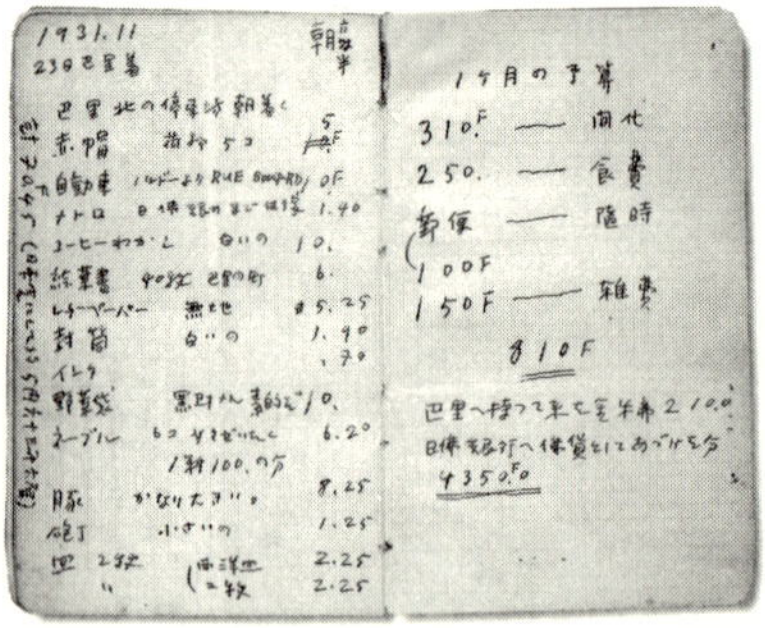

パリでの「小遣い帳」

晟一であった。白井との出会いは帰国の一月前の四月一日。恋の顛末を、『憂愁日記』に見ることができる。

芙美子の渡欧については、刊行順に、『三等旅行記』『林芙美子選集第六巻　滞欧記』『林芙美子長編小説集第八巻　憂愁日記』『日記第一巻』、そして戦後の『巴里の日記』があるが、それぞれ重複が見られたり、再構成が為されている。『憂愁日記』には、冒頭の「創作ノート」に、「私の古い日記帳から、四百枚ばかり、一気に書いてみたのがこの『憂愁日記』です。一種の創作の形式にして書いてみました」と記され、渡欧から帰国後の日々まで、創作とはいえ最も詳細に長期にわたって描いている。そこに芙美子の隠された思いを垣間見ることもできよう。

少し長くなるが、S氏（白井晟一がモデル）に関わる部分で、帰国後での一部を抜粋する。

「九月一七日　S氏の夢を見る。…処女出版の本が飛ぶやうに売れた。何十万と売れていつた。誰がいつたいこの夢のやうな話を信じてくれるだろうか。欧州から帰つて来て、また『三等旅行記』が沢山出版された。誰が私のこの日を考へてくれたことだろう。私を卑しめた人の顔が浮び、ふつとまた私を幸福にしてくれやうとしたS氏の顔も浮んで来る。だけど、私は今はもう素直な昔ではなくなつてゐるのだ。誰も信じない女になつてしまつているのだ。人が、私の為に道をさへぎるならば、私は押しわけてでも『一人の力』で生き抜かうと誓つた日があつた。…奈良ホテルへ泊る。ホンテンブローの森のホテルを思ひだすなり。（略）」

「一一月五日…生涯のうちで、たつた一度だけめぐりあふ、人間の愛情の頂点にすら、私は臆病になつてゐて立つことが出来なかつたのだ、欠乏と不安にをののく人達のもとへ私は走つて帰つて来てしまつた。（略）」

「一一月一一日　…S氏より仙台のヱハガキが来る（…お元気でご精励下さい）私はお元気でご精励下さいと云ふ文字を何度か読みかへしていた。（略）」

「一一月二四日　…倒れるまで倒れるまでも私は歩きつゞけなければならない。何事にも屈してはならぬと思ふ。…どんな欠乏にも耐へてご精励なさることであり、私は目にはみえないものへの闘ひをいどむやうな心の昂ぶりを感じた。元気で生きて戦はなければならぬ。」

恋に堕ちたとしか言いようのない白井との出逢いであったが、芙美子はその恋を前に委縮してしまい、逃げるように日本の家族の許に帰ってきた。芙美子の渡欧は、結果的に夫や両親を扶養しながら作家として生きてゆくことを覚悟する旅であった。白井との出逢いと別れがその覚悟を決定づけたともいえよう。

帰国した芙美子は、白井との想い出を秘かに詠んだ詩集『面影』を出版、その後は小説を着実に書き続け、ついに「牡蠣」（「中央公論」一九三五・八）に至って、自他ともに認める客観小説を完成させた。

ところで、渡欧から二〇年後に書いた晩年の大作「浮雲」の舞台は仏領インドシナ、現在の南ベトナムの高原避暑地ダラットである。夢の楽園として描かれるダラットを芙美子が訪れていたかどうか。芙美子の南方従軍において、現段階の検証ではダラットを訪れたという記載や形跡は見出せない。近年は「浮雲」における他の図書からの引用も指摘され、仏印に行っていないという論もある。しかし、ダラットの「ランビアンホテル」、現在のダラット・パレス・ホテルに立つと、実際に訪れなければあのような瑞々しい描写は困難だと思われる。ダラットパレスホテルは、白井とともにパリ郊外を旅したフォンテンブローのサボイ・ホテルに似ている。森の中に立つ、白亜の宮殿のようなホテル。パリでの想い出を秘めていた芙美子が、南方従軍の折にフランスの植民地であったインドシナに立ち寄ることは行程上不可能ではない。ダラットでのゆき子と富岡に、芙美子が自分と白井を重ねていたことを、突飛な想像と片付けるには惜しい。

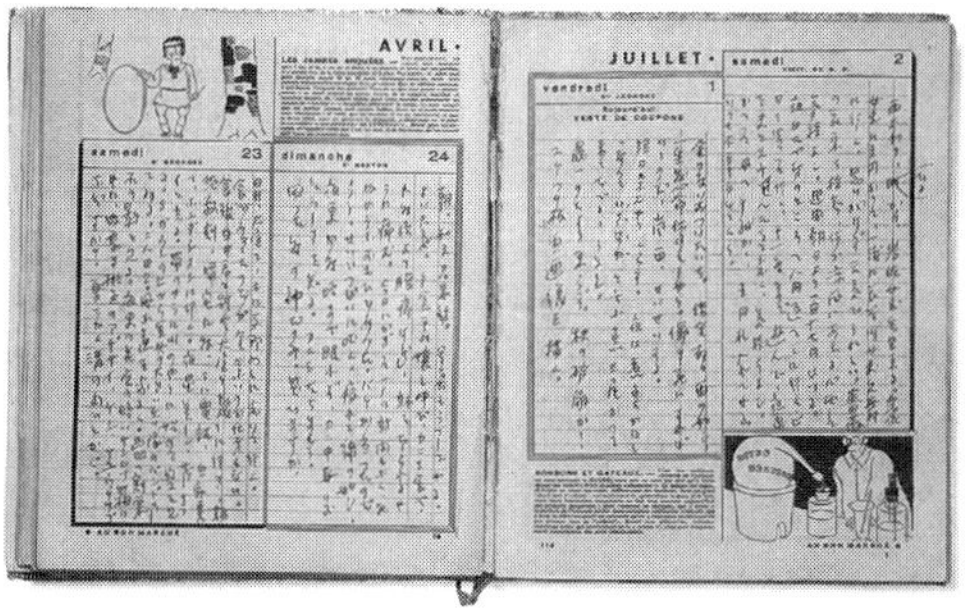
一九三二年の自筆日記

『浮雲』刊行から二ヶ月、芙美子は四七歳の生涯を閉じたが、周囲にはパリ再訪の夢を語っていた。

作家デビューしたばかりの若き日に、女ひとりで戦火の中の大陸横断を敢行、モスクワを見、ロンドンに住み、芸術の都パリの空気を存分に吸った。白井晟一との一瞬の鮮烈な出逢いは、純粋な恋心の目覚めであった。これらの体験の重なりがその後の作家魂の核となり、芙美子を精進させ、大成させたといっても過言ではないであろう。

◆扉頁写真

ダゲール通りの古本屋前にて（一九三一・一二・一一）

◆参考文献

柴田三千雄・横山紘一・福井憲彦編『世界歴史大系　フランス史3』（一九九五年六月、山川出版社）
海野弘『パリの手帖』（一九九六年一〇月、マガジンハウス）
清岡卓行『マロニエの花が言った』（一九九九年八月、新潮社）
佐野敬彦編『パリ　アール・デコ誕生』（二〇〇〇年一一月、学習研究社）
今川英子編『林芙美子　巴里の恋』（二〇〇一年八月、中央公論新社のち中公文庫）
和田博文他『言語都市・パリ』（二〇〇二年三月、藤原書店）

パリに関わる芙美子作品

下駄で歩いた巴里

「婦人サロン」一九三二年二月号

私の下宿は、ダンフェル街のブウラアド十番地だ。一寸広場へ出ると、ライオンの像がある。寝そべっているかたちは三越のと同じだ。此街は小石川辺のごみごみしたところのように物が安くて、あまりつんとした方達はお住まいにならない。つんとした方達は皆セーヌの河向こう。だから、此ダンフェルは下町と云った方が当たっているかも知れない。物が安いと云えば、パンがうまくて安い。こっちのパンは薪ざっぽうみたいに長くて、そいつを噛りながら歩ける。これは至極楽しい。巴里の街は、物を食べながら歩けるのだ。私は毎朝六十文（四銭八厘）ばかりの長細いパンを買って来て食べる。一度では食べきれぬ。巴里では米も食える。伊太利米のぱさぱさしたのだが、飯を食べると沢庵を空想するので止めてしまった。巴里の食料品はパンの外は何だかみんな大味で、魚は日本にはかなわない。

買物に行くに、二十五銭の塗下駄でポクポク歩くので、皆もう私を知ってくれている。

屋根裏の椅子

「改造」一九三二年四月号

――もうお前は帰れないのだろう――という夫からのハガキを貰ったきり、故郷からも音信がとだえてしまった。

帰れないほど困っているのを知っているならば、何とか情熱を出して工面してくれてもよさそうなものと、勝手な怒りも二、三日は続いたが、結局、自分が悪い事に帰着して来ると、「ざまをみろ」と冷たくなっている夫の顔も思い出させて、よりどころもなく、私の気もちは流れる。

二ヶ月以上も仕事が出来なかったという事が、何よりも一番身に響いて来た。――帰れないと思うと余計帰りたい。人に一銭でも借りる事の嫌いな私は、いつも歩いて帰ろうかなぞと、とんでもない空想家になってしまったりした。

今は朝なのに、何も考えずただ街を歩いてみよう。――私のこの旅を、夫は重い過失だとせめるであろうか。

一瞬の欧州の旅

「読売新聞」一九三二年六月二二〜二四日

ロンドンにも行った。ニユーハアベンの港も、北方モンモランシイにも、南方のフオンテンブローにも、バルビゾンにも、皆よかった。あんまり都会人がごたごた行かないところだけに、思い出はまことに青々と涼しい。

巴里で会った人達の事も、いまではまるで御伽噺のように記憶の中に浮かんで来る。

別に恐ろしい人もいなかった。只、ジャン・コクトオの眼だけは、キラキラと情熱的なおそろしい瞳だったことを思い出す。

芸術をまるで、絹ごし豆腐のように考えている人達があるが、コクトオの、スポーツシャツ一つで自転車に乗って用足しに行っている姿は、まことにエネルギッシュだ。

憂愁日記

一九三九年一一月　中央公論社

ドストエフスキイの「白痴」の中に出て来る、ムイショキン公爵が最初に癇癪をおこす時の、あの深い悩みのように、私には、どうして此の問題を迎えたらよいのか少しもわからないのだ。

私はいま、Sを神様のように愛している。

親愛な巴里よ。だんだん言葉や、土地がわかりかけてくると、私は巴里の美しさにいまさら深く溺れているのに驚いている。巴里の街の美しさは非常なものだ。並木の、マロニエの葉の、うっそうと叢り、何層と積みかさねられた古い灰色の建物、グリンや、ピンクや、黒い広告塔、セエヌの河の水は、濁った藍緑色で、速い水脚で流れて行く。フローベルの、幸福な美しい恋と規則だった生活もある巴里、ボードレーヌや、モジリアニの貧しさに徹することも出来る巴里、私にとっては、こゝは親愛な都「巴里」である。

江種満子

豊饒の雌伏

大庭みな子のシトカ

大庭みな子

シトカ、多文化的地層

一九五五（昭30）年、二五歳になったばかりの椎名美奈子は、大庭利雄と七年に及ぶ交際期間をへて結婚する。利雄は、みな子が少女時代から抱いていた作家志望の夢を実現させるべく結婚前から物心両面で支援を惜しまなかったが、結婚後の一九五九年に決断した一家でのアラスカ移住は最も豊饒な稔りをもたらした。

結婚当時、利雄は興国人絹パルプの研究職にあり、一九五八年夏、戦後設立されたアラスカパルプ（一九五三設立、大株主帝人等）がアラスカ州シトカに工場を新設するにあたり、その工場の技術指導者としての赴任が決まる。翌年六月、五カ月後の一一月に予定された操業開始に備え、単身赴任。みな子は一〇月になってから幼い娘とともに移住した。以後、みな子が「三匹の蟹」（一九六八）をもって作家デビューして、一九七〇年三月に日本へ引きあげるまでの一一年間、シトカが生活拠点になる。

この地に移ってからのみな子の生活ぶりは、日本で創作に行き詰り鬱々と暮らしていた時とうって変わり、水を得た魚のように新しい環境の中で自由に活動しはじめる。シトカの経済を支える主力産業となったアラスカパルプの、その中枢社員の夫人に求められる社交をつとめ、町の小学校の日本語教師も引き受けてそれに必要な教員免許も取得した。そうした公的な活動とは別に、私生活面では欧米系の市民の中に個性派の人物を見つけては男女を問わず親交を深め、さまざまな異文化に触れて世界感覚を広げた。

大庭夫妻が移住した年に合衆国の独立州となったばかりのアラスカは、合衆国の北の果ての飛び地とはいえ、ゴールドラッシュの荒くれた時代（19世紀末～20世紀初期）はすでに遠い過去となり、アメリカ本土に近い都市文化が流入していた。女性たちは男性と同等の個人として率直に自己表現し、女性も強い個性の発揮を要求される空気は、みな子の意識を開放した。

もう一つシトカについて理解しておくべき地誌として、その場所が広大な原生林と鯨の回遊する海に挟まれた小さな町だった点である。この地には先史時代からアジア系の先住民たちが住んで、森や海と共生して暮らしてきた長い歴史がある。後来の欧米系や日系の移住者たちも、同じ自然環境の中に置かれれば、おのずから自然とともに暮らす生活感覚と様式が身につく。このことは作家大庭みな子の形成においてとくに重要な意味をもった。

加えて、大庭夫妻は車でアメリカ大陸を縦・横断し、アメリカ文化の最前線に身を置く生活も数回おこなった。一九六二年には、利雄がマジソンのウィスコンシン州立大学の研究所に一年間出向したので、みな子も同大学大学院美術科に学籍をおいた。時あたかもキャンパスでは反アメリカ体制を標榜するヒッピー族が登場し、開放的になったみな子の感性はいやが上にも揺さぶられる。

六〇年代アメリカは、このヒッピーにつづいてベトナム反戦運動や公民権運動及び第二派フェミニズム運動など、個人の生命を尊び、人種や性による差別に抗議するアメリカの文化大革命の波に呑み込まれることになる。みな子を見込んだ指導教授は、奨学金を用意して研究の継続を勧めたが、シトカに戻ってキャンパスでの体験を小説「構図のない絵」に書く。一九六七年には、教員免許更新も兼ねてシアトルのワシントン州立大学で一夏の寮生活を送り、そこで「虹と浮橋」を仕上げる。

同年、シトカに帰ってから『群像』新人賞の募集を知り、急遽「三匹の蟹」を書いて応募、翌一九六八年度の『群像』新人賞と芥川賞をダブル受賞して文壇の地歩を固めた。

シトカ地誌と敗戦後の日本

1 シトカ地誌

シトカはアラスカ州の東南に位置するバラノフ島の小さな町である。人口八七〇〇あまり、そのうち先住民が二一%（角田淳郎のシトカレポート1999）。海洋性気候で霧と雨が多く、極北とはいえ比較的温順な風土である。もともとクリンケット（トリンギット）などのアジア系先住民が自然と共生してきた土地だったが、大航海時代とともにロシア、スペイン、イギリスなどのヨーロッパ諸国が新領土獲得の野心をもってアラスカの海陸を探検しはじめ、一九世紀初めにアラスカに最も近いロシアが毛皮を求めてシトカに上陸し、先住民を攻略して、やがてアラスカ全土を領する。ロシアが上陸したオールド・シトカは、スプルース（アラスカ檜、ハリモミ）とヘムロック（アラスカ栂）の原生林が鬱蒼と茂り、浅瀬の海岸はクリークとなって森の中へつづき、晩夏・初秋には夥しい鮭が遡上して産卵する。その頃アラスカ全土では火草の花群が遍満する。

ロシアは毛皮を乱獲して収穫が減ると、一八六七（慶応3）年になってアラスカ全土を七二〇万ドル（いまの約九〇〇〇万ドル）という破格の安値でアメリカへ売った。ロシア領時代にはシトカが首都だったので、譲渡の調印式もこの地のギリシャ正教の教会でおこなわれた。これ以後のアラスカ近代史は、ほとんどが先住民の頭越しの欧米間の政治的・経済的なトレード史となり、日本のパルプ工業や缶詰業の参入もその流れにつらなる。

他方、ロシアが布教したギリシャ正教の信者は、シトカではいまも大半が先住民だという（大庭利雄「回想」日本経済新聞社『大庭みな子全集』第2巻、以下『新版全集』と呼ぶ）。彼らは古来からアニミ

◆シトカ（米国アラスカ州バラノフ島西端）とダウンタウン拡大図

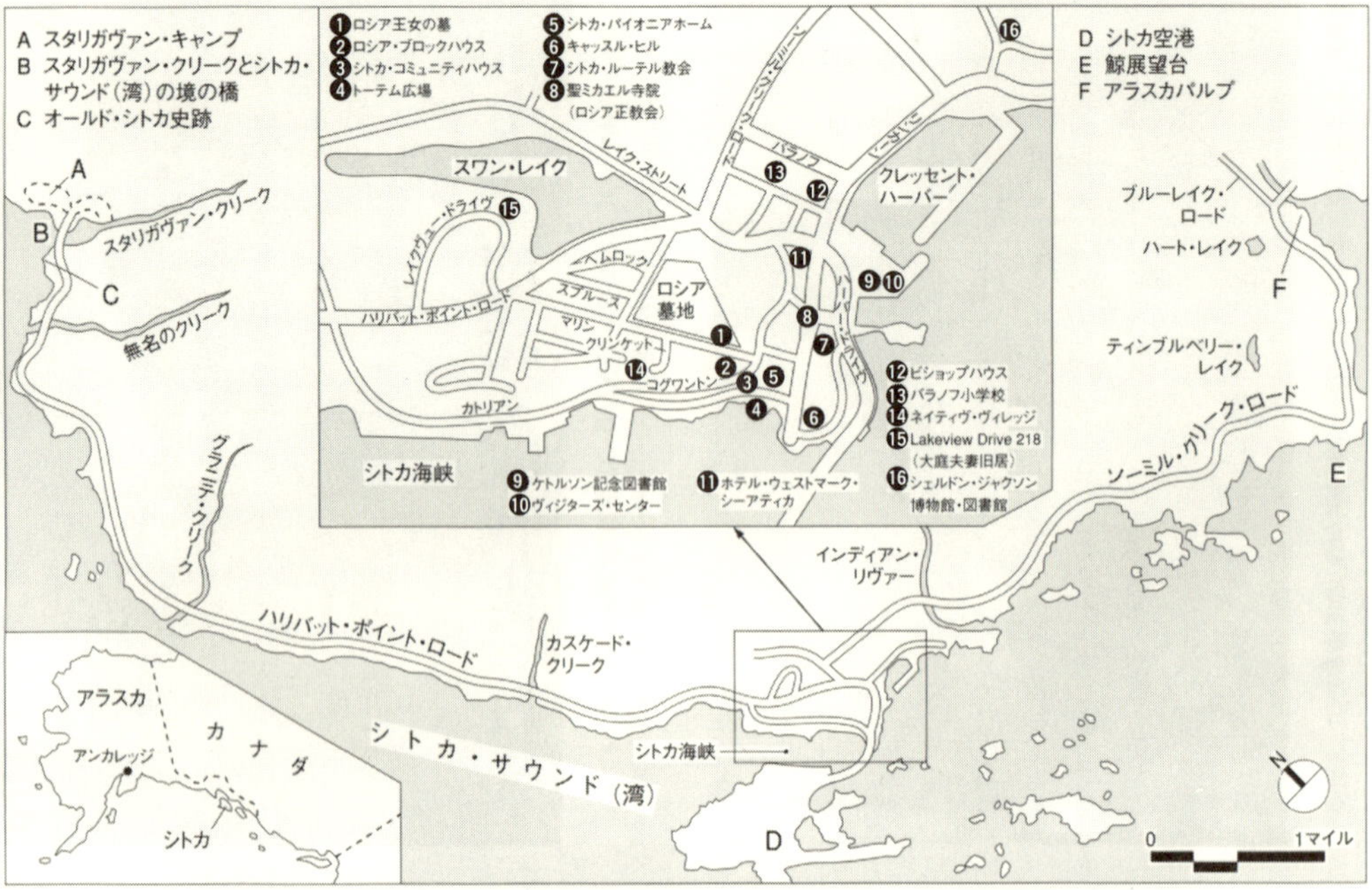

オールド・シトカの原生林（樹齢を重ねたスプルースとヘムロックが鬱蒼と茂る）

Lakeview Drive 218 House. 大庭夫妻の旧居（この一帯にアラスカパルプの社宅があった）

バラノフ小学校（大庭みな子が日本語を教えた）

操業期のアラスカパルプの工場群（角田淳郎撮影）

ブルーレイクよりアラスカパルプ工場を俯瞰（1999.7）

ズムの汎神論的な自然観を身体化していて、たとえば夜空にオーロラがかかったりすると、うごめくオーロラに全身で和す行動をとるという。後来の移住者たちがそれを自分の外部の自然事象として対象化し、感動しつつも写真に収めようとするようなスタンスとは異なる感性である。近代の物質文明が自然を征服の対象とみなして形成した合理主義は、彼らの感性を疎外し、不安定にしたために、たとえ異国の一神教の神であっても、世界を一つに統べる超越的絶対者の存在を説くキリスト教は、自然のすべてに神が宿ると考えてきた彼らには救いになったと思われる。

2 日本の敗戦国脱却とアラスカ

日本に目を戻すと、シトカでアラスカパルプが操業開始する三年前の一九五六年、日本は敗戦後史のエポックを迎える。日本は国際連合への加盟を承認されて国際社会に復帰し、経済企画庁（現内閣府）の『経済白書』は日本は「もはや戦後ではない」と宣言した。太平洋戦争に敗けた時、日本の主要都市はほとんど爆撃されて焦土化したのだが、その一一年後に「もはや戦後ではない」と政府関係者は自負した。そう言わしめた背後には朝鮮戦争（一九五〇〜一九五三）の特需による日本経済の回復があったが、政財界はこの勢いにのってさらに世界への進出を図り、石油、パルプ、鉄などの資源を求めて、アラビア、北スマトラ、アラスカ、ブラジルへと国策的な海外進出を決めた。アラスカパルプのシトカ工場もその一環だった。

株式の上場会社の案内書『会社年鑑』（一九六〇～一九六三）によると、工場は当初、職員数が男女含めて六〇名程度だが、一九六一年になると早くもシトカ工場だけで四〇〇人を超している。大庭みな子の『魚の泪』（一九七一）の一節には、そのほとんどが現地シトカの住民だといい、シトカの経済はこのパルプ会社によって支えられていたと記される。

『会社年鑑』の一九六一年版には、パルプ業界のトップページの広告に、「陸から　海から　空から　世界を駆ける黄色い顔！」と、驚くべきキャッチフレーズが縦一行を占め、ページ中央には巨大な地球儀が描かれている。広告主は、パルプを原料とする連合紙器株式会社（大手段ボール製造会社）。一九六〇年の日本では、日米安全保障条約の改定に反対する全国民的な抗議運動が労働者・学生・市民を巻き込んで、年余にわたって国会周辺に大きなデモ行進を繰り返したはてに、敗退する。日本では政財界と国民が、空前絶後の激突した歴史的な時だった。

会社年鑑（1961）

3 パルプ工場の立地

シトカは、アラスカでパルプ工場の立地条件に恵まれた場所の一つだった。パルプ工場には、パルプを製造する森林資源はもちろん、豊富な真水の供給とその水を排水できる場所が必須である。ロシアが上陸したオールド・シトカの海は浅瀬であった。アラスカパルプの工場はそこから町の中心部を飛び越えた対角線上の場所に定められた。前面の海が底の深いインレットで、工場の後ろの山には中腹に真水の大きな湖がある。ブルーレイクというその名に恥じない蒼い湖面には、天を突き刺す針葉樹林の影が逆さまに映り、豊かな湖水は下方でアラスカパルプによってダムに堰かれ、濾過され、工業用水になるとともに町全体の飲料水や生活水に供された。工業排水はインレットの海に放たれた。

豊饒の雌伏

日本脱出

少女の頃から作家志望だったみな子が、津田塾女子大学時代に旧制静岡高校生だった大庭利雄と知り合って以来、結婚後にも交換した書簡は九〇〇通を超える。それらを読むと、昭和ゼロ年代に生まれて戦時下と敗戦後に苦難の学生時代を送った知的最前線のカップルが、どのように意志的に切磋琢磨して学び合ったか、ひたすら頭が下がる。書簡の全貌は『新版全集』第25巻にみることができるが、感動的なのは、作家への野心を抱いた若い女性にとって、日本が占領国のアメリカの指導によって民主化されたとはいえ、相変わらず日本社会は女性に抑圧的で、文壇もその例外ではなく、作家を目指したみな子は時に呻くように女であることの不運を訴えている。利雄は彼女の同志となってその才能に自身の生涯を賭けた。

利雄の専門分野の能力を生かしたアラスカ移住は、戦後日本の経済復興の僥倖に巡り合わせた世代が、精神面でも経済面でも不自由きわまりなかった日本の現実からいち早く脱出する好機となった。一ドルが三六〇円という破格な円安も、渡航者の自由な活躍に大いに寄与した。

移住先のシトカには、ロシアが撤退してもそのまま居着いた帝政ロシア時代の人たち、ロシア革命で亡命し複雑なルートを経てシトカにたどり着いた人たち、第二次大戦下の反ナチのレジスタンス運動にかかわったオーストリア人の元闘士たち、アメリカ人でありながら保守的なアメリカ南部を嫌い、自由を求めて北に逃げてきた人たちなど、それぞれに豊かな感性と高度な専門的知性を備えた男女が、近代文明に対する反骨精神をもって集まっていた。いわば故郷喪失者・「根無し草」の吹きだまった場所でもあった。大庭みな子も例外ではない。事実、作家となって日本に凱旋した時にみな子が語ったアラスカ移住の動機は、「一九五九年に渡米したのは、わたしを相手にしてくれない故郷ならとび出してやれ、という気分だった」（「H・Y・Gに捧ぐ」一九七二）というものである。

小さな町に異なる国から流れ寄った根無し草たちは、類は友を呼び、ミニチュア国際都市のおもむきを呈しつつ、高度な文化交友圏を形成したのである。

火草、先住民の中の反逆者

どこの国にも所属しないというみな子のディアスポラの思いは、先住民の中の反逆的な野生の娘にみな子自身を託した小説「火草」（一九六九　アラスカ時代に執筆）に実っている。大庭夫妻はシトカへ移住して間もなく、アラスカ先住民の歴史や生活形態などについて、専門の研究者を自宅へ招いてレクチャーを受けたが、「火草」はその成果を踏まえ、しかし大庭みな子の歴史認識、社会認識、政治認識、人間観のすべてが投入された恋愛小説に仕立てられている。先住民たちは「白い人」（ヨーロッパの近代）と出会って歴史の曲がり角にたち、その時一人の野性的な火草という名の女性が部族内で最も秀抜な若者に恋し、自分の欲望を貫くために部族の掟からの逸脱も辞さず、恋人に脱出を唆す。ようやく娘の夢が実現するかに見えたとき、男は部族内の権力の座に未練を抱き、火草の夫である老いた族長との間で権力をめぐる暗黙の共謀が成り立って、女の火草は族長の手でひそかに毒草をもって抹殺される。

火草・Fireweed・やなぎらん（アラスカ全土を紅の花群でおおい、短い夏を謳歌する）

小説は、火草の華やかな花群と夕空の妖しいオーロラ、腥く匂い立つ鮭の産卵など、アラスカならではの自然現象の中でくり広げられる恋を語りながら、そんな甘やかな恋愛感情においても男たちの権力への野望が執拗に介入し、結局女を排除する機微を明るみに出す。

ところでその先住民の若い女性に付された〈火草〉という名の由来は、火草という野草にある。大庭みな子は火草についてこんなふうに述べている。

火草、ファイアウィードは、アラスカに一番よくみられる花で、地域によって数種あり、八フィートもあるかなり丈の高いもの、地を這うように低いものもあります。四片の薄い

先住民の家

紅の花びらが可憐で、長い柄のまわりに下の方から次第に花をつけ、見渡す限り密生してそよいでいるさまは、原を這う炎を思わせます。乾燥した季節に、この地方によくおこる山火事のあとに最初に生える植物がこの火草です。

（「火草とエキモーたち」新版『全集』2巻）

〈火草〉とは英語のファイアウィード fireweed から直訳された日本語である。日本でも中国でもこの野草はやなぎらん（柳蘭）と呼ばれるが、みな子は、英語名の〈火の野草〉という名が意味する強い生命力を愛した。小説のヒロインの名はぜひ〈火草〉でなければならなかった。みな子自身が、その花の野生的な生命力に自身を重ねていたからである。

大庭文学の布置

作家としての大庭みな子の全体像を描こうとするとき、三つの場所と深い因縁で結ばれている事実を言いたい。すなわち、原爆投下の広島、大々的な小作争議があった新潟県北蒲原郡木崎村、日本を遠く離れたアラスカのシトカである。作家としてのみな子には、習作時代からずっとそれぞれの場所に対して独自に書くべき課題があった。

一九三〇年生まれの大庭みな子にとって、日本は生まれたときから女学校の在学中まで戦争中だった。父親が軍医だったために転校を繰り返し、一九四五年八月には、広島県立賀茂高等女学校（現県立賀茂高等学校）の三年生だった。教室の床にはミシンが据え付けられて小さな被服廠と化し、女生徒たちは授業を受けずに戦争の後方支援に動員されて一日一一時間も軍の製品を縫った。空襲警報が鳴ると近くの麦畑に避難し、ポケットから文庫本を出して麦の下で読めるのがうれしかったという。八月六日に広島市に原子爆弾が投下され、つづいて九日には長崎に、二回の原爆投下を受けて八月一五日に昭和天皇の終戦放送があるが、賀茂高等女学校の生徒は八月一七日から二週間、原爆被災者が収容された広島市の本川国民小学校の救護所に学徒動員されて働いた。死にゆく人びとへの「地獄の配膳」（一九七二）をする日々は、少女の心に生涯残る深い疵跡を残した。ヒロシマ体験は、作家として最も書きたいことだったにもかかわらず、素朴リアリズムによって書くには耐えられず、しかし別の新しい表現方法も見出せなかった。また、蒲原の小作争議は母方の地元におきた戦前の日本の農民史最大の階級闘争として、習作時代から資料を集めて何度も挑戦したが、こちらも難航した。

広島と蒲原の両方を組み合わせた構成が成功したのは、長いアラスカ（アメリカ）体験に因んだ題材でいくつも書き上げた実績を踏まえ、さらに作中人物として次世代の日本人やアメリカ人たちを、これらの歴史の間接的な関係者として登場させる構想を発明して書き下ろされた長編『浦島草』（一九七七）においてである。日本を、外部から批評精神をもって眺める世界的な視点を獲得できたシトカでの豊饒な雌伏の一一年が、二つの生々しい歴史を包括的に眺める視座をもたらした。原爆（戦争）という世界戦争と、地主と小作の間の日本の階級闘争が、ともに近代の営利競争主義の物欲が生みだした救いがたい病弊であると捉える視座である。

パルプ工場の閉鎖・撤退と闘病期の文学

大庭夫妻がアラスカに移住した一九五九年から、早くも五〇年以上になるが、今日の日本との落差は明らかである。この落差に符合するかのように、アラスカパルプの興亡があった。無尽蔵の森林資源を前にしながら、会社の終焉は予想外に早く来た。シトカ市が自然環境保護政策に転じ、観光産業に梶を切ったため、会社に課される伐採等の規制が厳しくなって経営が厳しくなり、設立して三五年後の一九九四（平6）年には、撤退を前提とした操業停止を決めた。だが、工場を閉鎖しても単純に撤退できるわけではない。工場がパルプの製造工程で排水によって汚染した海水と、木材チップが堆積した海底が、どちらも工場設立以前の原状に回復したことをアメリカの環境省が認可する必要があった。それが認められたのは一九九九（平11）年。じつに五年間かかっている。しかる後に工場解体が着手された。跡地はシトカ市に寄贈された。工場の設立から完全撤退まで四〇年。近代産業が辿った今日的な歴史の一つの典型であろう。

アラスカの海に還る夢

年経るほどに、作家大庭みな子は文壇の大御所として安定し、シトカの根無し草の友人たちもそれぞれに自由な人生を生きて、ようやくやすらぎの境地に入ったころ、作者も含めてそれぞれが老年を自覚するにつれて、シトカはひたすら懐かしい場所になる。そのような思いでアラスカを眼差《まなざ》したオムニバス作品が、みな子の八〇年代を代表する傑作『海にゆらぐ糸』（一九八九）である。

だが一九九六年、みな子は脳梗塞に倒れて車椅子生活者となる。それとともにみな子の想像世界はいっそうアラスカの海に領された。病に倒れる直前までは、『浦島草』に由来する登場人物たちのその後を『七里湖』と題して書いていたが、闘病期にはいると『七里湖』の連載を中断し、日記形式の口述筆記『楽しみの日日』の連載に切り替えた。七里湖というどこと定められていなかった架空の湖は、かぎりなくアラスカの海に重なり合う。日記は、日ごとにアラスカの青い海の底で鯨と戯れるグランブルーさながらの夢想を繰り返し、日記も終わりに近い一二月二一日にはこうある。

いまや七里湖は天の海のように大きく深くなったのだから、何十頭の鯨でも養えるし、恐竜だって住まわせる。鯨たちはぬめぬめした鼻面を絡み合わせて天の海を回遊している。どうしてこんなに悲しく寂しくて、それなのに笑いだしたいような思いにとらわれるのか。噴き出す涙が吹く汐のようにあたりをけむらせ、頭をぼうっとさせる。

大庭みな子の晩年の文学に現われたのは、女性作家には数少ない上質のユーモアだったが、『楽しみの日日』のユーモアは極めつきだろう。脳梗塞を病むみな子の頭に浮かぶユーモアと諧謔の笑いの果てにあるのは、「悲しくて寂しくて」「笑いだしたいような思い」とともに、無限の時空に溶けこみたいという願いである。

大庭みな子のように、人生を死の広島から逆しまに始めなければならなかったメメント・モリの世代にとっては、老いの自覚は、ひとしお笑いと哀しみが一点に極まる。みな子は、死後に散骨されてアラスカの海に還ることを願った。

◆扉頁写真
上…一九六一年、アラスカの自宅で（『大庭みな子全集第四巻』口絵　日本経済新聞出版社
下…シトカの山側からシトカ市街、シトカ空港、シトカ湾、シトカ富士を望む（角田淳郎撮影）

◆参考文献

『大庭みな子全集』全25巻、及び大庭利雄による各巻「回想」（二〇〇九〜二〇一一　日本経済新聞社）
角田淳郎 COMUNITY PROFILE OF CITY & BOROUGH OF SITKA 1999、及びシトカ市の写真、操業期のアラスカパルプの写真
『会社年鑑』一九六〇、一九六一（日本経済新聞出版社）
『世界地理風俗体系第三巻　カナダ　アラスカ　北極圏』（一九六六、誠文堂新光社）
江種満子『大庭みな子の世界　アラスカ・ヒロシマ・新潟』（二〇〇一年、新曜社）及び写真と地図

アラスカに関わる大庭作品

三匹の蟹

（昭和43年）「群像」

「わたし、不思議でならないのは、どうしてあなた方アメリカ人が、二言目には、優美に、名誉をもってヴェトナム戦から身を引くまではという言葉を繰返すのかわからないのよ。あなた方は老いぼれ英国人の気取りをせせら笑ってる癖に、御自分のことになると、西部劇の二枚目気取りが捨てられないのね」

「アメリカ人の中には南部の田舎紳士の強情さ、西部の無法者の気取り、北部のやっかみ屋、東部のエゴイストとあるが、僕は世界《コスモ》主義者《ポリタン》なんでね。君達だって、流浪の民で、根無草じゃないか。日本人とはいうものの」

「だから、わたし達は素敵な歌が歌えるんじゃないの。サーシャにしたって、横田さんにしたって、此処にあつまるひと達は、多かれ少かれそうですよ」

「まあ、他人は信じない方がいい」

フランクは由梨の眼を刺し通すような眼で見据えて釘をさした。

「おどろくじゃないか。俺達外国人まで徴兵に応ずる義務があるんだそうだ。C4だとさ」

「へええ、そいつは初耳だ。俺はA5だ」

「あなたときたら何もかもAで5じゃなきゃ承知できないのね」

由梨は言った。

「一度、とられたからだよ。朝鮮戦争の時に」

火草

（昭和44年）『文学界』新年特別号

あたり一面火草だった。夕やみのなだらかな丘の荒地をなめる炎のようにそよいでいた。

鶫は火草を追って火草の繁みに追いこんだ。火草はきゃっきゃっと声を立てた。彼女の声はひと里から離れるとけたたましく、つやを帯び、妖しいゆらぎで鶫を誘いこんだ。彼女の唇に赤い野苺の汁と野やぎの脂をねったものをぬっていたので、彼女の輝いた顔の中でその赤さが吸いつくようなぬめりで彼を煽り立てた。貝殻のように光った白い歯がこぼれ、火草は笑いをのどにつかえさせて手をひろげた。鶫は火草を抱きしめて、そこらじゅう噛みつきながらゆれている火草の中に押し倒した。火草のあかい炎が火草の頬と額の上でゆれ、空の青さが眼の中に映っていた。

「お前の眼の中には大きな黒い鯨がいるよ。ほうら、潮を吹いた。ほうら、大きなゆれている波の中にもぐっていく。ふかあい、暗い、ぬれた、光った、ほうら、大きな、ひらひらする鰭がある」

鶫はぐるぐると指をまわして火草の眼に近づけながら言った。

「あんたの眼の中には、沼の主の、大きな緑色の蛙がいるわよ。げろげろ、けろけろって鳴く、おなかのふくれた、濡れて光った蛙が目をむいて座っているのよ。沼のふちで頑張って、通りかかったわたしの足を引っ張って、沼の中にひきずりこんでしまうのよ」

海にゆらぐ糸

（昭和61年〜平成元年）『群像』

「もう直き、鯨が潮を噴くわ」

古風な活版印刷機の前に座ったダイアナフィヨルドに背を向けたままで言った。テラスの前だけまばらに伐り開いた針葉樹林越しに光っているフィヨルドは、巨大な翡翠が臥《よこた》っているような静かさだった。

「鯨が浮かび上がってくる音が聞こえるの」

ダイアナはフィヨルドを背に、盲目の巫女が耳を澄ますように、肩越しに水の音を聴いていた。

「シュガー・ローフを真すぐに見て、向う岸に細い滝の落ちている辺りからフィヨルドを横切る線が交わる辺だと思うけれど。――ほら、もう直きよ」

わたしのうろたえた視線がダイアナの言った辺りに上ったとき、ほんとうに、鯨が浮かび上り、潮の柱が立ち上り、ぴんと跳ね上った尾が天に向って聳えた。

「どうしてわかるの？　どうして？」

「みて、みて！」

ダイアナはやっと自分もフィヨルドを見やり、何頭かの鯨が鼻面を水面に寄せ合っているのを顎でしゃくった。

榎本正樹

基地のある街から

『限りなく透明に近いブルー』から『KYOKO』へ

村上龍

原風景＝原体験としてのアメリカ

留学体験をもたない村上龍について書くことは、本書の企画の趣旨から外れることになるかもしれない。しかし、この作家に強い影響を与えたアメリカとの文化接続という点から考えると、村上がアメリカ軍が駐留する長崎県佐世保の地に生まれ、育った事実は、その作家性を考えていく上で重要なポイントとなる。

古くは遣唐使の往復路となり、キリシタン伝道の中心地となった海路の拠点としての佐世保は、明治以降、軍港としての役割を担うようになる。日清、日露戦争で、大陸への前進基地としての重要性が認められるに到り、さらなる施設の整備と拡充が図られ、二度の大きな世界大戦の中で、海軍工廠として発展を遂げていく。一九四五年六月の佐世保大空襲によって、市街は壊滅状態となる。

戦後、佐世保は商港として再出発を目指すが、一九五〇（昭25）年に勃発した朝鮮戦争は、この街の運命を一変させる。基地の拡充を図るアメリカは、佐世保をアメリカ海軍第七艦隊の重要拠点とした。特需に沸く街には、一攫千金を夢見て日本中からやってくる人々であふれ、兵士たちが繰りだす歓楽街は賑わいをみせた。村上龍が生まれたのは、まさにそのような時代、一九五二（昭27）年のことであった。

昭和初期に帝国海軍砲術兵曹長として佐世保に赴任してきた村上の祖父は、この街にとどまる。村上は、祖父の家に隣接する自宅で教師の両親と生活をする。エッセイ「基地の街に生まれて」（「朝日新聞」85・8・1）の中で、村上は自らを『武装した外国人によって自国の女が飼われる』のを目撃した最初の世代」と位置づけている。続けて、村上は書く。《小学校と中学校は米軍基地のすぐ傍だったので、授業中、窓の外で米兵とパンパンがキスをするのをよく眺めた。教師は慌ててカーテンを引くのだった。基地のない町ではカーテンを引く必要がなかっただけで、日本国中で米兵と日本女性がキスを繰り返していたのは間違いない。／高校生になると、中学の同級で大人しかった女の子がどぎつい化粧をして米兵と腕を組んで歩いているのを見た。中学卒業後どぎつい化粧をするタイプの女の子は、強い者に惹かれるものだ。占領軍兵士より強い男が他にいるだろうか？》。

村上は、戦後のアメリカと日本の関係が象徴された原風景、原体験として、米軍兵士とオンリー（上級将校と愛人契約を結んだ日本人女性）にまつわる記憶をエッセイ等で繰りかえし書いている。基地のある街は、強者と弱者、支配と被支配の構図をいとも簡単に可視化してしまう。村上の小説の主人公に共有されるリミナリティ（境界状態にある人間）の特質は、基地の街に生まれ育った村上の「アメリカ体験」に深く根ざしているのである。

村上龍にとってのアメリカ

アメリカという国家の武力、政治、経済、文化の延長線上にある基地の街に育った村上龍にとって、アメリカは近くて遠い他者性を帯びた存在としてとらえられていた。村上の文学世界において、アメリカ文化の直接的影響は特に初期作品に顕著であるが、ここで村上のアメリカについてのエッセイを集成した『アメリカン★ドリーム』(講談社文庫、85・10)を取りあげてみたい。ここには、前出「基地の街で生まれて」を含む五編のエッセイが収められており、村上のアメリカ理解を知る上で重要な資料である。その中でも特に重要だと思われる、「ニューヨーク日記」と「アメリカン★ドリーム」に注目してみよう。

1 ニューヨークを徘徊して

「ニューヨーク日記」は、『限りなく透明に近いブルー』(「群像」76・6、講談社、76・7)で芥川賞を受賞した二十四歳の村上が、受賞後の十月に初の海外旅行先として訪れたニューヨークでの十三日間を綴った日記である。グリニッチ・ヴィレッジ、ソーホー、タイムズスクエア、ハーレムなどニューヨークの主要なカルチャースポットを巡る村上の目は、常にストリートに向いている。

アーティストと交流をし、黒人のジャズを聴き、マリファナの煙が充満するレゲエのコンサートに赴き、食を謳歌し、ポルノ映画を観る。ニューヨークという街を身体全体で受けとめ、動物的な勘を頼りに街の深部に潜行し、興味深い事象を嗅ぎ分け、そこに辿り着く能力は、この作家固有の資質といえよう。「ニューヨーク日記」は、ニューヨークのアンダーグラウンドのカルチャーシーンを、一人の作家の身体を通して析出したドキュメントとして読める。ニューヨークのカルチャーシーンを既知のものとして受けとめる姿勢に、アメリカに対する村上のスタンスは集約している。

2 非 ‐ 文物としての米軍

『アメリカン★ドリーム』のほとんどは、表題のエッセイで占められている。村上が多用する、Q&A方式のエッセイとして構成された「アメリカン★ドリーム」では、映画『だいじょうぶマイ・フレンド』の特撮シーン編集のため訪れたロスアンゼルスでの体験を出発点に、独自のアメリカ論が展開されていく。

アメリカ最大のエンターテインメントジャンルである映画産業を通して、村上はアメリカのパワーの源泉に触れる。さらに村上の関心は、アメリカの大衆文化を規定する「ポップ」という概念に向けられていく。

ポップとは、ハイカルチャーに対するポピュラーカルチャーの総称であり、狭義にはアメリカン・ポピュラーカルチャーを指す。アメリカの本質はポップにあると見做した村上は、ポップを「大衆の快楽」と定義し、大衆の快楽原則を徹底的に推し進める表現ジャンルこそがポップであると結論づける。村上は次のように書く。《アメリカの本質とは何だろう？　それはポップだ。大衆が正義なんだ。ポップミュージック、ポップヌード、ポップムービー、それがアメリカなんだ。そしてそれはほとんど世界に支持されている》。

第二次世界大戦後、米軍は「文物」ではない形で日本に導入された、と村上は指摘する。歴史上、あらゆる海外文化を自国文化として「文物化」してきた日本にとって、占領軍（進駐軍）は実在性、具体性を帯びた他－文化の謦であり、絶対的な他者であった。アメリカの軍事力、経済力を震源とするポップの波は、戦後の日本を覆いつくし、日本全体がポップ化を推進する状況となった。日本だけでなく世界中に波及したポップの波は、「世界国家」としてのアメリカの強さの後ろ盾となった。ポップが資本主義自由経済のバックグラウンドとなり、多国籍企業というシステムを成立させる要因となったとの村上の指摘は、隻眼といえる。

3　ポップの波打ち際を歩くということ

ポップへの関心を表明しながらも、村上は自身をポップの小説家とは規定しない。「ポップの波打ち際を歩」き、「ポップの波打ち際そのものを描ききる作品」を書く小説家として位置づける。「ポップの波打ち際を歩く」とは、ポップの影響を受けつつそれらに全面的に依存することなく、アメリカと日本の間を、ナショナリストと非国民の間を、どちらにも所属せずに生きるという困難な場所にとどまる決意と意志を持続する行為にほかならない。そのような場所から生みだされたものこそが、「日本の『非占領性』をさらに露呈させるために、小説を書く」小説家としての村上のスタンスなのである。

『アメリカン★ドリーム』のあとがき「夢のアメリカ・アメリカの夢」の中で、村上は「私はまるで、日本残留アメリカ孤児のようだ」との感慨を綴っている。アメリカを「愛し」同時に「憎む」相反した思いは、強者と弱者の関係が可視化される基地の街で育った村上に深く刻印された基本的な感情である。日本とアメリカの間を振り子運動しながら、「他者」として実在し続けるアメリカへの認識をどのように変容させていったのか。そこに、七〇～八〇年代の村上龍の文学の本質は集約しているといってよい。

基地のある街から
『限りなく透明に近いブルー』から『KYOKO』へ

一九七〇（昭45）年、佐世保北高等学校を卒業した村上龍は上京し、同年十月から一九七二（昭47）年二月まで東京都福生市に住む。東京で住むべき場所として村上が選んだのは、郷里の佐世保と同じく基地のある街であった。そして、この福生での一年四ヵ月ほどの生活を元に書かれたのが、デビュー作『限りなく透明に近いブルー』（「群像」76・6、講談社、76・7）である。

ハウスの文学

福生の横田基地周辺に住む十九歳の主人公の「僕」（リュウ）は、知り合いの米兵たちに日本人女性を斡旋する仕事をしている。あらゆる種類の麻薬を試し、乱交パーティに明け暮れるリュウとその周辺の若者を描いた本作は、その内容ゆえ、スキャンダラスに扱われることになったが、その中心にあるのはストレートな青春小説としての趣向である。

自筆年譜によれば、一九六九（昭44）年、母校佐世保北校の屋上をバリケード封鎖し、無期謹慎処分を受け村上は、その期間にドラッグとニューロックに代表されるヒッピー文化と出会う。ベトナム反戦運動に端を発したヒッピー文化は、「愛」「平和」「自由」を旗印に、コンミューンの形成をもたらし、その後、ドラッグカルチャーやサイケデリック、フリーセックスなどの対抗文化《カウンターカルチャー》と接続し、世界中に一大ムーブメントを巻き起こす。『限りなく透明に近いブルー』の登場人物たちもまた、ヒッピー文化の直接的な影響を受けている。埴谷雄高がいうところの、「《ロックとファックの時代》を鮮烈に代表する一つの透視画ふうな立方体」（「群像新人文学賞選評」）として構成されたこの作品には、ドアーズ、ローリング・ストーンズ、ピンク・フロイド、バーケイズ、ウッドストックなど、アメリカの若者文化を表象する固有名詞が満ちている。

リュウは、在日米軍横田基地に隣接する米軍軍人とその家族向けに造られた一戸建ての平屋の住宅、いわゆるハウスに居住している。一九五〇（昭25）年の朝鮮戦争勃発によって、兵力の増強に伴い、横田基地周辺の民有地に多くの住宅が造成された。それら

村上龍の通った御船小学校は、1994年に琴平小学校とともに統合され、金比良小学校として創立された。村上の通った光海中学校は御船小学校の隣に、佐世保北高等学校は佐世保橋を渡った北にある。

(C) 2011　ZENRIN

米軍ハウス（福生） 2011年12月筆者撮影

は、広い庭とアプローチを有し、洋風のゆったりとした間取りに各部屋がレイアウトされ、フローリングの床、バスルームとシャワーブース、そして洗濯機や冷蔵庫やテレビなど最新の家電を備えた住宅群であった。ハウスは、アメリカの生活文化そのものを圧縮陳列した情報空間でもあった。最盛期には千五百棟以上ものハウスが造られたが、ベトナム戦争終結後、建築ブームは去り、家屋の老朽化とともにその数は減少の一途を辿る。一方、空き家が多くなり始めた七〇年代以降、日本人が住み始めるようになる。その中には、この場所に新たな価値を見いだそうとする作家、ミュージシャン、芸術家、そして社会からドロップアウトした若者が多く含まれていた。『限りなく透明に近いブルー』は、そのような時代背景と文化的コンテクストの中において成立する物語なのである。

観察者としてあり続けること

江藤淳らの占領研究を元に戦後の日米関係のねじれの構造を析出した加藤典洋の『アメリカの影』（85年）は、田中康夫の『なんとなく、クリスタル』（81年）を全面的に評価する一方で、『限りなく透明に近いブルー』を全否定した江藤淳の言説への問いから書き始められている。江藤が村上を否定した理由として掲げた加藤の次の言葉は、注目に値する。《村上龍の作品が江藤を苛立たせるのは、村上がそこでアメリカと日本の関係を占領被占領に近いかたちで提示したうえで、いわば「ヤンキー・ゴウ・ホーム!」とやっている点なのである》。

村上龍の初期作品には、アメリカを羨望しつつ同時に嫌悪する、パラドキシャルな感情が横溢している。基地の街に生まれ育った村上ならではの特別な視点から発せられる、アメリカに従属するそぶりを見せつつ、その実、根源的なアメリカへの批判は、日本の戦後イデオロギーの陥穽をいともたやすく暴きだしてしまう。村上はここで、単にアメリカ批判を行っているのではない。アメリカという他-文化を自-文化として受け容れることができる新しい世代としての自己認識と、アメリカへの愛憎を抱えたまま、そのねじれの感情を背負いつつ生きる決意表明を同時的に行っている。『限りなく透明に近いブルー』は、そのような作者の立場が鮮明に刻印されたテクストである。

乱交パーティで、黒人たちに「黄色い人形」として陵辱の限りを尽くされたリュウは、「最高に幸福な奴隷」である自身を自覚する。彼は行為者ではなく観察者として、周囲の人間と関わろうとする。観察者としてのリュウの立ち位置は、物語の結末に付け加えられた「リリーへの手紙――あとがき」において、この小説の書き手であることを宣言するフレーズに明らかだ。『限りなく透明に近いブルー』はメタフィクション的な構造を備えた作品であるが、観察者であり続けたリュウが、かつて体験したできごとを小説として書き記し、リリーに呼びかける形でなされた小説家宣言と、小説家村上龍の誕生はダイレクトにつながっている。受け身の観察者の立場で基地のある街にとどまり、みずからの身体を曝し、皮膜一枚でアメリカとつながろうとするリュウという分身的存在を通して、村上はアメリカを相対化する視点を確保したのである。

零落したアメリカン・ヒーロに重ねて

村上は、芥川賞受賞後第一作として「ニューヨーク・シティ・マラソン」(『PLAYBOY 日本語版』77・2)を発表する。

この作品は、同作を含む九つの都市小説を収録した短編連作集『ニューヨーク・シティ・マラソン』(集英社、86・10)に、表題作として収録されることになる。芥川賞受賞後第一作が、文芸雑誌ではなく、アメリカを代表する青年男性向け娯楽雑誌「PLAYBOY」の日本語版に発表されたことは、この作家のその後の展開において大きな意味をもつ。

初の海外旅行先のニューヨークで、村上はゴーマン美智子が走る姿を目撃する。そこからマラソンをモチーフにした小説の構想を出発させる。「ニューヨーク日記」の最終日に、村上は「娼婦と一見してわかる黒人や、化粧して走るゲイがいた。僕は『ニューヨーク・シティ・マラソン』と小説のタイトルを決めた」と書いている。短編小説「ニューヨーク・シティ・マラソン」は、そのような形で具体化されていくのである。

ブロンクス生まれで男娼の「僕」は、マンハッタン生まれの二十九歳の売春婦ナンシーと暮らしている。性を生業とする「僕」とナンシーの生活と、二人の周辺に佇むマイノリティたちの姿、そして彼らが生活するマンハッタンの日常が、まさにそこに暮らす者の目線でとらえられている。この作品を読む読者は、アメリカの翻訳小説を読んでいるかのような錯覚に陥るだろう。人物設定、会話シーン、情景描写、構成など、こちら側（日本）ではなく、向こう側（アメリカ）の視点とロジックで統一されており、まったくブレがない。アメリカという他-文化を自明のものとして小説表現に結実させる手腕と力量は、デビュー間もないこの時期に既に獲得されていたのである。

　村上のアメリカ的なるものへの問いかけは、『だいじょうぶマイ・フレンド』（集英社、83・2）において、さらに徹底されていく。この作品には、ゴンジー・トロイメライという名をもつ初老の外国人男性が登場する。彼の正体はスーパーマンであった。飛ぶことができなくなったゴンジーは、友人のミミやモニカらに助けられるが、その能力を悪用しようとする多国籍企業ドアーズに捕らわれの身となってしまう……。

　一九三八年にアメコミ初のスーパーヒーローとして誕生したスーパーマンは、アメリカの強さと正義を象徴するカルチュラルアイコンとして機能してきた。村上はエッセイ「アメリカン★ドリーム」の中で次のように書いている。《私は「だいじょうぶマイ・フレンド」という作品で、飛べなくなったスーパーマン、という主人公を設定した。年老いて、飛べなくなったスーパーマンというモチーフは、精神病院で死んだ元水泳選手でターザン役者のジョニ・ワイズミューラーがヒントとなって、昔から私の中にあった》。

　ベトナム戦争終結以後、超大国アメリカの凋落は加速化する。ニクソンショックによって弱体化したドルの力も、アメリカの国際的な影響力の低下に追い討ちをかけた。年老いた無力で寂しい男ゴンジーは、「父」としての威信を失ったアメリカそのものである。「ほとんどプロットのみで成立する科学冒険怪奇小説」（『だいじょうぶマイ・フレンド』「あとがき」）の形を借りて、零落したアメリカン・ヒーロ、スーパーマンに重ねて村上が描いたのは、輝きと希望を失ったアメリカの実像であった。

新たな他者＝キューバとの出会い

『限りなく透明に近いブルー』を“a basically base novel based upon the base《ベース》”と評したのは柄谷行人だが（「想像力のベース」）、村上作品を基地小説として定義し直していくと、複数の作品を系譜として指摘できる。以下、刊行順にあげていくと、『限りなく透明に近いブルー』、『69 sixty nine』（「MORE」84・7〜85・10、集英社、87・8）、『村上龍映画小説集』（「IN★POCKET」94・3〜95・3、講談社、95・6）、『KYOKO キョウコ』（集英社、95・11）となる。『69 sixty nine』は、村上が高校三年に進級した一九六九（昭45）年に佐世保で体験したできごとを反映した作品であり、『村上龍映画小説集』は上京した村上の十八歳から二十三歳までの生活を元に書かれた短編連作集である。これら四作は、『村上龍自選小説集1　消費される青春』（集英社、97・6）の収録作品でもある。村上における基地小説は、「青春」と分かちがたく結びついている。四つの基地小説のうち、村上の年譜的事実を踏まえていない作品がある。それが『KYOKO　キョウコ』である。

村上自身によって「第二のデビュー作」と定義された『KYOKO　キョウコ』は、数ある村上作品の中でも特別な位置にある。セックスや麻薬や戦争など、村上作品に必須のモチーフは排除され、そのことが不思議な妖精譚としての作品の特徴を強調していくことになる。物語の主人公キョウコを、どのような属性を備えた人物として造形するか。村上の関心はその一点に集約する。人物造形をめぐる村上の格闘は、三つの異なるヴァージョンの物語を生みだすに到った。『シボネイ　遙かなるキューバ』（主婦の友社、91・10）、「キョウコ」（「すばる」92・1〜12）、そして一九九六（平8）年三月の映画公開前に書き下ろされた長編『KYOKO　キョウコ』である。

三つの作品の異同について論じる紙幅がないので、ここでは簡単な指摘にとどめるが、三作品とも人物設定、語り方、物語内容が大きく異なっている。たとえば『シボネイ　遙かなるキューバ』で二十二歳のストリッパーに設定されたキョウコは、『KYOKO　キョウコ』において二十一歳のトラックドライバーに置き換えられている。また前者がキョウコとキューバで出会った小説家の「わたし」の体験談として語られていくのに対し、後者ではキョウコと出会った人々が彼女についての印象をモノローグで語る章の間に、キョウコ自身の短い独白が挟みこまれる構成へと変化している。三つの作品を比較対照することで、村上がさまざまな試行錯誤を通して、物語の中でのキョウコの役割を焦点化していったことがわかる。

四歳のときに両親を事故で亡くしたキョウコは、米軍基地のある街（座間キャンプ）で暮らす叔父夫妻に引き取られる。八歳のときに出会い、ダンスを教わったGIのホセ・フェルナンド・コルテスに感謝の言葉を伝えるために二十一歳の春、キョウコはホセの住むニューヨークを訪れるが、彼は末期のエイズ患者であった。キョウコはホセをヴァンに乗せて、インターステイト95沿いに、ニューヨークからジョージアを抜け、ホセの故郷であるマイアミまで九百マイルの旅に出る。最終的にキョウコは、アメリカを出国しキューバに渡る。

アメリカン・ロード小説の趣向をなぞりつつ描かれるのは、踊る身体を駆使して、アメリカを風のように駆け抜けるメディア主体たるキョウコが（ここで、Mediaの語源がMedium＝巫女であることが想起されるべきかもしれない）、アメリカの良心と暗部を同時的に体験化していくそのプロセスである。

村上はエッセイ「他者としてのアメリカ」（「西日本新聞」95・12・3）の中で、次のように書いている。《映画でも、小説でも、私がつくり上げたヒロインのキョウコは、ダンスという個人的な肉体性によって日本的共同体から自由な女性であり、アメリカ東海岸を一人で旅することによって、まわりのアメリカン・マイノリティの人々に日本人女性の魅力的な特質を印象づけていく。その物語の構造は、私がデビュー後二十年を経てやっと獲得し得たものである。（中略）キューバによって、私はアメリカの持つパワーと根底的な寂しさを両方冷静にとらえることができた。他者とのかかわりの中で私達は自分を知るし、もう一人の新しい他者によって、それまでの関係性が客観的になる。そして、自分の中の最優先事項がわかっていないと、他者には出会えない。『ＫＹＯＫＯ』で、私はそれらのことを学んだ。》

キョウコの旅程は、他者たるアメリカと出会い、格闘し続けてきた村上の精神的なプロセスと重なりあっている。アメリカと日本の二者関係の中に、アメリカの圧力に屈することなく、独自の政治、経済、文化を守り続けてきたキューバを新たな他者として導入することによって、そして、日本人女性の可能性を形象するキョウコというキャラクターの造形によって、村上はアメリカを客観化し、その結果、アメリカから自由になる、そのような新しいポジションを獲得するに到ったのである。

◆扉頁写真

米軍ハウス（福生）二〇一一年十二月筆者撮影

◆参考文献&参考サイト

岩波写真文庫復刻ワイド版『佐世保—基地の一形態—』
（一九八七年七月刊、岩波書店）
サイト「佐世保の歴史」
（佐世保市、二〇〇二年）http://www.city.sasebo.nagasaki.jp/rekisi/
新井智一「東京都福生市における在日米軍横田基地をめぐる『場所の政治』」
（二〇〇五年、「地学雑誌」vol.114）
アルタ・クールハンド『FLAT HOUSE LIFE 米軍ハウス、文化住宅、古民家……古くて新しい「平屋暮らし」のすすめ』
（二〇〇九年十月、マーブルトロン）
「第十九回群像新人文学賞発表」（一九七六年六月、「群像」、講談社）
「年譜（村上龍）」（一九八二年十二月、『芥川賞全集第十一巻』、文藝春秋）
「村上龍特集〝現代〟のエッジを行く」
（二〇〇一年七月、「國文學」臨時増刊号、學燈社）

アメリカに関わる村上龍作品

限りなく透明に近いブルー（昭和51年）『群像』六月号

※鉄条網の向こう側の風景

「厚く垂れた雲、途切れることなく落ちてくる雨、虫達が休む草、灰色の基地全体、基地を映す濡れた道路、そして波のように揺れている空気、巨大な炎を吐く飛行機がそれら全てを支配している。／ゆっくりと滑走路を滑り始めた。地面が震えている。銀色の巨大な金属は徐々にスピードを増す。ピッチの高い音で空気が燃えているように感じる。僕達のすぐ前で胴体の脇に付いたさらに巨大な四機の筒が青い炎を吐いた。重油の匂いと共に突風が僕を吹き飛ばす。」

69 sixty nine（昭和59年7月～60年10月）『MORE』

※アメリカの圧倒的な力

「バリ封は政治活動だったのだろうか。よくわからないが、祭だったことは確かだ。あれはエンタープライズの時だってそうだ。あれは祭だった。血は流れたが、祭だって血は流れる。シュプレヒコールに比べて、ファントムの爆音はあまりにも大きかった。デモ、あれが意思表示だったのだろうか。本当に佐世保橋を突破するつもりなら、旗など捨てて、銃と爆弾を手にすればよかったのだ。」

村上龍映画小説集（平成6年3月～7年3月）『IN★POCKET』

※福生の日常

「そうやって私とキミコは横田基地の傍らへと移っていった。福生での生活は今思い出してもぞっとするようなものになった。限度を越えた麻薬、黒人兵やその情婦との付き合い、福生のアパートはヘロインを求めて集まってくるジャンキーのヒッピー達の溜まり場となり、乱交をまじえたパーティが繰り返され、一緒に住み始めるとすぐにキミコは情緒の不安定さ、苛立ちや激情を露わにするようになり、お互いを傷つけ合うことが日常になった。キミコの精神の錯乱、自傷行為はしだいにエスカレートして、私はそれから逃れるためにさらに大量の麻薬や犯罪的な行為を必要とした。」

KYOKO キョウコ（平成7年11月）集英社

※「鉄条網」から自由になる

「ホセから教えて貰ったステップで少年と踊っている時、ヴァージニア・ビーチで会った、小さな小屋に住むインディアンのおばあさんに言われたことを思い出した。／未来は今、もう既にあなたの手の中にある。／その意味が、わかった。／わたしは、ずっと、どこかへ向かう途上にいた。／今もそうだし、ニューヨークにやって来る前も本当はそうだった。／どこかへ行く、途中なのだ。（中略）

途上にいて、しかもそれを楽しんでいる時、わたしは未来を手にすることができる。／（中略）基本的なものは、鉄条網の傍らを歩いていた幼い頃から何も変わっていない。／でも、今、わたしの心の中にずっとあった「鉄条網」が消滅している。／つまり、今、わたしには、何か自分の大切なものから決定的に遠く隔てられている、という感覚がない。」

多和田葉子

永遠の旅の途上
多和田文学におけるドイツ

谷口幸代

ドイツへの旅・ドイツからの旅

多和田葉子はドイツへ渡り作家になった。一九八二（昭57）年から二〇〇六（平18）年までハンブルグに、以後はベルリンに住んでいるが、多和田の場合、ドイツは旅の途上だといった方がよい。

それは多和田が常に創造的な旅を続けているからだ。行き先は、二〇一一年だけでも、ドイツ国内、日本、ヨーロッパ、アメリカ、南アフリカ、オーストラリアにまで至る。訪問の理由も、朗読会、シンポジウム、講演、ライター・イン・レジデンス、パフォーマンスと多岐にわたる。この旅の時空間から多彩な多和田文学が生まれる。多和田にとって、乗り物は「移動性の書斎」であり、作者は「移動性高気圧」となる（多和田「作者は存在しないか」『多和田葉子―越境文化の中間地帯で書くこと―』二〇〇四・二、三恵社）。

旅する多和田文学の原点は、「多和田葉子自筆年譜」（『ユリイカ』二〇〇四・一二）によると、デビュー前の二度の旅にある。一度目は一九七九（昭54）年、十九歳の旅。初めての海外旅行だった。早稲田大学の夏休みに船でナホトカへ、そこからシベリア鉄道に乗り換えてモスクワまで行き、ワルシャワ、ベルリン、ハンブルク、フランクフルトを訪れた。帰国後に書かれた習作「旅の時間」は、旅の文学としての多和田文学を予兆させるものとなった。

二度目は三年後の一九八二年（昭57）。早稲田大学を卒業し、二月二八日に一人インドへ向かった。約一ヵ月間の滞在の後、ローマ、ザグレブ、ベオグラード、ミュンヘン等を経て、五月二十五日、夜行列車でハンブルグに到着した。

多和田はハンブルク到着の翌日から、同市にあるドイツ語本の輸出取次会社グロッソハウス・ヴェグナー社の研究社員となった。翌年からはハンブルグ大学に通い、ドイツ文学科の教授ジークリット・ヴァイゲル（Sigrid Weigel）の指導を受ける。同大学では日本学のペーター・ペルトナー（Peter Pörtner）とも出会った。彼の協力を得て、ドイツに来てから日本語で書いていた詩のドイツ語訳が始まる。それらは日独両言語の詩文集『Nur da wo du bist da ist nichts　あなたのいるところだけなにもない』にまとまり、これが多和田にとって最初の本となった。

多和田とドイツ社会・ドイツ文化

多和田は、東西ドイツ統一、ヨーロッパ共同体（EU）への加盟、環境保護システムの構築、「国籍法」の改正など激動のドイツの今を体感し、絶えざる移動によってドイツの地方文化を体験しながら、日本語だけでなくドイツ語でも書くことで、ドイツの文学の歴史に自ら参加している。

作家多和田にとってドイツとは何か。以下、直話（二〇一一・八・一〇、於：ベルリン）やエッセイ等で語られた発言をもとに、ドイツの社会や文化が多和田とその文学にもたらしたものを考えてみたい。

1 言葉の再発見と思索の場所——ハンブルグ

多和田はドイツ最大の港湾都市ハンブルグで、エルベ川沿いの築二百年の家に暮らした。港湾の風景は、「水を通して世界とつながっている感じ」をもたらした。パリ行きなど各地への列車名が次々に表示される駅構内の表示板、ポーランド人やオランダ人、トルコ系移民が歩く通り。こうした光景に他の土地とつながっている感覚を覚えたという（「日独2つの言葉で世界を紡ぐ」『婦人公論』一九九九・二・七）。

世界とつながる街は、言葉を再発見する場所ともなった。ドイツ語の慣用句が頭の中で日本語に自動的に翻訳されたり、母語が自分から離れていくような喪失感を覚えたりした。それが言葉との新しい付き合い方へつながり、再会した日本語は新しい身体をもった生き物として生まれ変わったものようだった（『カタコトのうわごと』一九九九・五、青土社）。

さらにハンブルグ大学への通学が思索の場を与えた。利害関係のない友人と議論が重ねられた。グループ学習では、教室にとどまらず、料理店や学生の家や野外で、何時間も原発問題など様々な問題を熱く語り合った（直話）。

また、外国人学生が外国人学生を手助けするピアスターの活動で、様々な国の学生と出会い、言語観や社会観がさらに深まった。セネガルで「エクソフォニー」という言葉を知ったことから、後

ハンブルグ・アルトナ駅にて

ハンブルグ大学

ハンブルグ駅構内

ベルリンの多和田の住居

ティアガルテン内のルイーゼ像

に『エクソフォニー──母語の外へ出る旅』（二〇〇三・八、岩波書店）で、母語の外に出たシンフォニーの魅力を書くことになるが、ピアスターの活動に同書の淵源があったという（直話）。

このような環境の中で多和田は創作へ向かった。一九八八（昭63）年には小説 *Wo Europa anfägt*（ヨーロッパの始まるところ）を自らドイツ語で執筆し、この作品等で一九九〇（平2）年度のハンブルグ市の文学奨励賞を受賞した。これは次の作品の執筆に専念できるよう与えられる賞で、しかも、その作品は必ずしも完成しなくてもよく、成果を問わない信頼の深さが特徴だと語る。一九九六（平8）年に日本人で初めて受賞したシャミッソー賞（ドイツ語を母語としないドイツ語作家を対象）にしても、受賞作家のその後まで配慮する手厚いものだという（直話）。作家を国が育てる意識の強いドイツで、多和田文学は確実に育まれていった。

2 ベルリン──鷗外が留学した街から

その後、移り住んだ首都ベルリンは、東西分断の象徴となったブランデンブルク門、旧ベルリンの中心街ウンター・デン・リンデン通り、デンマーク戦争の勝利を記念した戦勝記念塔、ティアガルテン、ベルリンの壁にアーティストが絵を描いたイースト・サイド・ギャラリーなどが点在し、ドイツの歴史と今を物語る。かつて森鷗外が留学した当地を拠点に、多和田は日独両言語での創作という鷗外とは異なる独自の立場から、国粋主義的な言語観や文学観を打ち破るパワフルな創作活動を続けている。

多和田は、ベルリンに越す以前より、この活気あふれる街で開かれる朗読会などの様々な催しに参加しており、二〇〇四（平16）年一〇月二一日には、移民の眼で見たベルリンの歴史をテーマにした企画に参加した。これは市内の銅像をめぐる戸外パフォーマンスを含む演劇プロジェクトで、森鷗外記念館で多和田の作品を演劇化に挑む劇団「らせん館」による *Pulverschrift Berlin*（粉文字ベルリン）の一部上演と公開ディスカッションが行われた（前掲「多和田葉子自筆年譜」参照）。

前掲『エクソフォニー』では、ベルリンは「植民地の呪縛」を考え、イデオロギーからの解放の手がかりを探る街とされる。多和田は、日本がプロイセンを手本に富国強兵をめざした時代に、植民地主義のイデオロギーとつながる衛生学を専攻した鷗外が、日本の近代化に対して極めてユーモラスで皮肉な視線を注いでいたこととその現代的な意義を鋭く解き明かしている。

ヨハネスブルクにて

永遠の旅の途上

多和田文学におけるドイツ

詩「月の逃走」――新しい言語表現の獲得

ドイツ語との出会いと生き物としての日本語との再会による新しい言語表現の開拓は、『Nur da wo du bist da ist nichts　あなたのいるところだけなにもない』（前掲）から始まる。たとえば、同書に収録された詩「月の逃走」では、「トイレでひとり歌っていると」と第一連一行目から読者を奇妙な感覚で包む。場所と行動の関係の意外性に説明は与えられないまま、二行目で「月が」と転じる。美しい月明かりの情景といった叙情的な世界への期待をもたせた上で、次の三行目で「ころがりこんで来た」と続けて期待を一気に砕く。

第二連では、「裸のままで／自転車に乗って／暗喩の森を駆けぬけて／月がわたしに会いに来た」と月のアクティブな行動が明かされる。多和田文学の「裸」とは、拙稿「多和田葉子の鳥類学」（『反響する文学』二〇一一・三、風媒社）で述べたように、異なる文化圏や言語圏でそれまでの常識や価値観が通用しない状態をさす。加えて「暗喩の森」とあり、古来様々な詩人に歌われてきた月が、旧来の比喩表現に辟易したといわんばかりに、陳腐な服を脱ぎ捨てて「逃走」を企てたことを伝える。「わたし」は月が逃走の共犯者に選んだ新たな表現者なのだ。

第三連で描写される外界の奇妙な風景は、「わたし」の視線の異質性を物語るとともに、新鮮な表現者としての位置も示している。歯を磨きながら通りを歩く「美しい女」、公園でりんごジュースを飲む「妊婦服」姿の男。トイレで歌う「わたし」、自転車で逃げてくる裸の月と同様に、ユーモラスで映像的な表現が並ぶ。ドイツで書くことへの欲求とともに噴出したのが物語ではなくて映像的な言葉の断片だったという発言（前掲「日独2つの言葉で世界を紡ぐ」）が連想される。歯磨きも歩行もりんごジュースも妊娠も、個別には健康的なことであるはずなのに、行為者や場所との組み合わせがナンセンスな風景を作り上げる。その風景に「世紀末には健康がつきものだ」と辛らつな視線を投げるのが「わたし」だ。

そして「月」が逃げ出したために、空では異変が起こっている。

第四連では「月のような不安」も「月のような憂い」も消え去り、「のような」たちが空に空いた穴の周囲を楽しげに飛び回っている。肝心の月の不在で比喩が成立しなくなるいっぽう、それまで重い月を頭上に載せ、「不安」や「憂い」といった憂鬱な靴を履かされていた「のような」は解放され、月が占めていた空間に空いた「穴」のまわりで自由を謳歌している。

　こういう創造的な祝祭の愉楽を描く詩だからこそ、ドイツ語訳（*Die Flucht des Mondes*）の過程で、「mondgestaltige」（月のような）、「Gestaltige」（のようなたち）という新しい表現が生まれた。さらに *Abenteuer der deutschen Grammatik*, Konkursbuch Verlag, 2010 に収録された「Die 逃走 des 月 s」へ展開した。表意文字と表音文字を混在させる日本語の不可思議さを表し、定冠詞や前置詞はドイツ語で、名詞や動詞の語幹を日本語で書き、活用語尾を省略する。日本語でもなく、ドイツ語でもなく、中国語でもない、何語でもない響きが聞こえてくる。

戯曲 *Pulverschrift Berlin*
——移民たちが作る街の歴史

　戯曲 *Pulverschrift Berlin*（粉文字ベルリン）は、前述のように「らせん舘」によって二〇〇四（平16）年に初めて上演された後、二〇〇六（平18）年に『TEXT+KRITIK. Zeitschrift für Literatur. SONDERBAND』IXで活字化された。

　登場するのは、ベルリンの粉末洗剤工場の職を失った女性、韓国と日本からゲルマン学を勉強するために来た女子留学生二人、ジャーナリスト、クロイツベルクのパンク女性。これら現代の人物に、ナポレオン、森鷗外、劇作家クライストら過去の英雄や文豪が時代を超えて加わる。一秒も遅れてはいけない今という時間に、彼らはベルリンの中心ミッテ地区にある広大なティアガルテン園内に立つプロイセン王妃ルイーゼ像の前に集まってくる。

　彼らの設定の意味を順に考えてみると、まずジャーナリストが *Berliner Blablatt* の新聞記者であることは、クライストが *Berliner Abendblätter* という新聞を発行していたことと呼応する。だとすれば、二人の留学生は、鷗外のベルリン留学に呼応する存在だろう。日本と韓国というかつて支配／被支配の関係にあった国の出身であることは、鷗外は日本の西洋化に対してユーモラスで皮肉な視線を忘れなかった人物だとする多和田の見方や、ベルリンを「植民地の呪縛」からの解放の手がかりを得る街とする『エクソフォニー』を想起させる。

　失業者の設定の背景には、統一後の雇用の悪化、景気の低迷などドイツが抱える現実的な問題がある。旧東ドイツにはいなかったとの発言にも拘わらず、ジャーナリストは、東のケースととらえると彼女の境遇はリアルに聞こえると勝手な解釈で応じ、こうしたやり取りから皮相なジャーナリズムへの批判とともに、東西統一後も問題が残るドイツの状況が逆説的に浮かび上がる。時間的余裕があると語る失業者と勉強で忙しく時間がないと語る留学生たちの会話からは、ベルリンの今という時間をどう生きるかという問題が投げかけられる。

また、クロイツベルクがトルコ系移民の多い地区であることからすれば、そこに住むパンク女性の存在を通して、ドイツに定住した外国人労働者の問題が問われている。色彩豊かなファッションは、全てを白に染め上げる白人帝国主義の裏返しとなる。

さらに言えば、過去から現れる人々が全て男性であるのとは対照的に、現代の人々が全て女性と設定されたのは偶然ではあるまい。*Pulverschrift Berlin* は、彼女たちに繰り返し何を見ているのかと問いかけ、女性も留学生も失業者も外国人労働者も等しくベルリンの今を生きており、異なる背景を背負った者の出会いと衝突から街の歴史は作られるのだと呼びかけている。

作中では、鷗外が学んだ「Hygiene」(衛生学)という単語は文字に解体され、クライストの作品集は粉末洗剤のような粉と化す。それらは植民地の呪縛の鎖が解かれる様を示し、その時、ルイーゼ像の前は言葉や文化への新しい見方を発見する刺激的な場所に変わる(拙稿「日本文学を引用する越境の作家たち」、土屋勝彦編『越境する文学』水声社、二〇〇九・一一)。

なお、この戯曲は、多和田とジャズピアニスト高瀬アキとの公演「菌じられた遊び」(二〇一一(平23)年一一月二〇日、シアターX)に展開した。この公演は福島の原発事故をモチーフとしながら、目に見えない黴菌をめぐる建前と本音を交錯させる、見ることの意味や、衛生学のイデオロギーに再び迫るものだった。

Eine Heidin in einem Heidekloster と『尼僧とキューピッドの弓』

——Klosterdameと尼僧《ノンネ》

多和田は二〇〇八(平20)年夏の三週間を、ワルスローデにある修道院で過ごした。これはニーダーザクセン州にある十五の修道院が、修道院の果たす意義をより多くの人に認知させるために作家を招き、作品集を出すプロジェクトによる。その結果、*Eine Heidin in einem Heidekloster*, in Poesie und Stille. Schriftstellerinnen schreiben in Klöstern, Wallstein Verlag, 2009が発表され、その後、W市にある修道院を訪れた作家を主人公にした『尼僧とキューピッドの弓』(二〇一〇・七、講談社)へ続いた。つまり、この二作は日本語テクストとドイツ語テクストの「パートナー作品」(松永美穂「多和田葉子の文学における進化する「翻訳」」『早稲田大学大学院文学研究科紀要』二〇〇三・二)の関係にある。
Eine Heidin in einem Heidekloster は、女性の異教徒を意味する「Heidin」とリューネブルガー・ハイデ地方の「Heide」を併記する題名から、修道院の歴史や信仰を挑発する。Leslie A. Adelson, "The Future of Futurity: Alexander Klug and Yoko Tawada", The *Germanic Review*, 86, 2011, 153-184が、この作品の「Future」の描かれ方に注目するように、作家である「Ich」(私)の関心は、千年の歴史がどう修道女の現在と未来につながっているのかにある。人生の折り返し地点を超えて、次のステージに修道院を選ん

だ女性達の物語を聞き、修道院では一人の女性は一章、それどころか一冊の本を終えて、次を生きているのだと思う。中世の「Nonne」（尼僧）が一日に何回も祈らねばならなかったのに対して、日曜日の教会を除いて殆ど祈らず、聖書ではなくてFAZ（フランクフルター・アルゲマイネ新聞）を読む現代の修道女達。そんな彼女達にふさわしい言葉として、「Ich」は「Klosterdame」という修道院を意味する「Kloster」と女性を意味する「Dame」を結んだ言葉を新しく生み出す。

ワルスローデ修道院

　いっぽう、これとは対照的に、『尼僧とキューピッドの弓』では、作家の「わたし」は「Nonne」という言葉を使い続ける。「わたし」は「透明美」「老桃」といったあだ名を尼僧達につけ、漢字の形と意味と音から幻想的な雰囲気をたちのぼらせて、千年の歴史を誇る石造りの修道院を西洋とも東洋とも判別できない不思議な雰囲気に包みこんでしまう。「透明美さん」が尼僧ではなく「コンヴェントゥアーリン」が正式名だと説明すれば、むしろ「尼僧《ノンネ》」という単語にこそ「怪しげなぬくもりと甘さ、中世への秘密の抜け道、古書のにおい、黒い衣の中に隠された薔薇の香り、暗号解きのときめき」といった淫靡な魅力があるとして、漢字表記にドイツ語の読みをふった言語横断的な表現を密かに使うことを決意する。

　一部構成のドイツ語版と異なり、二部構成の日本語版では、第二部で「わたし」の小説を尼僧院長が読む刺激的な展開となる。書かれた物語とそこに登場する人物が一人称で語る物語とがアメリカで出会い、ぶつかり合い、響き合う。第二部の「わたし」が、不思議な鳥を集めたW市の「鳥公園《フォーゲル・パルク》」から遠く離れたアメリカで鳥のような異質な存在と化すシーンも日本語テクストならではの結末として異彩を放つ。

※多和田葉子氏より貴重なお話を伺い、また写真（扉・175・177頁）をご提供頂いた。深く感謝申し上げる。

◆扉頁写真
作者肖像　ハンブルグにて（作者提供）

◆参考文献

総特集「多和田葉子」（『ユリイカ』二〇〇四・一二）
松永美穂「多和田葉子の文学における進化する「翻訳」」（『早稲田大学大学院文学研究科紀要』二〇〇三・二）
Ivanovic, Christine(Hg.), *Yoko Tawada. Poetik der* Transformation, Tübingen, Stauffenburg Verlag, 2010.
Leslie A. Adelson, "The Future of Futurity: Alexander Klug and Yoko Tawada", *The Germanic Review*, 86, 2011, 153-184
Heinz Ludwig Arnold(Hg.), *Yoko Tawada*, Text+Kritik, 191/192/2011

ドイツに関わる多和田作品

Pulverschrift Berlin

TEXT+KRITIK. Zeitschrift für Literatur. SONDERBAND, IX, 2006, 97-108

Eine EX-Arbeiterin(A): Schauen Sie, dort steht sie, die Luise. Kommen Sie mit.

Eine koreanische Germanistikstudentin (K): Wo sheht wer, bitte?

A: Die Königin Luise von Preußen. Als ich noch gearbeited habe, hatte ich keine Zeit, sie zu besuchen. Jetzt habe ich Zeit. Ich bin arbeitslos. Da steht sie! (Zeigt einen Umzug mit dem Zeigefinger) Sie müssen so rum gehen, denn hier kommt man nicht durch. Der Boden ist uneben und schlammig.

【拙訳】元労働者（A）：見てください、あそこにルイーゼが立っています。一緒に来て下さい。

韓国からゲルマン学を学びにきた留学生（K）：どこに、誰が立っているんですって？

A：プロイセンの王妃ルイーゼです。私は仕事に就いていた時に、ここを訪れる時間がありませんでした。今は時間があります。私は失業中なのです。あそこに彼女が立っています！（人差指で回り道を示しながら）回り道をしなければなりません、ここは通り抜けることはできないので。地面がでこぼこで泥だらけです。

Eine Heidin in einem Heidekloster

Poesie und Stille. Schriftstellerinnen schreiben in Klöstern, Wallstein Verlag, 2009, 235-250

Das gereifte Wort >Nonne< hingegen öffnet ein weites Assoziationsfeld, aber die Frauen in meinem Kloster waren definitive keine Nonnen. Also musste ich auf dieses Wort verzichten. Ich benutzte heimlich in meinem Tagebuch das Wort >Klosterdame<, das ich nicht in meinem Wörterbuch fand.

【拙訳】「Nonne」（尼僧）という分別のある言葉は、それに反して連想の分野を開くが、私の修道院の女性たちは確定的に「Nonne」ではなかった。私はこの言葉をあきらめた。私は日記に「Klosterdame」（修道院の女性）という言葉をひそかに用いた。それは私の辞書にはない言葉だった。

尼僧とキューピッドの弓

二〇一〇年七月二八日刊、講談社

W市は、ハンブルグとブレーメンとハノーヴァーを線で結べばできるはずの三角形の真ん中にあるが、この三角形が正三角形でないことは誰にでも想像のつくことであり、そういう三角形に本当に中心点があるのかないのかは、わたしには解らない。あるかないか分からない中心点に達するのに時間がかかるのは無理もない。

　W市の人口は二万四千人と言われるが、住人の多くが町中ではなくまわりの村々に散らばって住んでいるそうで、町そのものは小さいと聞いていた。ニーダーザクセン州で育った人間なら、子供の頃、不思議な鳥たちを世界中から集めたこの町の鳥公園《フォーゲル・パルク》に遠足に行ったことがあるかもしれないが、他の州の住人はこの町の名前さえ聞いたことがないのが普通だったろう。

髙橋龍夫

世界のハルキへ
成長する作家の分水嶺

村上春樹

ギリシャ・イタリア・アメリカ――長編の旅

村上春樹は、一九七九年、三〇歳の時、「風の歌を聴け」で第二三回群像新人賞を受賞し、作家としてデビューする。一九七四年に東京・国分寺で開店したジャズ喫茶「ピーター・キャット」を一九八〇年には渋谷区千駄ヶ谷に移転したが、その年、「一九七三年のピンボール」を発表し、翌年、専業作家となる。村上春樹の最初の海外旅行は一九八三年で、この年、ギリシャのアテネ・マラソンのコースと、ハワイのホノルル・マラソンのコースを走っている。また、翌一九八四年の夏には、アメリカ国務省の招待でアメリカ合衆国を約六週間旅している。この間、ジョン・アーヴィング、レイモンド・カーヴァーに会い、フィッツジェラルドゆかりの土地や人を訪ね、プリンストンにも足を運んでいる。

しかし、村上春樹が本格的に海外の旅をするのは、一九八六年からである。この年の一〇月にはイタリアのローマを経てギリシャへ渡航、アテネからスペツェス島に渡る。この頃から『ノルウェイの森』の原稿を書き始める。一一月から一二月にかけてミコノスに滞在。年末にアテネに戻り、一九八七年一月にはイタリア・ローマ経由でシチリア島のパレルモに移り、一ヶ月ほど滞在。その間『ノルウェイの森』を継続的に執筆する。二月、ローマに戻り、ローマ郊外のレジデンス・ホテルに滞在。三月には『ノルウェイの森』が完成。四月、ボローニャに旅をした後、ギリシャへ。アテネ、ミコノスを経て、五月にクレタ島へ。

六月、『ノルウェイの森』のゲラに手を入れるために、日本に一時帰国。九月、ヘルシンキ経由で再びローマへ渡り、一軒家の貸家に住む。この間、『ノルウェイの森』(上・下)を講談社より刊行。一〇月、アテネに渡り、国際アテネ平和マラソンに参加する。その後、北ギリシャをカヴァラ、レスボス島と回り、ローマに戻る。一二月、『ダンス・ダンス・ダンス』を書き始める。

一九八八年三月、ロンドンに約一ヶ月滞在し、同作を書き上げる。四月、日本に戻り、運転免許を取る。日本で『ノルウェイの森』がベストセラーになっていることを知り、違和感を抱く。八月にはふたたびローマに戻り、写真家松村英三とギリシャ、トルコを取材旅行。後、『雨天炎天』(新潮社)として刊行。一〇月、ローマに戻る。

一九八九年一月、日本に一時帰国、マスコミの昭和天皇の大喪の礼の過剰報道に困惑する。再びローマに戻り、五月末、ギリシャ政府観光局からの招待でロードス島へ渡り、東京での写真展用の撮影をする。七月、ザルツブルグ音楽祭を訪れるため、南ドイツ、オーストリアを車で旅行。一〇月、帰国して、すぐにニューヨークへ渡り、一九九〇年一月、帰国。

一九九一年一月、渡米しニュージャージー州のプリンストン大学に客員研究員として在籍し、『ねじまき鳥クロニクル』を執筆。この間、四月には、ボストン・マラソンに参加、一一月には、ニューヨーク・シティー・マラソンに参加している。その後、松村映三とイースト・ハンプトンを訪ねる。

一九九二年一月、在籍期間延長のためプリンストン大学大学院で、現代日本文学のセミナーを受け持つ。（九三年八月まで）この間も、三月には、ニュージャージー州のモンマス・ハーフマラソンに、四月には、ボストン・マラソンに参加している。七月、ほぼ一ヶ月間、メキシコを旅行。前半は一人でバスを使って各地を回り、後半は村松映三、アルフレッド・バーンバウムと合流し車で旅行している。一一月、約一ヶ月、バークレーのカリフォルニア州立大学でウィークリー・セミナーを持つ。

一九九三年七月には、マサチューセッツ州ケンブリッジのタフツ大学に移籍（九五年五月まで）。

一九九四年三月、ニューベッドフォード・ハーフマラソン、ボストン・マラソンに参加。五月には、プリンストン大学で河合隼雄と「現代日本における物語の意味について」と題する公開対話を行う。さらに六月には、中国内蒙古自治区とモンゴルを取材旅行し、大連からハイラル、中国側ノモンハン、さらにモンゴルのウランバートルからハイハ河東の戦場跡をめぐった。

一九九五年三月、一時帰国、神奈川県大磯の自宅で地下鉄サリン事件を知る。六月、村松映三とカリフォルニアまで車で米国大陸横断旅行をし、その後、ハワイのカウアイ島に一ヶ月半滞在して、帰国。その後は、日本に居住を据えている。

バブル経済期前後の日本からの離脱
——南欧とアメリカ

村上春樹の渡航については、大きく分けて一九八〇年代後半の南ヨーロッパ各地の滞在と、一九九〇年代前半のアメリカの滞在との二つに区分することができる。

1 「遠い太鼓」としての南ヨーロッパ

遠い太鼓に誘われて

私は長い旅に出た
古い外套に身を包み
すべてを後に残して
（トルコの古い唄）

春樹は『遠い太鼓』（一九九〇・六　講談社）の冒頭に右のような唄を載せている。四〇歳を三年後に控えて、「ずっと遠くの時間か

ミコノス島

◆村上春樹が訪れた南ヨーロッパ

シチリア島・パレルモのマッシモ劇場

ら、その太鼓の音は響いてきた。とても微かに。そしてその音を聞いているうちに、僕はどうしても長い旅に出たくなったのだ」と述べる春樹は、バブル経済絶頂期の一九八〇年代後半の日本を離れる。行き先は「トルコの古い唄」に相応しい、当時の日本とは正反対の静かで穏やかな南ヨーロッパであった。群像新人賞受賞当時、十年たったらいいものを書きたいと思っていた春樹は、南ヨーロッパを滞在先に決めた理由について「小説を書くには、騒々しくて忙しいアメリカよりも、何かシーンとした落ち着きのあるヨーロッパがいいような気がしていたからだと思いますね。」（「村上春樹クロニクル」『来るべき作家たち』一九九八・六　新潮社）と述懐している。また、当時、日本は円高基調だったこともあって、物価の安いギリシャやイタリアに滞在することは、日本にいるよ

りも生活費がずっと安く済むという事情もあった。

ギリシャは、東地中海に突出するバルカン半島の南端にあり、半島状の本土と周囲に散在する大小多数の島々からなる。また、小山脈が国土を縦横に走って地形を細分し、周囲から隔絶した山間盆地、小河谷を数多く形成する独特の地形を有している。春樹の訪れた各地は『雨天炎天』（一九九〇・八　新潮社）『遠い太鼓』で知ることができるが、一九八〇年代の喧噪に覆われた日本とは対照的な、厳しい自然の中での質素で静かな生活が描かれている。一九七九年の第二次石油危機の影響をうけて一九八〇年から八八年の年平均経済成長率が〇・六％にとどまる一方、インフレの高進が続いていたギリシャだが、日本のメディアや文壇から遠く離れた場所で孤独に長編小説を書くには絶好の環境だったと言えよう。

同じくイタリアも、豊かな自然や恵まれた食文化、古代からの歴史を感じさせる遺跡群、そして地中海に囲まれた静かな島の生活など、春樹にとって癒やしやインスピレーションを与えた場所であった。

2　湾岸戦争後のアメリカ

村上春樹は、一九九〇年の秋に、三年間に渡るヨーロッパ滞在を終えるやいなや、プリンストン大学に招聘されることとなり、アメリカ滞在の準備を始めた。翌年一九九一年一月にアメリカ領事館にビザを取りに行ったときに、ちょうど湾岸戦争が始まることになる。「僕らは赤坂に向かうタクシーの中で、アメリカ軍がバクダッドをミサイル攻撃したというニュースを聞いた。それは僕らには良い幸先とは思えなかった。」（『やがて哀しき外国語』一九九四・二　講談社）と記しているように、アメリカはイギリスを初めとする多国籍軍とともに、この年の一月一七日にイラクへの攻撃を開始した。村上春樹の渡米には戦争による直接的な影響はなかったが、「正直に言って、その当時のアメリカの愛国的かつマッチョな雰囲気はあまり心楽しいものではなかった。」（同）と述べている。春樹が訪れたプリンストン大学では、キャンパス内で学生がプラカードを持って「プロ・ウォー（戦争支持）」のデモをしており、反戦プラカードを持った学生に対して暴力的な事件も起こったという。この湾岸戦争は、石油高騰により、中東に原油を依存していた日本のバブル経済の崩壊をもたらした一方、日本は多国籍軍に対して計一三〇億ドルの資金援助を行ったが、アメリカなどの参戦国からは資金だけ出す日本の姿勢が非難されていた。

三月には停戦協定が結ばれたが、この年、アメリカ経済の長期的な不調や湾岸戦争によってもたらされた愛国心的高揚感などによって、アメリカ全土でパールハーバー五〇周年記念に向けてのアンチ・ジャパンの機運が次第に高まってきていた。春樹はそのことを次のように回想している。「実際にその中に身を置いて暮らしているとこれはかなりきつかった。どうも何となく居心地が悪いというか、まわりの空気の中に棘のようなものをちくちく感じることがよくあった。（中略）そういうときに言わなくていいことを言ってアメリカ人の神経を逆なでする日本の政治家がいたりすると（いましたね）、いったいこいつらは何を考えているんだろうと思って、真剣に腹が立った。」（『やがて哀しき外国語』）春樹はアメリカ人の知り合いの家に夕食に招かれたとき、同席した白人のアメリカ人が口を滑らせて「君たちジャップが……」と言われた体験もしたという。

一方、春樹は、アメリカの出版業界との接触を通して、当時のアメリカの出版社が激しい競争にさらされ経営母体や経営方針が常に変動しているのを目の当たりにしている。だが、出版人の多くが「自分の誇りにできる本を一冊でも多く世に出したい」（「アメリカで『象の消滅』が出版された頃」『象の消滅　村上春樹短編集』二〇〇五・三、新潮社）という思いで活動しており、アメリカの厳密な契約社会という見方を「多分にステレオタイプな俗説」だとする。実際は、編集者もエージェントも個人的信頼関係で成り立ち、会社の論理を優先する日本とは異なってなによりも作家との関係を優先する「専門職」として機能し、出版界に「個人的体温みたなもの」が存在していることを知る。

春樹が渡米した一九九〇年代前半のアメリカは、世界の覇権として君臨しようとする国家的指針と、個人がプロフェッショナルとして活躍しうる信頼関係を尊重する世界とが並立しており、そういったひとつひとつの体験が、村上春樹にとっては日本を相対化する鏡として自覚されたのだといえる。

世界のハルキへ

成長する作家の分水嶺

メディアの喧噪から離れて——休息と回復と

村上春樹は、一九八六年一〇月からイタリア、ギリシャなど南ヨーロッパに滞在するが、日本を脱出した直後の文章で、次のように述べている。「ぼくの頭の中では、まだ電話のベルが鳴り響いている。（中略）ワープロだかなんだかの広告に出ろと言う。どこかの女子大で講演をしろと言う。雑誌のグラビアのために自慢料理を作れと言う。誰それという相手と対談をしろと言う。性差別やら、環境汚染やら、死んだ音楽家やら、ミニスカートの復活やら、煙草のやめ方やらについてコメントをくれと言う。なんとかのコンクールの審査員になれと言う。来月の二十日までに「都会小説」を三十枚書いてくれという（ところで「都会小説」っていったいなんだ?・）」（『遠い太鼓』）この文章は、著名になった作家に、メディアや組織、業界などが様々な仕事を電話によって依頼してくる様子を具体的に示している。前年に書き下ろし作品『世界の終りとハードボイルド・ワンダーランド』（一九八五・六、新潮社）を刊行した後、「もうひとつ突き破らなければ駄目だという気がしていた」（『村上春樹クロニクル』）と自戒していた春樹にとって、しかしながら、さらなる書き下ろし長編小説を上梓するには日本はあまりにも喧噪に満ちていた。「日本にいるあいだは、ものすごく個人になりたい、要するに、いろいろな社会とかグループとか団体とか規則とか、そういうものからほんとうに逃げて逃げて逃げまくりたいと考えて、大学を出ても会社にも勤めないし、独りでものを書いて生きてきて、文壇みたいなところもやはりしんどくて、結局ただ、ひとりで小説を書いてきました。」（『村上春樹、河合隼雄に会いに行く』一九九六・一二、岩波書店）という春樹独自のスタイルを貫くには、結局、日本を離れるしか選択肢がなかったのである。日本の出版界や文壇は、春樹にとって苦しいものでしかなかった。編集者に「村上は業界の構造が分かっていない。」（イワン・ブルマ『イアン・ブルマの日本探訪』二〇〇八・一二 TBSブリタニカ）とまで言われていたが、『羊をめぐる冒険』（一九八二・一〇、講談社）以降、書き下ろし中心に長編作品の仕事をするサイクルを自分で作り上げていた春樹にとって、むしろ文壇や出版界のしがらみやメディアからの余計な仕事は長編を書き上げる集中力を削ぐものでしかなかったのである。

長編小説の執筆サイクル

南ヨーロッパをめぐる三年間の旅の中で、春樹は二つの長編『ノルウェイの森』と『ダンス・ダンス・ダンス』（一九八八・一〇、講談社）を書き上げる。「この二冊の長編小説は、僕にとって三年間の海外生活におけるいちばん大事な仕事だった。」「僕は『ノルウェイの森』をギリシャで書きはじめ、シシリーに移り、それからローマで完成した。『ダンス・ダンス・ダンス』は大半をローマで書いて、ロンドンで仕上げた。」「ヨーロッパにいると一切誰にも邪魔されずにすむから、いつもにもまして速いスピードで書きあげることができた。」「文字どおり朝から晩までどっぷりと首までのめりこんで小説を書いていた。小説以外のことはほとんど何も考えなかった。

なんだかまるで深い井戸の底に机を置いて小説を書いているような気分だった。」(『遠い太鼓』)と述べているように、日本を離れたことで、納得のいく仕事をすることができたのである。「もし日本で書かれていたとしたら、このふたつの作品は今あるものとはずいぶん違った色彩を帯びていたのではないだろうかという気がする。」「ただひとつはっきりと言えることは、そこには異国の影のようなものが宿命的にしみついている」(同)と春樹自身も自覚しているように、日本を離れ、春樹自身の故郷や記憶のトポスから物理的にも精神的も距離を置くことによって、作品の深みが増しただけでなく、日本の私小説の伝統に付随する湿潤的土壌を拭い去るある種のセンスが遍在していると言えよう。実際、『ノルウェイの森』は、春樹がローマに滞在中の一九八七年九月に日本で刊行されるが、空前の大ベストセラーとなり、単行本・文庫本等を含めた発行部数は二〇〇九年には一〇〇〇万部を越えている。

だが、一九九〇年に帰国すると、ベストセラーの余波で「これまで知り合いだった人との付き合い方のバランスがどこかおかしくなってしまった。僕自身は変っていないつもりなんだけど、それが辛かったですね。そのためにこの頃は一年近く、小説というものが書けなかった。ストレスの強い時期でした。」(『村上春樹クロニクル』)という事態となった。

そこで春樹は、日本を離れて長編を書くスタンスを、一九九一年から滞在するアメリカでも貫く。「誰にも邪魔されずにのんびりと小説を書きたい」という七年前のプリンストン訪問時の世間話が具体化され、四年間に渡るアメリカ滞在中に長編小説『ねじまき鳥クロニクル』を執筆することとなる。

ヨーロッパ滞在の三年間

三年ぶりに帰国した春樹は「この三年間のあいだに日本の社会における消費のスピードが信じられないくらいドラスティックに加速された」「僕はその凄まじい加速度を目の前にして本当に、何の誇張もなくただ唖然としてしまったのだ。」「それを支えているのはビッグブラザーとしてのマス・メディアだ。」(『遠い太鼓』)と述べている。この日本のバブル期の大量消費やメディアに巻き込まれることなく、南ヨーロッパで自分の仕事に集中できたことは、春樹にとってなによりの恩恵であったろう。『ノルウェイの森』は、この時期、南ヨーロッパに滞在していたからこそ書けたものと言える。また、喧噪の日本に巻き込まれず、日本を相対化する視点を持ち得たことも、小説家として大きな収穫であった。「金箔をほどこされたこのいびつな疑似階級社会をヤッピー社会と言うなら、日本の社会はいまのところたしかにそういう方向を希求しているかもしれない。」(同)と述べる春樹は、その後のアメリカ滞在に先立って、既に日本に距離をおいた冷静な見方を獲得し、その視座から日本を描くセンスを磨いていたといえよう。だが春樹は、日本のバブルに湧く人々について「僕にはもちろんそれを笑うことなんかできない。」と述べ、「僕はこれからこの土地で、ひとりの作家としての、ひとりの人間としての責任を負って生きていかなくてはならないのだ。」(同)との意識を抱く。日本を絶望的に自分と切り離すのではなく、むしろそういった日本に対して作家としてのある種の自覚が芽生えていたことも見逃すことはできない。経験、見識、体力において、三七歳から四〇歳という、作家としても人間としても成熟する時期に南ヨーロッパに滞在したことは、ある意味、もっとも適切な年代に渡航する機会を得たとも言えよう。それは、春樹にとって日本を離れるべくして離れ後に国際的な作家として成長するために自ら選択した通過儀礼だったとも言える。春樹における社会に対するデタッチメントからコミットメントへの精神は、南ヨーロッパ滞在でその萌芽が培われ、アメリカ滞在によって具体化していったものと見ることができよう。

日本の相対化と社会的自覚

村上春樹は渡米する以前の一九八三年に、アメリカについて「僕にとってのアメリカはいわば同心円を回避するための護符のようなものであった。」と述べている。「僕→家族→共同体(学校・職場)→国家、という精神的連続性を有する同心円」の外側にある「中心を異とする「アメリカ」という円を自分の生活の中に持ちこんだ」ことで「自己を相対化することが可能になる」(「記号としてのアメリカ」『群像』一九八三・四)という。自己の所属する日本という共同体を相対化する個人の視点を、春樹はアメリカから得ていたといえる。そして実際、一九九一年にアメリカに渡った印象について、春樹は次のように述べている。「とくにアメリカに行って思ったのは、そこにいると、もう個人として逃げ出す必要はないということですね。もともと個人として生きていかなくちゃいけないところだから、そうすると、ぼくの求めたものはそこでは意味を持たないということになるわけです。」(『村上春樹、河合隼雄に会いに行く』)つまり、日本で意識しなければならなかった共同体の外延が、アメリカではそのものとなり、個人が行動の原則となったのである。実際、プリンストン滞在中、車で一時間程度のニューヨークと行き来する中で、ニューヨークの出版社やエージェントとの関係が生まれてくる。人と人との信頼関係のネットワークのつながりから短編集『象の消滅』がクノッフ社から刊行されることが決まる。「アメリカはビジネスの面ではクールだと言われるけれど、そんなことは絶対にないと思う。顔をつき合わせて話していると『じゃあやろうか』ということになることもあるし。やっぱり人と人との付き合いがすべての始まりです」(『村上春樹クロニクル』)と述べるように、組織よりも個人の信頼関係や能力、熱意が優先されることを実感している。また、人前で話すことの苦手だった春樹だったが、アメリカ各地の大学などで講演や討論、セミナーを持つことで「英語では言いたいことの半分も言えないんだけど、逆に英語っていうのは僕にとって記号みたいなものだから、かえって気楽なのかもしれない」「とにかく自分がいままで苦手だったことをやってしまおう」(同)との思いに至っている。

さらに、アメリカ滞在中に湾岸戦争が起こり、反日感情が高まる中、日本が派兵しない理由を問われることで日本の平和憲法や戦後体制について否応なく考えさせられることとなった。「つまりは日本とは何だろう日本人とは何だろう」（同）という問題意識は、プリンストン大学にあったノモンハンの資料の閲覧から中国内蒙古自治区、モンゴルの取材へと至り、それが『ねじまき鳥クロニクル』に結集されることになる。後年、春樹は「それはすごかったですよ。ジャパンバッシングが、今からちょっと想像できないくらい強くて、日々の生活はそれなりにきつかったです。日本人は何かということを、いやでも考えさせられた。『ねじまき鳥クロニクル』は、そういう外圧というかプレッシャーを強く肌に感じながら書いた小説でもあります。ぎりぎりに絞って自分をいじめるという感じに近かった。小説を書くのが一番きつかったのは、『ねじまき鳥クロニクル』かもしれません。」（『考える人』二〇一〇・八、新潮社）とも述べている。

アメリカ滞在と湾岸戦争は、春樹を個人としての自覚や行動律を高めると同時に、日本を相対化しつつ戦前から戦後にかけての日本の社会に対する問題意識を深める契機となったのである。

アメリカ出版界への進出

一方、アメリカ出版界への進出も、春樹は意識的に活動するようになる。一九八九年『羊をめぐる冒険』の英語版の好意的な書評が『ニューヨーカー』『ニューヨーク・タイムズ』などに掲載されたことが契機となり、一九九〇年『ニューヨーカー』に「ＴＶピープル」を最初として数回、春樹の短編小説が掲載された。「それは僕にとって夢の夢だった」という春樹は、自分が日本の作家ということを自覚しつつ、「グローバルな見方や考え方を取り入れるためにも、海外とのコンタクトはすごく大事にしたい」という姿勢を貫くようになる。ヨーロッパで孤独な毎日を送った春樹は「アメリカでは反対に、とにかく自分を外に向けて開いていこうという気持ちが強かった。作家のひとりとして、アメリカで自分の地歩を築いてやろうと考えていましたから。」（『村上春樹クロニクル』）という自覚を抱く。一九八四年にジョン・アーヴィング、レイモンド・カーヴァーと会い、フィッツジェラルドゆかりの土地や人を訪ねていた春樹は、長編や短編集の英訳出版、短編小説の『ニューヨーカー』への連載、編集者やエージェントとの信頼関係、『ニューヨーカー』の小説特集の撮影依頼でのジョン・アップダイクとの出会いなどにより、アメリカ出版界にアメリカの作家と同じスタンスで付き合おうという自覚を持つに至る。日本という一つの共同体の外延をアメリカに設定していた春樹は、アメリカに滞在する中で、自らの英語力を主体的に駆使しつつ、意識的に日本の枠に留まらない作家のスタンスを取るようになったのである。

一九九五年の帰国の意味

一九九五年一月一七日に阪神淡路大震災が起こり、一時帰国した際に、春樹は神奈川県大磯の自宅で地下鉄サリン事件を知る。戦後五〇年の節目に二つの事件が起こったことで、春樹は「日本は確実に転換しつつあるんだという実感がありました。僕は日本の小説家だし、日本を舞台にして日本人を主人公にした小説を書いているんだから、自分の目でその変化をしっかり見届けたいという気持ちが強くありました。」（『考える人』）という思いに至り、この年、アメリカから帰国することになる。

そして、『アンダーグラウンド』（一九九七・三、講談社）と『約束された場所』（一九九八・一一、文藝春秋）で地下鉄サリン事件とオウム教団を扱い、短編集『神の子どもたちはみな踊る』（二〇〇〇・二、新潮社）で阪神大震災を扱うことになる。そこには「バブル経済が破綻し、巨大な地震が街を破壊し、宗教団体が無意味で残忍な大量殺戮を行い、一時は輝かしかった戦後神話が音を立てて次々に崩壊していくように見える中で、どこかにあるはずの新しい価値を求めて静かに立ち上がらなくてはならない、我々自身の姿なのだ。」（「蜂蜜パイ」『神の子どもたちはみな踊る』）との春樹の思いがあり、さらに方法としても「世界は無数のボイスの集積によって成り立っていた。そしてその世界を一人称だけでしめくくることは、現実的にはもうほとんど不可能になっていた。」（「自作を語る」『村上春樹全作品一九九〇～二〇〇〇③』二〇〇三・三、講談社）という変化が生じた。七年に渡る南ヨーロッパとアメリカの滞在と日本における二つの事件を契機とした帰国は、春樹に、日本の作家としての社会的自覚を深め、社会に対するデタッチメントからコミットメントへと実質的に変貌するダイナミズムを意味していたのである。

村上春樹は、日本のメディアや文壇に巻き込まれず、英語によって自己を解放し、日本を相対化できたからこそ、日本社会に深くコミットメントできたのであり、そういった日本の問題を描くことで、逆に世界に共通する現代社会の課題を浮き彫りにすることが可能となったのだろう。グローバルな視点からローカルを見ることで、村上春樹は世界のムラカミハルキへと成長したのである。一九八〇年代後半から一九九〇年代前半の南ヨーロッパとアメリカへの渡航は、日本の作家から世界の作家へと変貌する分水嶺に位置づけられる重要な時期だったと言えよう。

◆扉頁写真

春樹が滞在したプリストン大学

◆参考文献

『来るべき作家たち　海外作家の仕事場一九九八』（一九九八年六月一日、新潮社）
井上義夫『村上春樹と日本の「記憶」』（一九九九年七月三〇日、新潮社）
村上春樹研究会編『村上春樹　作品研究辞典（増補版）』（二〇〇七年一〇月一五日、鼎書房）
平野芳信『村上春樹―人と文学』（二〇一〇年三月三一日、勉誠出版）
季刊誌『考える人　村上春樹ロングインタビュー』（二〇一〇年七月三日、新潮社）

南ヨーロッパ・アメリカに関わる村上春樹の作品

遠い太鼓　（平成2年6月）講談社

僕がスケッチを始めたそもそもの目的は、ひとつには、異国にあって知らず知らずどこかにぶれていってしまいそうになる自分の意識を、一定した文章的なレベルから大きく外れないように留めておくということにあった。自分の目で見たものを、自分の目でみたように書くこと――それが基本的な姿勢である。（中略）何よりも大事なことは、文章を書くという作業を自らの存在の水準器として使用することである。そして使用しつづけることである。（中略）流離うヨーロッパの僕は、これらの日本語の文章を仲介として、流離わない日本の僕と心を通じあわせていたのだ。

そのようにして、僕は自分を維持しつづけるために文章を書きつづける常駐的旅行者であったのだ。

やがて哀しき外国語　（平成6年2月）講談社

この国を内側からつぶさに見ていると、勝って勝って勝ちまくるというのもけっこう大変なことなのだなあとつくづく痛感する。ベトナムでは挫折があったものの、確かにこの国は冷戦にも勝ったし、湾岸戦争にも勝った。でもそれで人々が幸せになれたかというと、決してそうではなかったようだ。人々は十年前に比べてより多くの思い問題を抱えて、そのことでいくぶん戸惑っているように見える。国でも人間でも、挫折や敗北というものが何かの節目においてやはり必要とされるのかもしれないという気がする。でもだからといってアメリカにとって代わるだけの明確かつ強力な価値観を提供できる国家が現在他にあるかというと、これはない。そういう意味では、現在の一般的アメリカ人が感じている深い疲弊の感覚は、現在の日本人が感じているむずむずした居心地の悪さと裏表をなすものではないかという気がする。単純に言ってしまえば、明確な理念ある疲れと、明確な理念のない居心地の悪さ、ということになるかもしれない。このしんどい選択は我々日本人にとっても、あるいはこれから先大きな意味をもってくるのではあるまいか。

レキシントンの幽霊　（平成8年10月）『群像』

マサチューセッツ州ケンブリッジに、二年ばかり住んでいたことがある。そのときに一人の建築家と知り合いになった。五十を過ぎたばかりのハンサムな男で、髪は半分くらい白くなっていた。背はあまり高くない。水泳が好きで毎日プールに通い、身体はがっちりとしまっている。ときどきテニスもやる。名前はかりにケイシーとしておく。独身でボストン郊外、レキシントンの古い屋敷に、ひどく無口で、顔色のあまりよくないピアノの調律師と一緒に暮らしていた。（中略）

僕の短編がいくつか英語に翻訳されて、アメリカの雑誌に掲載された。ケイシーはそれを読んで、編集部を通して僕のところに手紙を書いてきた。あなたの作品と、あなた自身にたいへん興味を持った。もしよかったらお目にかかって話をしたいのだが、とあった。

フェイ・クリーマン

言葉の越境者

リービ英雄

留学生活

一般の日本に留学してきた留学生とは違い、リービ英雄の日本留学は一種の宿命的な遭遇といえよう。ユダヤ系の父親とポーランド系の母親の長男としてアメリカ国籍をもつリービは幼少時代から外交官を職とする父親の外交ポストに赴任するため、アジア各地とアメリカの間を転々と移住を繰り返す。香港、プノンペン、台北など数ヶ月ごとに家と国を替えたのである。アジアで育てられた幼児期の原体験は後に、リービが作家の道をたどるきっかけとなった。

幼少期の体験は、ほとんどデビュー作『星条旗の聞こえない部屋』の主人公ベンと重なる。リービは本作で「アジアにいる金色の髪の子は多勢の人の眼差しの中で育つもの」だと述べている。

両親の離婚で母と弟と帰国し、少年期にアメリカワシントンDCの郊外の町で育った。十代の半ばごろ再び駐日アメリカ領事を勤めていた父親のいる横浜にたどり着き、上海系中国人と再婚した父親と異母妹などとの新しい家族との生活がはじまった。そして家では英語、上海語、北京語の世界にいながら、一歩でれば、純粋な日本語の世界に囲まれるという、奇妙な言語環境にいることを意識する。狭義的な留学生活はこの短い期間しかなかったが、リービの人生や作家としての道程にとって大きな転換点といえよう。このころから本格的に日本人と接触し、日本語を習い、かつ日本の文学と文化に魅了された。三島由紀夫などの作品に傾倒し、やがて「日本文学」を志したのである。その後、アメリカにもどりプリンストン大学で東洋学を専攻し、同大学院で一九七八年、「柿本人麻呂論」により文学博士号を取得した。その後、プリンストン大学やスタンフォード大学で教鞭をとった経験をへて、日本に渡る。

多くの留学体験は一定期間に限るが、リービの日本留学は一時期的なものではなく、文化と文化の間を行き来する持続的な「生活」スタイルとなっていった。一九六〇年代の終わりから一九八〇年代までの二〇年間、リービは日本とアメリカの間を行ったり来たりする生活をした。アメリカの小さい大学町プリンストンと新宿周辺の数々の木造アパートの間を「日米往還」したのである。リービはこの時期を「万葉集時代」と自称している。つねに『万葉集』とともに行動し、『万葉集』をかかえてジャンボ機にのって年五、六回行き来した。一九八二年、『万葉集』の英訳で全米図書賞を受賞した。

八〇年代に入りリービと日本文学の関係にはもう一つの転機が訪れる。それは万葉研究者から日本文学を書き出す日本文学者に変身したことである。そして、一九九二年『星条旗の聞こえない部屋』で野間新人賞を受賞後、現代日本文学を活性化させる作家の一人となっていったのである。

社会と文化

作家は、それぞれの国の言語の職人であり番人でもある。作家個人の経験にとどまらず、自国の国民の集約的総体験を、想像力と表現力によって、文学的に再創造する。それらのテクストは読者の心に刻み込まれ、ついには国民の集団的意識の一部として深くとどめられる。日本文学の領域において、この結束はよりいっそう永続的であった。多くの日本作家と日本語の間の特権的な関係は、必然的なものだとは思われてきた。世界の他の作家達に比べ、日本人作家は日本語との親近感をより意識し、重んじ、尊敬し、疑い、抵抗し、問題化している。それはこのテーマに関する作家達の数多くの著作において明らかである。川端康成や谷崎潤一郎、三島由紀夫のように古典と認められた作家には、みなそれぞれの『文章読本』がある。ほかには丸谷才一（『丸谷才一の日本語相談』、『日本語のために』、『日本語そして言葉』など）や、司馬遼太郎の『日本語と日本人』、そして大江健三郎の『日本語と日本人の心』なども言語の問題と真剣に取り組む好例である。日本で作家であることは、職業的な実践者としてまた芸術的な権威として、日本語を観察し批評する特別な場に存在することなのである。

スタンフォード大学で日本文学の「研究」と「分析」を本職とした学者のリービは、日本文学のなかで巨大なモニュメンタル（記念碑的）なものとされる『万葉集』研究の一人者であり、言霊の持つ魅惑的な魔法をもっとも知り尽くし、日本語の神聖性を詩的言語を通して把握できる一人でもあった。

リービ英雄の日本語や日本文化とのかかわりは二つの面から考えられる。ひとつは『万葉集』の英訳に携わることによって、日本の古典和歌を世界中の人々の手に届けたこと。もう一つは日本語で文学を書くこと。翻訳活動は創作行為に何らかの影響を与えているに違いない。リービは、「和歌を読み、和歌とは異なった言語に「書きなおす」という作業では同時代の散文を読むだけでは得られない、日本語の感性とリズムを身体的に覚えてしまった」と語っている。もし翻訳が「創作するための厳密な読解」であれば、「和歌をある程度読解した上で日本語の散文を書きはじめたことは、結果として、得策だったのだろう」とその翻訳と日本語による創作の相乗効果について述べている。彼は、古典詩歌の持つスケールと深みを研究し、その中で、現代文学に通じる可能性を見いだすことに専念してきた。が、有名な翻訳家ジョン・ネイスンの比喩を借りれば翻訳することは所詮人妻との恋愛事件のよ

対談するリービと芥川賞作家楊逸（2008）

リービと作家温又柔、北京天安門にて

『星条旗の聞こえない部屋』中国語訳

『星条旗の聞こえない部屋』英語訳

うで最終的には、夫に返すその寂しさを覚悟の上でなされる作業である。この虚しさを知ったことが、リービに直接日本語で書いて日本の読み手に読んでもらう願望をもたらしたのである。

六十年代から八十年代の間、日米を行き来したリービは翻訳と創作の狭間に自分の安住できる文学の場を探し続けた。「なぜ日本語で書くか」という頻繁に出会う詮索に対し、リービは『日本語の勝利』(一九九二)『日本語を書く部屋』(二〇〇一)『我的日本語』(二〇一〇)などの著書で答えようとしている。西洋語優位にたいする作家の青年時代の直感的な疑念こそ、リービが日本語を選択した理由のひとつと言えよう。リービ英雄は、普遍的な世界言語の英語で書き十億人の英語読者を獲得できることよりも一億人の日本人に読んでもらうことに価値を見出したである。

リービの日本語に対する深い想いは執心に近い。強迫観念に思わせる一種のフェティシズムに擬似するという批判もしばしば見られる。英語より日本語という、主流に逆行する選択はリービにとって決して、安易なものではない。「リービは、ひとつの言語で書くと、その言語の歴史を全部背負う。あるいは対峙する。それを常に意識せざるをえない」と語った。(『我的日本語』一一九頁)。英語やニュートラルな世界言語ではなく、むしろ固有の歴史に飛び込み、その歴史の重さを抱きしめて書くことをせつに願望する。作家デビューしてまもなく書かれた『日本語の勝利』では「日本」という国や「日本人」の勝利ではなく、「日本語」そのものの勝利を主張した。そして、それはまさに鎖国時代から近代を経て、人種、民族、文化、言語をイコール・サインで結んできた「単一民族」神話の崩壊による日本語そのものの勝利だと強調した。

昨今、英語を第二共通語にすることの是非やグローバリゼーションのなかにおける日本語の国際性、将来性についてさまざまな論議がなされている。一方、英語中心のインターネット世界に周辺化されつつある日本語の危機意識による悲観的な「日本語が滅びる時代」が来るともいわれている。だが、先駆者としてのリービをはじめ、今や日本語で書く越境者は増えている。中国人、イラン人、あるいは台湾出身の人が芥川賞や小説新人賞を受賞することもめずらしくない。二〇世紀の後半、漫画、アニメの台頭により、やや停滞ぎみだった日本文学が、新たな日本語文学として、世界文学としての可能性と方向性を示すことになるのも、リービ英雄のような作家の活躍によるのであろう。

「間言語」の空間に生きる

戦前の「日本語文学」(「在日」文学や『台湾万葉集』のような旧植民地の人たちの日本語による詩作)は、日本の植民地主義の言語政策による文学作品といえよう。この文学の総体は、ある意味、いかなる作家個人の制御をも超えた、過去の歴史的条件の所産である。旧植民地の作家たちは、新たな言語に適応し、それを借用し、執筆のために完全に新しい言語的、創造的な技能を獲得することを必要とする環境に置かれたのであった。彼らには支配者の言語に順応しなければならないという重圧があった。が、これらの作品は、徐々に日本人の集団記憶から薄れてゆき、世代の変化とともに消滅し、過去の残響になっている。

一方、戦後の日本語文学は、アジアにおける戦後地政学的な再提携と一九六〇年代後半からの日本の国際化、そして過去半世紀に越境する作家を傑出させてきた人的資源の移住と可動性の所産である。この種の日本語文学は現存の停滞した日本文学に活力を与える可能性を持つものであるし、日本文学において正当な位置を有するだけではなく、世界文学の未来でもある。母語でない日本語で書く日本の作家たちは、日本語の視野を広げ、世界文学を発展させる可能性を潜在させている。こういう意味でもリービ英雄は、自発的に母語の限界から脱出し、自己意志で創作言語を選ぶもっとも劇的な作家の一人であろう。

リービの作品は、言語と国籍とは完全に一致するものではないということのもっともよい証明である。自らの母語とアイデンティティを切り離すことで、リービは、ある種の言語的そして文化的亡命(exile)を自分自身に課す。この言語的ディアスポラは、彼の創造的衝動にふさわしい言語をもたらし、そしておそらく真の意味で、彼を戦後最初の日本語作家たらしめたのである。リービの作品は、英語と日本語と中国語との三者間の緊張関係を明らかにし、東アジアの冷戦時代の地政学というコンテクストにおいて言語問題を提起している。

リービ英雄の初期の作品の多くは、彼の個人的な体験に基づいている。最初の短編「星条旗の聞こえない部屋」は、主人公ベンの台湾での幼少期、日本で過ごした十代の輪郭を描き、そして最終的には日本人の間で生きていこうと父親の家から逃げ出して終わる話である。一六歳という歳での、中国の文化と伝統を熟知した中国学者である父親からの訣別は、日本語文学の作家としての作家的な主体性が形成される決定的な瞬間である。異なる言語に対するリービの敏鋭な感受性は、彼が香港、プノンペン、台北で少年時代を過ごした時に、白人でありながらアジアで育った子供としての受験から生まれた。多くのアジア人の間の白人としての差異の自覚は、リービの文学の通奏低音をなす。忘れられた少年時代のこの意識が、どのようにして完全な自覚を促されたのかという彼の語りは、日本語文学における彼の小説執筆によってもたらされたのである。

「星条旗の聞こえない部屋」は、彼が台湾中部で少年として限られた環境で守られて生活していたときから、ワシントンＤＣで母と兄と共にあった孤独な十代前半、最後には、日本語に保護を求めるために彼を家庭からの逃走に導いた父親と共に過ごした横浜での不幸せな十代の数年間を詳しく述べている。台湾で日本の植民地主義の文化遺産である日本式住居に住んでいるあいだ、主人公ベンは、彼の周囲に広まる多重の音声に漠然と気がつく。英語だけの母親、様々な中国語方言を話す召使いたち、友人たちと標準中国語で中国の政治と古典文学について話す父親、そして、その他すべての言語と異なる台湾語で遊ぶ彼と同世代の子供たち。のちに、当時横浜で合衆国領事であった父親に合流するために、安保運動とベトナム反戦運動の荒れ狂う日本に到着したベンは、領事館の構内を軽々しく離れないように、特に新宿近辺へは行かないようにと、父親から警告される。ある日、父親の古い本を調べていたとき、ベンは漢字のあいだに「の」のような記号を見つけ、それについて父親に物珍しそうに質問した。父親は、誇り高い中国学者としてそれを怪しく女々しい、頽廃した言語だとみなして日本語への軽蔑感を示し「あれは平気で理の均整をくずして官能に溺れる文化の表記だ」と答える。（五八頁）。また、三島由紀夫の小説『金閣寺』の翻訳を読んだとき、ベンの父親は、彼がどんなに頑張ったところで、日本人から彼らの一人として受け入れられることは決して無いだろうとあざけるように忠告した。そして父親がベンを中国語に導こうと試みたにも関わらず、彼はひらがなに引きつけられてしまうのである。

さらに、作中でベンは次のように述懐する。

「の」と「は」と「む」と「ゑ」、漢字の森に戯れている蝶の形をしたひらがなを魅惑された思いでずっとたどっていたのが記憶に残っていた。（五八頁）

米国に送り返すぞと彼を脅した父親との戦いのなかで、ベンは、父の家から、そして、日本と合衆国また日本語と英語の非対称な権力関係を象徴する星と横縞からなる旗から離れようと決意する。全体の一部になりたい（群衆の中に溶け込んで）というベンの欲望は、言語的でも文化的でもあるものであった。ベンは、父親が新たな家庭をつくるために母親と離婚し、はるかに若い中国系女性と結婚したことを、深い疑いと幾らかの軽蔑の眼でみていた。「星条旗の聞こえない部屋」は、ひとりの息子が、どのようにして父の中華主義的で理性的な漢字の世界を拒絶し、あえて官能的なひらがなの世界を選択するかを描いた物語として読むこともできよう。

　このようにリービの初期の作品が、「日本」という記号へ向かう文化的求心力と、仮の「家」を探し求めるテーマを扱っているのに対し、後期の作品は、次第にその単一的な純粋さから離れ、多元的、分散的なものに惹かれていく様子を表現している。つまり、父に抗して家出した少年が成長し、自我を確立したうえで再び父の国にルーツを探しにいくという図式に転換するのである。リービの小説六作のうち、三作が中国を舞台としたものである。リービは一九九三年八月に初めて中国を訪れている。その後、『天安門』（一九九六）、『ヘンリーたけし　レウィツキーの夏の紀行』（二〇〇二）、そして『仮の水』（二〇〇八）と、「中国三部作」を発表した。これらの作品は、日本に在住するアメリカ人から見た新しい中国像を提示している。日米や日中という従来の両極的相互視野の言説とは違い、日米中三極が同時に叙述に展開される。ここでもリービの小説の原点である「言語」というメカニズムを通し、三つの文化間の複雑極まりなくねじ曲がった関係を虚構的に描き出している。〈名前〉〈血統と種族の源流〉という謎を抱えてアメリカから日本、そして中国へ国境を越え歴史を遡る、新たなアイデンティティの旅わ始める青年ヘンリーたけし・レウィツキーが、八百年前にシルク・ロードを辿ってはるばる中国の開封にたどり着き定住したユダヤ系中国人の末裔の末亡人と出会う短編小説『我是』（二〇〇八）がリービの中国ものの好例であろう。しかし、そもそも中国を小説の題材にするというリービの動機は、新しい中国像を日本人読者に呈示することではなく、むしろ文化、言語、種族的アイデンティティの探索にあった。

　この複言語同時性（multilingual simultaneity）という主題は、『千々にくだけて』（二〇〇五）という作品において、より深く掘り下げられた。二〇〇一年の同時多発テロを背景とするこの小説は、暴力的な世界における「故郷と国境」という概念の不条理さを考察しており、日本語で書かれたポスト九一一文学という稀有な存在であるといえよう。主人公のエドワールトはアメリカに帰省する道中でテロ事件に巻きこまれる。主人公はアメリカに入国もできず、かといって日本にも戻れず、第三国であるカナダのバンクーバーのモーテルで数日間の不本意な滞留を余儀なくさせられ、そのリンボー状態を描く小説である。この物語はそれまでの言葉の差異のみに関心を注いだ作品から一歩進み、異文化におけるモラルや価値観の差にも目を向けている。テレビの報道を観ながらエドワールトは、“evildoers”（「悪人」では軽すぎる）に対応する日本語はないと思う。ブッシュ大統領が繰り返して口にする“infidels”（「異教徒」または「不信心者」）という言葉についても、相当する日本語の語彙が思いつかない。ここでは日米中の三者関係から視点をずらし、日本とアメリカとイスラム文化の文化比較論が展開されている。このテロ事件は政治化された宗教的な衝突を表す日本語語彙の欠如をエドワールトに意識させた。リービの作品の主人公たちは、リービと同じく、微粒子のように常に言葉と言葉、文化と文化の狭間を浮動する。言葉は文化であり、思想を構成する最小の単位でもある。ひとつの語彙の有無（presence and absence）や、文化と文化の間の翻訳不可能な空白に配慮しながら、彼らは言葉と文化を翻訳しながら生きていくのだ。後期の作品の中の「中国大陸」と「アメリカ大陸」は、前期の作品の父（中国）、母（アメリカ）との個人的な葛藤を越えて、より客観的・抽象的な文化記号へと変化を遂げたのだ。

　リービの物語は、言語と時間、空間、さらに、物質的な身体のあいだの関係を扱っている。それは、言語が単にコミュニケーションのための透明な道具ではないことを思い起こさせてくれる。むしろ、時間と空間を横断する自己に関する最も抽象的な概念化から、極度に具体的な肉体的経験の行為にいたるまでの意味を伴っている。リービは、エッセイ集『日本語を書く部屋』において、書くという過程について長々と論じている。彼は、生物学的な特権（血の権利）による日本語の所有権という考え方の正体を暴露する。あるエッセイの中で、彼はなぜ日本語で書くことを決めたかという理由について語っている。近年、彼は中国を旅行し、日本語で中国について書いた。言語的なダイナミックさは日本語と英語二つからなる関係から、日本語、英語、中国語の三者からなるそれへと変化した。リービは、彼が一種の世界文学に進化させようと望む、新たな種類の文学を形成するために、アメリカ文学に顕著な「家族の崩壊と退化」という主題を、中国文学において支配的な主題「歴史」とともに私小説——日本の文学作品において圧倒的に普遍的な様式——の形式に織り込んでいると主張している。

◆扉頁写真

新宿・歌舞伎町

◆参考文献

フェイ・クリーマン「戦後の日本語文学」（岩波講座『「帝国」日本の学知〈第五巻〉東アジアの文学・言語空間』所収、岩波書店、二〇〇六年）
青木　保『作家は移動する』（二〇一〇年、新書館）
浅田徹他編『帝国の和歌』（八六〜八七頁、二〇〇六年、岩波書店）
水村美苗『日本語が亡びるとき』（二〇〇八年、筑摩書房）

リービ作品

星条旗の聞こえない部屋（一九九二）講談社

ベンはその女を見かけたことがあった。いつも他の留学生たちから離れた隅の方に一人で座って、原文の夏目漱石の「こころ」やドナルド・キーンの日本文学英訳集に熱中していた彼女の、すこし高慢な淋しさに好奇心をそそられたこともあった。

しかしベンは彼女とも、他の留学生ともあまり言葉を交わしたことがなかった。十七歳のベンは大学生と大学院生のやり取りに参加しなかった。悪口雑言の留学生たちより、留学生たちから「未熟《インマチュア》」と軽蔑される日本人、落書きの壁の前に常に立ち並んでいるイングリッシュ・コンバセーション・クラブの会員たちの方が、自然に話し相手になった。

ベンは日本語の授業が終ってから、帰りがけに留学生控え室に立ち寄るのだった。教室が並んでいる廊下のつきあたりにある控え室に入ると、静かに立ち並んでいた日本人の何人かが、臆病な狩人が獲物をみつけたような、しかし何となく友好的な目つきで壁を離れて、「オー・ハイ・ベン」とすぐ左右に囲んで、熱心に英語で喋べり出した。

天安門（一九九六）講談社

気づいてみると、灰色の人民服の中年男が、「あなたは北京語が話せますか」に相当する北京語も言わないで、すぐかれの質問に答えていた。

窓の錆びた金属のフレームを力いっぱい引っ張ると、半分ほど開いた。

忽ち、甘ったるいような堆肥のにおいがバスの中に飛び込んできた。

二車線だけの古い道路のそばに高い木が隙間なく並んでいた。が、何の照明もないその並木の列の裏までよく見ると、田圃が無限に広がっていた。

「やっぱりにおうわよ」後ろの方から、女の若い日本人の声が、息苦しいバスの中で響いた。

「韓国もにおいがあったけど、こっちの方が強烈だね」

男の若い日本人が、まわりを意識して少し神経質な笑い声をもらした。

アイデンティティーズ（一九九七）講談社

❖「文学者」の国に、ぼくがいる

日本語の歴史、そしてその中から生まれた日本語の表現の必然的な方向づけは、いうまでもなく、西洋語のそれとも中国語や韓国語のそれとも違う。近代国家が押しつける意味づけと違って、日本の「文学者」は自分を「日本」の代表と思いこむことはできなくなるだろう。が、「文学者」がいるということが、多分、日本の特性であることに変わりはないだろう。日本がアメリカのように「作家だけ」の国になってしまう可能性が現実にはある。が、アメリカ（とか中国、とか韓国）が「文学者」の国になる可能性はゼロだろう。

西暦（元号）	日本	世界	作家渡航関連
	混入で再度禁輸	抗議行動。10月、北朝鮮、初の核実験	
2007（平成19）	２月、中国、尖閣諸島付近で海洋調査、日本政府抗議	イラク、バクダートで大規模自爆テロ発生。アメリカ・イラン、27年ぶり公式協議。ＥＵ加盟国、リスボン条約調印	**５月24日、大庭みな子死去**
2008（平成20）	３月、円高、１ドル＝100円割る。６月、秋葉原通り魔事件。12月、大量解雇相次ぎ、「派遣村」出現	四川省、マグニチュード８の地震。９月、米、証券会社リーマン・ブラザーズ経営破綻（「リーマン・ショック」世界的金融危機）	**葉**３月、ハンブルグからベルリンに移住
2009（平成21）	裁判員制度開始。民主党、総選挙で「政権交代」。事業仕分け開始。外務省、日米密約文書発見	米、オバマ大統領就任。「核のない世界」表明。米、GM連邦破産法適用申請。国連安保理「核のない世界」決議	
2010（平成22）	９月、尖閣諸島付近で海上保安庁巡視船に中国漁船衝突。11月、尖閣諸島漁船衝突時の動画流出	８月、イラク駐留米軍、戦闘部隊撤退完了。11月、北朝鮮、韓国・延坪島に砲撃	
2011（平成23）	３月11日、東日本大震災、大津波で死者・行方不明者２万人以上。ワールドカップ、女子初優勝	２月22日、ニュージーランド、クライストチャーチ地震。福島第１原発事故の国際評価レベル７	

＊略字（生年順）

鷗…森鷗外（1862〜1922）　**漱**…夏目漱石（1867〜1916）
藤…島崎藤村（1872〜1943）　**武**…有島武郎（1878〜1923）
晶…与謝野晶子（1878〜1942）　**荷**…永井荷風（1879〜1959）
光…高村光太郎（1883〜1956）　**潤**…谷崎潤一郎（1886〜1965）
芥…芥川龍之介（1892〜1927）　**横**…横光利一（1898〜1947）
百…宮本百合子（1899〜1951）　**芙**…林芙美子（1903〜1951）
み…大庭みな子（1930〜2007）　**春**…村上春樹（1949〜）
英…リービ英雄（1950〜）　**龍**…村上龍（1952〜）
葉…多和田葉子（1960〜）

1997 (平成9)	神戸連続児童殺人事件。トヨタ、ハイブリッドカー発売。三洋・山一証券、北海道拓殖銀行破綻	英、18年ぶり労働党勝利、ブレア政権。香港、英から中国に返還。12月、地球温暖化防止・京都議定書
1998 (平成10)	金大中韓国大統領、江沢民中国国家主席、日本訪問。特定非営利活動促進法（NPO法）	インド24年ぶり、パキスタン初の核実験。ロシア、ルーブリ切り下げ、財政危機。大量破壊兵器査察拒否のイラクを米・英攻撃
1999 (平成11)	日銀、ゼロ金利政策。日米新ガイドライン。男女共同参画社会基本法。桶川ストーカー殺人事件	EU中の11ヵ国、銀行間取引にユーロ導入。コソボ紛争、NATO軍、ユーゴスラビア攻撃。パナマ運河、米からパナマに返還
2000 (平成12)	新潟少女監禁事件（9年2カ月監禁発覚）。ストーカー規制法。三宅島噴火で全島避難	朝鮮半島分断後55年で初の南北初の首脳会議。ペリー、フジモリ政権崩壊。フィリピン、マニラで連続爆弾テロ
2001 (平成13)	8月、小泉純一郎首相、靖国神社参拝、中国・韓国が反発	9・11、アメリカ同時多発テロ事件。10月、米軍アフガニスタン侵攻。12月、中国のWTO（世界貿易機関）加盟
2002 (平成14)	4月、DV防止法。「ゆとり教育」スタート。9月、小泉首相、初の北朝鮮訪問。10月、拉致日本人5人帰国	1月、ユーロ紙幣・硬貨の流通開始。AU（アフリカ連合）発足。ヨハネスブルグ地球サミット。バリ島で爆弾テロ事件
2003 (平成15)	4月、郵政事業庁から日本郵政公社へ。5月、個人情報保護法。7月イラク復興支援特別措置法	北朝鮮、核拡散防止条約（NPT）脱退。3月「イラク戦争」勃発（米・英軍侵攻）
2004 (平成16)	自衛隊イラク派遣開始。イラク日本人人質事件。小泉首相北朝鮮訪問、拉致被害者家族5人来日	欧州連合に10カ国加盟（計25ヵ国）。イラク暫定政権発足。12月、スマトラ島沖地震・大津波
2005 (平成17)	3月、愛知万博開催。10月、普天間基地移設問題で、日米基本合意	中国・台湾の航空路線分断後56年で開通。ロンドン、エジプト爆弾テロ。仏、若者が人種差別に抗議して暴動
2006 (平成18)	1月、農水省、輸入米牛肉に危険BSE危険部位	2月、各国でムハンマド（マホメッド）風刺画に

西暦(元号)	日本	世界	作家渡航関連
	平均株価史上最高値	ルリンの壁撤去。12月、米ソ、冷戦終結（マルタ会談）	**春**５月末、ギリシァ政府観光局からの招待でロードス島へ。 **春**７月、南ドイツ、オーストリアを車で旅行 **春**10月、帰国して、すぐにニューヨークへ渡る
1990(平成２)	１月、長崎市長、天皇戦争責任発言で狙撃される。11月、即位の礼。この年、バブル崩壊始まる	バルト三国統一。ミャンマー、選挙圧勝のアウン・サン・スーチー軟禁。10月、東西ドイツ統一	**春**１月、アメリカから帰国。 **英**３月、スタンフォード大学を辞職し、新宿区早稲田に移り、４月より聖徳大学教授となる
1991(平成２)	４月、東京都庁、西新宿へ移転	米、湾岸戦争。韓国・北朝鮮、国連加盟。米ソ、戦略核兵器削減条約調印。ソ連崩壊（独立国家共同体CISへ）	**春**１月、プリンストン大学に客員研究員として渡米
1992(平成４)	３月、育児休業法。６月、国際平和協力法（PKO）。９月、陸上自衛隊カンボジアへ出動。就職氷河期	米、ソマリア派兵。北米自由貿易協定（NAFTA）調印。中韓国交樹立	**春**１月、プリンストン大学大学院でセミナーを受け持つ **春**７月、約１ヶ月間、メキシコを旅行 **春**11月、約１ヶ月間、カリフォルニア州立大学でセミナーを受け持つ
1993(平成５)	５月、Jリーグ開幕。６月、皇太子ご成婚。８月、細川内閣成立（非自民）。「55年体制」崩壊	１月、欧州12カ国による単一市場。チェコとスロバキアが連邦を解消。10月、モスクワ騒乱事件	**春**７月、タフツ大学に移籍（95年５月まで）
1994(平成６)	６月、オウム真理教、松本サリン事件。10月、大江健三郎、ノーベル文学賞受賞	４月、NATO、ボスニアで対セルビア人勢力空爆。５月、英仏海峡トンネル開通	**英**３月、ハンブルグで多和田葉子と対談 **英**４月、法政大学教授に就任。 **春**５月、プリンストン大学で河合隼雄と公開対話を行う **春**６月、中国内蒙古自治区とモンゴルを取材旅行
1995(平成７)	１月、阪神淡路大震災。３月、地下鉄サリン事件。村山首相、アジア諸国に植民地支配と侵略謝罪	世界貿易機関(WTO)発足。ベトナムASEAN加盟(米と国交正常化)。仏、南太平洋で核実験強行	**春**３月、一時帰国 **春**６月、村松映三とアメリカ大陸横断旅行後、ハワイのカウアイ島に１ヶ月半滞在して、帰国
1996(平成８)	学校週休５日制。橋本首相、従軍慰安婦問題でフィリピンに謝罪。兵庫銀行、戦後初の銀行破綻	９月、米、イラクに空爆。国連総会で包括的核実験禁止条約（CTBT）。米、クリントン大統領、再選。ペルー日本大使公邸人質事件発生	

1980 (昭和55)	7月、モスクワオリンピック、日米など67カ国ボイコット。自動車生産台数世界一	エジプトとイスラエル、国交樹立。9月、イランイラク戦争勃発（～1988）	
1981 (昭和56)	3月、中国残留孤児が初来日。5月、乗用車対米輸出自主規制で合意	ギリシャ、EC加盟（10国目）。米、最初のEIDS患者発見。10月、エジプト、サダト大統領暗殺	
1982 (昭和57)	7月、中韓両国、日本の教科書記述批判。 中央自動車道全線開通。東北・上越新幹線開業	アルゼンチン・イギリス、フォークランド紛争。独、ボンでNATO首脳会談。西独、失業者、200万人突破	**葉**2月28日、インドへ向けて出発、約1ヶ月間滞在 **葉**5月25日、ローマ、ザグレブ、ベオグラード、ミュンヘン等を経て、ハンブルグに到着。以後、2006年までハンブルグに定住
1983 (昭和58)	4月、東京ディズニーランド開園。10月、ロッキード一審、田中元首相に懲役4年、追徴金5億円	フィリピン、アキノ元上院議員暗殺。ソ連、大韓航空機墜落。米軍、グレナダ侵攻。米、ユネスコからの脱退宣言	
1984 (昭和59)	1月「ロス疑惑」報道。3月、グリコ・森永事件（～85・8月）	米、アップル、マッキントッシュ発表。ロサインド首相、インディラ・ガンジー暗殺。中英、香港返還協定締結	**春**7月、アメリカ国防省の招きでアメリカを6週間旅する
1985 (昭和60)	3月、国際科学技術博（つくば85）開催。NTT、JT民営化。男女雇用機会均等法。日航機墜落	3月、ソ連、ゴルバチョフが共産党書記長就任。11月、米ソ首脳、ジュネーブで初会談	
1986 (昭和61)	4月、アークヒルズ完成。5月、東京サミット開催。社会党委員長に土井たか子就任	1月、スペイン、ポルトガルEC加盟。4月、ソ連ウクライナ・チェルノブイリ原子力発電所事故	**春**10月、ギリシャのスペツェス島に渡航 **春**11月、約1ヶ月ほど、ミコノスに滞在
1987 (昭和62)	4月、国鉄分割民営化、JR7社発足。日米経済摩擦。地価高騰	中国、民主化・自由化デモ。大韓航空機爆破事件（金賢姫らの犯行）。米ソ、中距離核ミサイル全廃条約調印	**春**1月、シシリア島のパレルモに1ヶ月ほど滞在 **春**2月、ローマ郊外に滞在 **春**4月、ボローニャに旅をした後、5月にクレタ島へ **春**6月、日本に一時帰国 **春**9月、再びローマへ渡る
1988 (昭和63)	3月、青函トンネル開通。瀬戸大橋開通。リクルート事件、なだしお事件。9月、昭和天皇吐血	8月、イランイラク戦争停戦。ソ連、アフガニスタン撤退合意。ビルマ、国軍が全権掌握。PLOパレスチナ国家独立宣言	**春**3月、ロンドンに約1ヶ月滞在し一時帰国 **春**8月、写真家松村英三とギリシャ、トルコの取材旅行後、ローマに滞在
1989 (昭和64) (平成1)	1月7日、昭和天皇崩御。平成に改元。宮崎勉連続幼女殺害事件。東証日経	6月、天安門事件。ビルマ軍事政権、国名をミャンマーに改称。11月、ベ	**春**1月、日本に一時帰国 **英**京都の国際日本文化研究センターの客員助教授になる

西暦(元号)	日本	世界	作家渡航関連
	事件。大学紛争多発	ソ・英・仏・中、核拡散防止条約	
1969(昭和44)	1月、東大安田講堂封鎖解除。5月、東名高速道路開通。11月、日米首脳会談で沖縄返還合意	米、ニクソン大統領南ベトナムからの段階的撤兵を発表。7月、アポロ11号月面着陸	
1970(昭和45)	大阪万博。赤軍派日航機乗取り。安保条約自動延長。ウーマンリブ第1回大会。三島由紀夫割腹自殺	米、カンボジア侵攻。米、ケント州立大、ワシントンなどで大規模な反戦集会。西独、ポーランド関係正常化条約	
1971(昭和46)	6月、沖縄復帰協定調印。8月、東証ダウ株価大暴落。12月、為替変動相場、1ドル308円	バングラデシュ独立宣言。米ニクソン大統領ドル・金交換停止。10月、中国国連復帰	
1972(昭和47)	3月、連合赤軍「浅間山荘事件」。5月、沖縄本土復帰。9月、日中共同声明、中国との国交正常化	米、ニクソン訪中。日本赤軍、テルアビブ空港乱射事件。米ソ戦略兵器制限交渉。ウオーターゲート事件(ニクソン辞任)	
19973(昭和48)	2月、円、変動相場制へ移行。11月、オイルショック(石油危機、高度成長終わる。)	EC拡大(6→9ヵ国)。ベトナム和平協定調印。10月、第4次中東戦争(米、景気低迷の時代へ)	
1974(昭和49)	8月、三菱重工ビル爆破事件。9月、原子力船むつ放射能漏れ事故	ポルトガル独裁体制崩壊。インドが初の地下核実験。ニクソン米大統領辞任	
1975(昭和50)	7月、沖縄国際海洋博。8月、赤軍派、マレーシアの米大使館占拠。9月、天皇初の米合衆国訪問	4月、サイゴン陥落。ベトナム戦争終結。11月、第1回先進国首脳会議(サミット)開催	
1976(昭和51)	7月、ロッキード事件で田中前首相逮捕	中国、周恩来死去。7月、ベトナム社会主義共和国成立(南北ベトナム統一)。毛沢東死去。4人組逮捕、文化大革命終了	**龍**10月、ニューヨークに1ヶ月滞在し、翌年初頭にかけて、ケニア、タンザニアを旅行
1978(昭和53)	5月、新東京国際空港(現成田国際空港)開港。8月、日中平和友好条約。第2次オイルショック	中国で農・工・国防・科学技術の近代化。ベトナム軍、カンボジア侵攻。イランイスラム革命	
1979(昭和54)	1月、初の国公立大学共通一次試験実施。6月、東京サミット	5月、英、サッチャー政権。12月、ソ連、アフガニスタン侵攻(米、対ソ経済制裁)	

1958 (昭和33)	1月、インドネシアと平和条約。10月、警察官職務執行法改正で反対運動	欧州経済共同体（EEC）発足。中国、毛沢東の大躍進運動	
1959 (昭和34)	安保改定阻止国民会議結成。砂川事件。4月、皇太子結婚。三池争議。伊勢湾台風。岩戸景気	1月、キューバ革命。シンガポール自治国（1965年独立）。1月3日、米、アラスカ、州に昇格	**4月30日、永井荷風死去** **み**10月、夫の赴任先、アラスカ州トシカに幼い娘とともに移住
1960 (昭和35)	日米相互協力及び安全保障条約調印。5月、安保闘争高揚。10月、浅沼社会党委員長刺殺。所得倍増計画	石油輸出国機構（OECD）設立。南ベトナム民族解放戦線結成。OECD条約調印。米、ジョン・F・ケネディ大統領当選	**3月23日、多和田葉子誕生**
1961 (昭和36)	4月、ライシャワー駐日米大使着任。6月、農業基本法。7月、第2次防衛力整備計画	ソ連、ガガーリン、人類初の宇宙飛行。キューバ、ピッグズ湾作戦。8月、東ドイツ、ベルリンの壁構築	
1962 (昭和37)	製薬睡眠薬で「サリドマイド事件」。11月、日中LT貿易協定	3月、アルジェリア独立。10月、キューバ危機	**み**ウィスコンシン州立大学大学院美術科に所属
1963 (昭和38)	5月、狭山事件。8月、原水爆禁止世界大会分裂	8月、米・英・ソ、部分的核実験禁止条約。米、人種差別反対運動激化。11月、ケネディ大統領暗殺。ジョンソン大統領就任	
1964 (昭和39)	OECD加盟。東海道新幹線・名神高速道路・首都高速道路相次ぎ開通。10月、東京オリンピック	パレスチナ解放機構（PLO）設立。8月、ベトナム、トンキン湾事件。10月、中国核実験実施	**英**横浜のアメリカ領事館内の日本語研修所所長をしていた父を訪問し、日本の都市と自然に魅了される
1965 (昭和40)	4月、べ平連、初のデモ。11月、戦後初の赤字国債発行	米、マルコムX暗殺。米、北爆（北ベトナム空爆）開始	**7月30日、谷崎潤一郎死去**
1966 (昭和41)	5月、米原子力潜水艦、横須賀寄港。6月、ビートルズ来日。フォークソングブーム。「いざなぎ景気」	7月、仏、NATO脱退。8月、中国文化大革命開始。米、女性運動家、全国女性組織（NOW）結成	
1967 (昭和42)	美濃部亮吉都知事当選（革新知事）。公害対策基本法。佐藤首相、「非核三原則」堅持を言明。ミニスカート流行	7月、ヨーロッパ共同体（EU）成立。8月、ASEAN結成	**み**ワシントン州立大学で一夏の寮生活を送る **み**シトカに帰ってから『群像』に「三匹の蟹」を応募
1968 (昭和43)	1月、米原子力空母エンタープライズ佐世保入港。10月、国際反戦デー新宿	ベトナム、ソンミ村事件。米、キング牧師暗殺。パリ5月革命。7月、米・	

西暦（元号）	日本	世界	作家渡航関連
1949（昭和24）	4月、1ドル360円の単一為替レート決定。7月、下山事件。三鷹事件。8月、松川事件	中東戦争。インドネシア独立。北大西洋条約機構（NATO）成立。西ドイツと東ドイツ成立。中華人民共和国国民党、台湾に撤退	**1月12日、村上春樹誕生**
1950（昭和25）	マッカーサー、共産党中央委員の追放指令。レッド・パージ始まる。警察予備隊（現陸上自衛隊）設置	6月25日、朝鮮戦争勃発。米大統領、国連軍指揮を決定	**11月29日、リービ英雄誕生**
1951（昭和26）	6月、追放解除始まる。9月、サンフランシスコ対日講和条約、日米安全保障条約の締結	マッカーサー、トルーマンによって罷免。7月、ソ連の仲介で朝鮮戦争休戦会談	**1月21日、宮本百合子死去** **6月28日、林芙美子死去**
1952（昭和27）	2月、日米行政協定。4月、講和条約、安保条約発効。主権回復、GHQ廃止	韓国、李承晩ライン宣言。英、スエズ運河封鎖。米、最初の水爆実験	**2月19日、村上龍誕生**
1953（昭和28）	2月、NHKテレビ、本放送開始。10月、相互防衛援助（MSA）日米交渉。12月、奄美群島日本復帰	7月、朝鮮戦争の休戦協定（38度線軍事境界ライン）。8月、ソ連最初の水爆実験	
1954（昭和29）	3月、第五福竜丸、ビキニ被爆 6月、自衛隊設立	ビキニ環礁で米、水爆実験。ジュネーブ協定でインドシナ休戦。東南アジア条約機構（SEATO）結成。米歌手プレスリー登場	
1955（昭和30）	9月、日本、GATT（関税及び貿易に関する1般協定）加盟 11月、自由民主党結成	第1回アジア、アフリカ会議。西ドイツ、主権回復、NATOに加盟。ワルシャワ条約機構成立。南部に米の支援でベトナム共和国	
1956（昭和31）	5月、売春防止法 10月、日ソ共同宣言、ソビエト連邦と国交回復 12月、日本、国際連合加盟	ソ連共産党大会でスターリン批判。10月、スエズ戦争、米、英・仏・イスラエルのエジプト攻撃非難	**4月2日、高村光太郎死去**
1957（昭和32）	熊大医学部、水俣病原因を新日本窒素工場排水に特定。12月、勤務評定反対運動。なべ底景気	10月、ソ連、人工衛星スプートニク1号。12月、アジア・アフリカ人民会議	

		ソ不可侵条約。9月、独、ポーランド侵入、英仏と開戦。第2次世界大戦始まる	
1940 (昭和15)	9月、日本軍、北部仏印進駐。日独伊三国軍事同盟 10月、大政翼賛会 11月、大日本産業報国会	汪兆銘、南京国民政府樹立。独、デンマーク、ノルウエイ、ベルギー、オランダを攻略。伊、英仏に宣戦。仏、独軍に降伏	
1941 (昭和16)	4月、日ソ中立条約 12月8日、ハワイ真珠湾攻撃、対米英宣戦布告	6月、独、ソ連に宣戦。米、在米日本資産凍結。ガソリンの対日輸出禁止。12月、太平洋戦争開戦	
1942 (昭和17)	マニラ、シンガポール、ジャワ占領。食料配給制 6月、ミッドウエー海戦	連合国26カ国共同宣言。米、日系人強制収容命令。独、英米による空襲激化。米軍、ガダルカナル島上陸	**5月29日、与謝野晶子死去** **芙**10月、報道班員として、仏印シンガポール、ジャワ、ボルネオなど約八ヵ月滞在
1943 (昭和18)	ガダルカナル島撤退。アッツ島全滅。連合艦隊司令長官山本五十六戦死。第1回学徒出陣	9月、伊、無条件降伏。11月、英・米・ソ、カイロ宣言。テヘラン会議	**8月22日、島崎藤村死去**
1944 (昭和19)	大都市に疎開命令。サイパン島、グアム島、テニアン島全滅。神風特攻隊。11月、B29東京爆撃	6月、連合軍ノルマンディ上陸、ローマ解放。8月、パリ解放。10月、米軍、レイテ島侵攻	
1945 (昭和20)	沖縄全滅。広島、長崎原爆。8月15日、敗戦。GHQ設置。GHQ、治安維持法廃止、政治犯釈放指令	2月、ヤルタ会議(米英ソ、ソ連の対日参戦密約)。5月、独、無条件降伏。7月、ポツタム宣言。10月、国際連合成立	
1946 (昭和21)	天皇、人間宣言。GHQ公職追放指令。農地改革。総選挙で婦人候補39名当選。11月、日本国憲法公布	第1回国際連合総会。チャーチル「鉄のカーテン」演説。英、インドの完全独立決定。7月、フィルピン独立ニュルンベルグ国際軍事裁判	
1947 (昭和22)	5月3日、新憲法施行。社会党・民主党・国協党3党連立の片山内閣成立	トルーマン・ドクトリン。米、欧復興マーシャル・プラン。インド、パキスタン独立。コミンフォルム結成	**12月30日、横光利一死去**
1948 (昭和23)	1月、帝銀事件。4月、新制高校発足。11月、東京裁判結審(7名絞首刑)	ガンジー暗殺。6月、ソ連、ベルリン封鎖。8月、大韓民国成立。9月、朝鮮民主主義共和国成立	

西暦(元号)	日本	世界	作家渡航関連
1932(昭和7)	1月、第1次上海事変。5・15事件（犬養首相射殺）。9月、日満議定書調印、満州国承認	2月、国際連盟リットン調査団。3月、満州国創立。7月、独、国会選挙でナチス第1党	**芙** 1月24日、ロンドンに2月21日まで滞在し、大英博物館に感動する **芙** 6月15日、マルセイユから乗船した榛名丸で神戸に入港
1933(昭和8)	2月、小林多喜二拷問死。3月、国際連盟脱退。4月、滝川事件。東京音頭大流行	独、ヒトラー、独首相に就任。米、ニューディール政策。10月、独、国際連盟脱退	
1934(昭和9)	4月、帝人事件。9月、東京市電スト。12月、ワシントン海軍軍縮条約の廃棄を通告	3月、溥儀、満州国皇帝に就任。9月、ソ連、国際連盟加入	
1935(昭和10)	2月、美濃部達吉の天皇機関説問題化。11月、高橋是清蔵相、軍部の予算復活要求を拒否	3月、独、ヴェルサイユ条約破棄。8月、中国共産党抗日（8・1）宣言。12月、ロンドン軍縮会議	**横** 2月20日、日本郵船箱根丸で神戸港を出航 **横** 3月27日、マルセイユに到着し、鉄道でパリに入る **横** 5月4〜8日、ロンドンに旅行 **横** 6月17日〜7月3日ドイツ、オーストリア、ハンガリー、イタリア、スイスを周遊 **横** 7月24日、ベルリンに滞在 **横** 8月11日、ベルリンを発ち、ポーランド経由でソ連に入る **横** 8月13日、モスクワを発ち、シベリア鉄道で8月20日満洲里到着 **横** 8月25日、ハルピンを経由し、釜山から下関に到着
1936(昭和11)	1月、ロンドン軍縮会議脱退。2・26事件。11月、日独防共協定調印	7月、スペイン内乱。8月、ベルリンオリンピック。12月、中国、西安事件	
1937(昭和12)	7月、日中戦争（北支事変・支那事変）勃発。日独伊三国防共協定締結。大本営設置	7月7日、盧溝橋事件。9月、中ソ不可侵条約。12月、伊、国際連盟脱退。南京事件	
1938(昭和13)	4月、国家総動員法。7月、張鼓峰事件（朝鮮・ロシア国境で日ソ軍衝突）	3月、独、オーストリア併合。6月、中国国民政府、重慶移転。9月、英仏独伊ミュンヘン会議（チェコ・ズデーテン地方併合）	
1939(昭和14)	5月、ノモンハン事件（日ソ連軍衝突）。6月、天津の英仏租界を封鎖	3月、独、チェコ併合。7月、米、日米通商条約廃棄（半年後）。8月、独	

1924（大正13）	1月、第2次護憲運動 6月、護憲3派連立内閣 12月、婦人参政権獲得期成同盟	1月、中国で第1次国共産合作。7月、米国、排日移民法。9月、中国、奉直戦争（軍閥内戦）	
1925（大正14）	1月、日ソ基本条約締結（国交回復）。4月、治安維持法。5月、普通選挙法。10月、朴烈・金子文子事件（大逆罪）	3月、孫文、死去。5月、上海で5・30事件（排日運動）。ロカルノ欧州安全保障条約。ヘミングウエイらパリのカフェを溜り場とする	
1926（大正15）（昭和1）	3月、労働農民党結成。12月、社会民衆党・日本労農党結成。12月25日、改元。円本・円タク登場	4月、独、ソ連との友好中立条約（ベルリン条約）締結 7月、中国、蔣介石北伐開始	**潤**1月13日、長崎から日本郵船長崎丸で上海へ向かう **潤**2月19日、神戸港へ到着 **7月24日、芥川龍之介死去**
1927（昭和2）	3月、金融恐慌 5月、山東出兵 6月、東方会議開催	蔣介石、南京国民政府樹立	**百**12月2日、下関から関釜連絡船で釜山に向かい、京城、奉天、長春を経てハルビンに到着 **百**12月7日、シベリア鉄道でモスクワへ向かい、12月15日に到着、パッサージ・ホテルに滞在
1928（昭和3）	3月、3・15共産党大検挙 4月、第2次山東出兵、済南事件 7月、特別高等警察（特高）設置	6月、張作霖爆殺（満州某重大事件） 8月、パリ不戦条約（15ヵ国署名）	**百**3月、パッサージ・ホテルからオストージェンカの協同組合住宅に引っ越す **横**4月、上海に約1ヵ月滞在 **百**6月にはレニングラードへ移動し、9月まで滞在
1929（昭和4）	4月、4・16共産党大検挙 6月、中国国民政府承認	10月、ニューヨークで株価大暴落（世界恐慌）	**百**1月8日から4月8日まで、胆嚢炎でモスクワ大学第1付属病院に入院。 **百**4月29日、モスクワを出発し、ワルシャワ、ウィーンを経て、ベルリンへ移動 **百**6月初旬、パリに到着し、ロンドン、パリで家族とともに過ごし、11月下旬、モスクワに戻る
1930（昭和5）	1月、金輸出解禁断行。米価暴落、農村の危機深刻化（昭和農業恐慌） 11月、浜口首相、暗殺	1月、ロンドン海軍軍縮会議開催	**百**7月からウクライナ、クリミヤ地方を旅行 **芙**8月、約1ヶ月かけて満州・中国を旅行 **百**11月8日、シベリア鉄道経由で東京に到着 **11月11日、大庭みな子誕生**
1931（昭和6）	3月事件（軍部クーデター未遂）。9月、政府、満州事変不拡大声明、関東軍独走。10月事件	9月、満州事変（柳条湖事件）。スペイン革命（共和国宣言）	**芙**11月4日、シベリア経由でヨーロッパ旅行に出発、23日にパリに到着する

西暦（元号）	日本	世界	作家渡航関連
		で女性運転手登場	
1917（大正６）	２月、駆逐艦を地中海に派遣。石井・ランシング協定（日米間の対中国協定）	ドイツ、無制限潜水艦戦宣言。米国、参戦。ロシア、２月革命、10月革命。フランス、前線での反軍運動頻発	
1918（大正７）	７月、富山米騒動勃発、全国に波及 ８月、シベリア出兵 ９月、原敬内閣。スペイン風邪大流行	パリ、ドイツ軍の夜間爆撃、スペイン風邪流行。３月、西部戦線、独軍大攻勢。11月、ドイツ降伏。第１次世界大戦終結	**潤**10月９日に東京を出発し、満州を経て北京、漢口、九江、廬山、南京、蘇州、上海、杭州など中国各地を旅行 **潤**12月11日に東京へ帰る
1919（大正８）	２月、普通選挙期成同盟 ４月、関東庁・関東軍設置 ５月、衆議院議員選挙法改正（納税３円の男子）	１月、パリ講和会議。 ５月、中国反日デモ（５・４運動）。中華革命党、中国国民党に改組。独、ワイマール憲法	
1920（大正９）	３月、戦後恐慌。新婦人協会結成 ５月、日本初のメーデー 10月、初の国政調査実施	１月、国際連盟（日本、常任理事国）。独、ナチス党結成。８月、陳独秀ら、上海で中国社会主義青年団を結成	
1921（大正10）	11月、原首相、東京駅で暗殺。皇太子摂政 12月、４カ国（米英仏日）条約。日英同盟廃棄	中国共産党結成、上海仏租界で第１回全国代表大会開催 11月、ワシントン会議（米英仏伊日）	**芥**３月28日、門司から日本郵船の筑後丸に乗船 **芥**３月30日、上海に上陸 **芥**４月１日、乾性肋膜炎のため、里見医院に入院。（23日退院。） **芥**５月２日から、杭州の西湖、岳飛廟、霊隠寺を見物 **芥**５月８日から、蘇州、鎮江、揚州を旅行 **芥**６月６日に漢口より京漢鉄道で洛陽に向かい、６月14日に北京に到着 **芥**７月12日、京奉鉄道で奉天に向かい、朝鮮半島を縦断して釜山からの航路で帰国
1922（大正11）	２月、ワシントン９カ国条約、海軍軍縮条約。３月、日本水平社。７月、日本共産党非合法に結成	10月、伊、ファシスト党ローマ進軍。ムッソリーニ内閣。12月、ソビエト社会主義共和国連邦成立	**７月９日、森鷗外死去**
1923（大正12）	９月、関東大震災。朝鮮人虐殺。大杉栄、伊藤野枝とその甥、憲兵に扼殺される。亀戸事件。虎の門事件	１月、長崎上海定期航路開設。中国21カ条の廃棄通告（日本拒絶）。仏・白軍、独ルール地方占領	**６月９日、有島武郎死去**

1909（明治42）	5月、新聞紙法公布 10月、伊藤博文、ハルピン駅頭で朝鮮人安重根により射殺	モロッコに関しての独仏協定。ディアギレフのバレエ・リュス好評。マリネッティ「未来派宣言」	**光** 3月、イタリアを旅行 **光** 6月30日、日本郵船会社の阿波丸で神戸港へ帰国
1910（明治43）	5月、大逆事件（幸徳秋水ら逮捕） 8月、日韓併合 9月、朝鮮総督府設置	南アフリカ連邦成立。ニューヨーク、ロワー・イーストサイドが世界最大のユダヤ人街となる。パリ、セーヌ川大洪水	
1911（明治44）	1月、大逆事件、12名死刑判決。2月、日米通商航海条約（関税自主権回復）。6月、青鞜社結成	中国、辛亥革命。ドイツ表現主義隆盛。8月、日仏通商航海条約。アムンゼン、南極点到達	
1912（明治45）（大正1）	4月、呉海軍工廠ストライキ 7月、明治天皇崩御 9月、乃木希典大将殉死。第1次護憲運動	中華民国成立。パリ滞在日本人の親睦会「パンテオン会」開催。第1次バルカン戦争。タイタニック号沈没	**晶** 5月5日、与謝野鉄幹の後を追って、パリに向けて出発する **晶** 5月19日、シベリア鉄道経由で、パリに到着 **晶** 6月18日、鉄幹、画家松岡曙村とで、ロダンのアトリエを訪問 **晶** 6月23日、石井柏亭、小林万吾とイギリスへ10日ほど訪れる **晶** 9月21日、日本に向けてフランスのマルセイユ港を出発し、40日間かけて帰国する
1913（大正2）	2月、護憲派の民衆が議会を取り巻き、第3次桂内閣総辞職（大正政変）	孫文、日本に亡命 2月、仏国、ポアンカレ、大統領就任。米国、カリフォルニア、排日移民法成立	**藤** 4月13日、フランスの船エルネスト・シモン号で神戸を出港 **藤** 5月20日、マルセイユに到着 **藤** 5月23日、パリに到着し、パリ5区ブルヴァール・ド・ポール・ロワイヤル86番地のマダム・シモネ（SIMONET）の下宿に入る
1914（大正3）	1月、シーメンス事件 8月、ドイツに宣戦布告し、第1次世界大戦参戦。南洋諸島・青島占領	7月、第1次世界大戦勃発 8月、フランス国民総動員法発令。独、仏に宣戦布告 9月～11月、パリからボルドーに遷都	**藤** 8月28日、リモージュへ画家の正宗得三郎らと3カ月ほど疎開 **藤** 4月21日、日本の若い画家たちやパリのモデルとピクニックに行く **藤** 3月、ソルボンヌ大学そばのセレクトホテルに移転 **藤** 7月4日、日本郵船の熱田丸で神戸に到着
1915（大正4）	1月、中国袁世凱政権に対華21ヶ条要求。株式高騰で、戦争成金ブーム	フランス、食料国家統制。連合軍攻勢（シャンパーニュ）。ニューヨークにダダの運動起こる。ロンドン協定（伊・英・仏・露）	
1916（大正5）	大戦景気が続く 9月、工場法施行	ドイツ飛行船ツェペリン、パリ空爆。パリ市内電車	**12月9日、夏目漱石死去**

西暦(元号)	日本	世界	作家渡航関連
	対露関係悪化 11月、『平民新聞』創刊	12月、ライト兄弟、飛行機での初飛行に成功	に滞在 **武**9月8日、伊予丸にてシアトル港に到着 **武**9月24日、ハヴァフォードに到着し大学院に入学 **12月31日、林芙美子誕生**
1904(明治37)	2月、日露戦争宣戦布告 8月、第1次日韓協約 11月、社会主義協会が結社禁止となる	韓国、清国中立通告 4月、英仏協商成立 5月、パナマ運河建設開始(完成は1914)	**武**6月　文学修士の学位を授与される **武**7月～9月、フランクフォードのフレンド精神病院に従事 **武**9月29日、ハーヴァード大学大学院で聴講の手続きを行う
1905(明治38)	3月、奉天会戦 5月、日本海海戦 9月、日露戦終結のポーツマス条約に反対し、日比谷焼打ち事件	ロシア第1革命。孫文ら、中国革命同盟会を結成フランス第1次モロッコ事件。パリで、フォヴィズムの作品展	**武**1月10日、弁護士ピーボディの家に間借 **荷**6月、ニューヨークを経てワシントンDCで日本公使館の雇となる **武**8月、ボルティモアにて森本と共同生活を送る **武**10月、ワシントンに移る
1906(明治39)	2月、日本社会党結成(翌年結社禁止) 3月、鉄道国有法公布 11月、満鉄設立	英国、労働党成立。米国、西海岸で、日本人移民に対する反発強まる	**光**2月3日、ニューヨークに向けて、カナダのアゼニャン号で横浜を出発 **光**2月27日にニューヨークに到着し、ナショナル・アカデミー・オブ・デザインの付属美術学校に通う **武**9月1日、ニューヨークから欧州旅行に出発 **武**9月13日、ナポリにて弟・生馬と合流 **光**10月、アート・スチューデント・リーグ・オブ・ニューヨークの夜学に通う
1907(明治40)	2月、足尾銅山争議 6月、別子銅山争議、ハーグ密使事件 7月、第1回日露協約調印	英仏露協商成立。パリ、ピカソらのキュビズム誕生。米艦隊、世界周遊に出発	**武**4月10日、因幡丸にて神戸港に帰着 **光**6月19日、アメリカを発ち、ロンドンに向かう **荷**7月、ニューヨークを発ち、28日にパリ着 **荷**7月30日、リヨンに到着
1908(明治41)	6月、赤旗事件 11月、日米間高平・ルート協定(太平洋方面の現状維持)	2月、日米(移民)紳士協約。ニューヨーク、シンガービル(160メートル)竣工。清朝最後の皇帝溥儀即位	**荷**3月、パリで生活を送る **光**6月10日ロンドンを発ち、11日夕方、パリに到着 **荷**7月15日、ロンドンを経由して神戸に到着

	8月、日清戦争宣戦布告(～95、4月まで)	店を開く。ロンドン、タワーブリッジ完成。フランス、ドレフェス事件	
1895(明治28)	4月、下関条約調印、露独仏三国干渉で遼東半島還付	朝鮮で閔妃殺害事件。パリに、美術商ビングの画廊「アール・ヌーボー」開店。リュミエール兄弟、初の映画上映	
1896(明治29)	3月、航海奨励法・造船奨励法公布 6月、朝鮮に関する日露覚書協定	ロンドン、ナショナル・ポートレート・ギャラリーが本格的に開館。フォード、自動車完成。第1回国際オリンピック大会	
1897(明治30)	7月、労働組合期成会結成 10月、金本位制実施	ヴィクトリア女王即位60年式典に有栖川宮列席。画家牧野義雄ロンドン到着。フォーセット「婦人参政権協会全国同盟」結成	
1898(明治31)	6月、憲政党結成、第1次大隈重信内閣成立(初の政党内閣) 10月、11月、憲政本党結成	清、康有為、変法自強運動。9月、戊戌の政変で、西太后が実権を掌握。米西戦争。キューリー夫妻ラジウム発見	**3月17日、横光利一誕生**
1899(明治32)	7月、日英通商航海条約など、改正条約が実施される	義和団の乱。米国、中国の門戸開放を宣言	**2月13日、宮本百合子誕生**
1900(明治33)	3月、治安警察法。6月、義和団鎮圧のため派兵(北清事変) 9月、立憲政友会結成	義和団、北京入城 4月、パリ万博(～11月)。パリ地下鉄開通し、ギマールがアール・ヌーボー様式の入り口をデザイン	**漱**9月8日　ドイツ汽船「プロイセン号」で横浜を出航 **漱**10月21日　パリ到着、パリ万国博覧会を観る **漱**10月28日　ロンドンに到着 **漱**11月12日　ウエスト・ハムステッドの第2の下宿に移る **漱**12月20日頃　カンバーウエルの第3の下宿に移る
1901(明治34)	5月、社会民主党結成(2日後禁止) 12月、田中正三、足尾鉱毒事件を天皇に直訴	1月、ヴィクトリア女王死去。エドワード7世が王位継承。9月、清、諸国と北京議定書締結	**漱**4月25日　トゥーティングの第4の下宿に移る **漱**7月20日　クラカム・コモンの第5の下宿に移る
1902(明治35)	1月、日英同盟。青森第5連隊、八甲田山で遭難。ゾライズム文学が流行	シベリア鉄道完成。キューバ独立 5月、第2次ボーア戦争終結。三井物産、上海紡績公司設立	**漱**10月初旬、スコットランドを旅行し、ピトロクリに滞在 **漱**12月5日　日本郵船の博多丸でロンドンから帰国
1903(明治36)	5月、衆議院、海軍拡張案を可決。満州をめぐり	米国、フォード自動車会社設立	**漱**1月23日　神戸上陸 **荷**10月にシアトルに到着しタコマ

西暦（元号）	日本	世界	作家渡航関連
1885（明治18）	7月、英吉利法律学校（現中央大学）設立。仏海軍士官ピエル・ロティ、鹿鳴館夜会出席	ロンドンに「日本人村」がオープン。カール・マルクスの娘エリノア・マルクスがウイリアム・モリスと社会主義同盟結成	**鷗**5月13日、ドレスデンでのザクセン軍団負傷者運搬演習に参加 **鷗**10月11日、ドレスデンに移る
1886（明治19）	5月、井上馨外相、各国と条約改正本交渉	バイエルン、ルイトポルト皇子、摂政に就任。ルードヴィヒ2世溺死	**鷗**3月7日、ミュンヘン到着。ペッテンコーファーのもとでの研究活動 **7月24日、谷崎潤一郎誕生** **鷗**9月3日から18日までシュタルンベルガーゼーに滞在
1887（明治20）	4月、鹿鳴館舞踏会・欧化主義批判沸騰	仏領インドシナ連邦成立。ビスマルク、ドイツ軍拡演説	**鷗**4月15日、ベルリンでコッホのもとでの研究を開始
1888（明治21）	4月、市町村制公布。枢密院設置	ロンドン、切り裂きジャック事件。ドイツ、ヴィルヘルム1世、フリードリヒ3世没。ヴィルヘルム2世即位	**鷗**9月6日にフランス船アヴァ号で神戸に寄港後、8日に横浜に入港して帰国
1889（明治22）	2月、大日本帝国憲法・皇室典範発布。東京市区改正計画公示	パリ万博。エッフェル塔公開。国際社会党（第2インターナショナル）成立。ムーラン・ルージュ開場	
1890（明治23）	7月、第1回総選挙。9月、立憲自由党結成（総裁、板垣退助）10月、教育勅語。11月、第1回帝国議会開催	各国で世界初のメーデー。ビスマルク、皇帝と対立し辞任	
1891（明治24）	5月、ロシア皇太子殺害未遂（大津事件）。10月、濃尾大地震。田中正造、足尾銅山鉱毒事件訴え	ロシアのシベリア鉄道起工。ロンドンに日本協会設立	
1892（明治25）	第2回総選挙で大選挙干渉。11月、軍艦千島英艦と衝突して沈没	露仏軍事協定。 南方熊楠がロンドンに到着。ニューヨーク、移民の入国審査所、エリス島に移転	**3月1日、芥川龍之介誕生**
1893（明治26）	横浜正金銀行上海出張所開設。日本基督教婦人矯風会結成	米国コロラド州、女性に参政権付与。エジソン、活動写真発明。ロンドン、ピカデリー・サーカス、エロス像除幕	
1894（明治27）	7月、日英通商航海条約締結（治外法権撤廃）	露仏同盟。ニューヨークで山中貞次郎が日本美術	

	11月、太陽暦採用	ス』誌上で、「ジャポニズム」という記事を連載。同語の初出と言われる	
1873（明治６）	１月、徴兵令、地租改正 10月、征韓論争で、西郷隆盛、板垣退助、江藤新平など辞職	ウイーン万博で、日本の美術・工芸品好評。露、独、墺で三帝協約。ニューヨーク、セントラル・パーク完成	
1874（明治７）	１月、民撰議院設立の建白書（板垣退助）。２月、佐賀の乱。５月、台湾出兵。銀座煉瓦街完成	パリで第１回印象派展開催。ベトナム、フランスの保護国となる	
1875（明治８）	５月、ロシアと千島・樺太交換条約	清の光緒帝即位、西太后が摂政となる。ニューヨークの高層化始まる。パリでオペラ座開場	
1877（明治10）	２月、西南戦争 ８月、第１回内国勧業博覧会を上野公園で開催	英国、ヴィクトリア女王がインド女帝となる	
1878（明治11）	大久保利通暗殺。フェノロサ来日。日本初の様式舞台〈新富座〉落成	ヨーロッパ諸列強によるベルリン会議。露土戦争の講和条約決定。コッホ、バクテリア培養法発明	**３月４日、有島武郎誕生 12月７日、与謝野晶子誕生**
1879（明治12）			**12月３日、永井荷風誕生**
1880（明治13）	森有礼、全権公使としてロンドンに赴任。横浜正金銀行開設	仏国で７月14日の革命記念日が国民の祝日となり、三色旗が国旗に制定される	
1881（明治14）	３月、コンドル設計の上野博物館開館	英国、エジプト占領。パリの美術雑誌『ガゼット・デ・ボサール』にデュレの「北斎論」が浮世絵挿絵と共に掲載される	
1882（明治15）	３月、伊藤博文、憲法調査のため渡欧。日本銀行営業開始	独、墺、伊の三国同盟成立。コッホ、結核菌を発見	
1883（明治16）	11月、コンドル設計の鹿鳴館落成	コッホ、コレラ菌を発見	**３月13日、高村光太郎誕生**
1884（明治17）	７月、華族令公布 ９月、加波山事件 10月、自由党解党、秩父事件	ビスマルク、南西アフリカをドイツの保護領とすることを決定。ベルリンでコンゴ会議始まる。清仏戦争（～85）	鷗８月24日、フランス船メンザレエ号で横浜を出航 鷗10月11日、ベルリン到着 鷗10月22日にライプチヒに到着。ホフマン教授のもとで衛生学の研究を始める

西暦(元号)	日本	世界	作家渡航関連
1858(安政５)	６月、米、蘭、露、英、仏の５国と修好通商条約締結	インド、英国女王の直轄地となる	
1860(万延１)	３月、第１回遣米使節及び咸臨丸一行渡航	英仏連合軍北京占領	
1861(文久１)	２月、ロシア軍艦ポサドニック号、対馬来航	米、南北戦争始まる。(1865年終結)	
1862(文久２)	１月、幕府遣欧使節、ヨーロッパに渡航、一行に福沢諭吉、福地桜痴がいた。８月、生麦事件（英商人斬殺）	中国、洋務運動。ビスマルク、プロイセン首相になる。ロンドン万博に、初代駐日公使オルコックの日本美術コレクションを展示し、好評	２月17日、森鷗外誕生
1863(文久３)	７月、薩英戦争	米、奴隷解放宣言	
1864(元治１)	２月、横浜鎖港談判使節団、ヨーロッパに渡航 ９月、英、米、仏、蘭四国艦隊、長州藩砲台を攻撃	ロンドンで、国際労働者協会（第１インターナショナル）結成	
1866(慶応２)	１月、薩長同盟 ５月、幕府、一般庶民の渡航許可。福沢諭吉『西洋事情』初編刊	普墺戦争始まる	
1867(慶応３)	７月「ええじゃないか」 10月、大政奉還。12月、王政復古宣言	北ドイツ連邦成立。第２回パリ万博に日本は初めて正式参加。日本趣味が流行	３月15日、夏目漱石誕生
1868(慶応４)(明治１)	１月、戊辰戦争、始まる ７月、江戸を東京に改称 ９月、明治に改元	上海蘇州路で、日本人初の店、田代屋開業。上海最初の公園、外灘公（パブリックガーデン）完成	
1869(明治２)	３月、東京遷都 ５月、戊辰戦争終結	スエズ運河開通。米大陸横断鉄道開通	
1870(明治３)	パリに初の日本公使鮫島直道が着任。馬場辰猪が土佐藩より英国留学	７月、普仏戦争勃発 ９月、ナポレオン３世降伏し第２帝政崩壊。パリ民衆、共和制宣言	
1871(明治４)	７月、廃藩置県 11月、岩倉具視を全権大使とした遣米欧使節団渡航（～73）	パリ陥落。ドイツ帝国成立、プロイセン王ヴィルヘルム１世、ドイツ皇帝となる	
1872(明治５)	８月、学制公布 ９月、鉄道開業	パリ、ビュルティが『文学と芸術のルネッサン	３月25日、島崎藤村誕生

執筆者紹介（あいうえお順）

今川英子（いまがわ・ひでこ）一九五〇年生。北九州市立文学館副館長、『林芙美子　巴里の恋』（編著、中央公論社のち中公文庫）、『林芙美子　放浪記アルバム』（芳賀書店）、『女性文学を学ぶ人のために』（世界思想社）

江種満子（えぐさ・みつこ）一九四一年生。文教大学名誉教授、『有島武郎論』（桜楓社）、『大庭みな子の世界』（新曜社）、『わたしの身体、わたしの言葉』（翰林書房）、『女が読む日本近代文学』（共編著　新曜社）

榎本正樹（えのもと・まさき）一九六二年生。専修大学大学院文学研究科後期博士課程修了。博士（文学）。文芸評論家、『電子文学論』『大江健三郎の八〇年代』『文学するコンピュータ』（彩流社）、「Herstories（彼女たちの物語）21世紀女性作家１０人インタビュー」（集英社）

掛野剛史（かけの・たけし）一九七五年生。埼玉学園大学准教授、『横光利一　欧洲との出会い『欧洲紀行』から『旅愁』へ』（共編著、おうふう）

神田由美子（かんだ・ゆみこ）東洋学園大学教授、『芥川龍之介と江戸・東京』（双文社出版）、『二十一世紀ロンドン幻視行』（碧天舎）、『スタイルの文学史』（編著、東京堂出版）、『マスター日本語表現』（編著、双文社出版）

秦剛（しん・ごう）一九六八年生。北京外国語大学北京日本学研究センター副教授

髙橋龍夫（たかはし・たつお）一九六四年生。専修大学教授、「芥川龍之介の感性と自然観」（『水声通信』三三号　水声社）、「動物たちー村上春樹のパラダイムシフト」（『村上春樹ーテーマ・装置・キャラクターー』国文学解釈と鑑賞別冊）

竹内栄美子（たけうち・えみこ）一九六〇年生。千葉工業大学教授、『中野重治　人と文学』（勉

誠出版）、『戦後日本、中野重治という良心』（平凡社）、『コレクション都市モダニズム詩誌2　アナーキズム』（編著、ゆまに書房）

谷口幸代（たにぐち・さちよ）一九七〇年生。名古屋市立大学准教授、「多和田葉子の鳥類学」（土屋勝彦編『反響する文学』所収、風媒社）

千葉俊二（ちば・しゅんじ）一九四七年生。早稲田大学教授。『谷崎潤一郎　狐とマゾヒズム』『エリスのえくぼ　森鷗外への試み』（小沢書店）

中村三春（なかむら・みはる）一九五八年生。北海道大学大学院文学研究科教授、『花のフラクタル』『係争中の主体　漱石・太宰・賢治』（翰林書房）、『フィクションの機構』『修辞的モダニズム　テクスト様式論の試み』『新編　言葉の意志有島武郎と芸術史的転回』（ひつじ書房）

林　正子（はやし・まさこ）一九五五年生。岐阜大学教授、『異郷における森鷗外、その自己像獲得への試み』（近代文藝社）、『郷愁と憧憬の人生と文学――日本近代現代文学小論集』（近代文藝社）

日比嘉高（ひび・よしたか）一九七二年生。名古屋大学准教授、『〈自己表象〉の文学史――自分を書く小説の登場――』（翰林書房）、『スポーツする文学――1920-30年代の文化詩学――』（共編、青弓社）、『文学で考える〈仕事〉の百年』（共編、双文社出版）

Faya Yuan Kieeman（フェイ・阮・クリーマン）台湾出身。お茶の水女子大学修士号、カリフォルニア大学バークレイー校日本文学博士号獲得、現在コロラド大学日本文学教授。『大日本帝国のクレオール』（慶應義塾大学出版会）、「戦後の日本語文学」『「帝国」日本の学知〈五巻〉東アジアの文学・言語空間』（岩波書店）

与那覇恵子（よなは・けいこ）東洋英和女学院大学教授、『戦後・小説・沖縄』（共著、鼎書房）、「新たな関係性の構築に向けて―大庭みな子の文学世界」（『大庭みな子全集　第24巻』日本経済新聞出版社）。「交差する沖縄文学空間」（『戦後沖縄文学と沖縄表象』沖縄文学研究会）

渡航する作家たち

発行日	2012年4月20日 初版第一刷
編 者	神田由美子 髙橋龍夫
発行人	今井 肇
発行所	翰林書房
	〒101-0051 東京都千代田区神田神保町2-2
	電 話 03-6380-9601
	FAX 03-6380-9602
	http://www.kanrin.co.jp/
	Eメール●kanrin@nifty.com
装 釘	島津デザイン事務所
印刷・製本	総 印

落丁・乱丁本はお取替えいたします

ISBN978-4-87737-331-3